台灣作家全集

2 珍貴的圖片

台灣文學作家的精彩寫眞，首次全面展現，讓我們不但欣賞小說，也可以一睹作家眞跡。

1 豐富的內容

涵蓋1920年到1990年代的台灣重要文學作家的短篇小說以作家個人為單位，一人以一冊為原則。

縫合戰前與戰後的歷史斷層，有系統地呈現台灣文學的風貌。

榮譽出版發行／

前衛出版社

黃凡集

台灣作家全集

短篇小說卷

召集人／鍾肇政

編輯委員／張恆豪（負責日據時代作家作品編選）
彭瑞金（負責戰後第一代作家作品編選）
林瑞明（負責戰後第二代作家作品編選）
陳萬益（負責戰後第二代作家作品編選）
施淑（負責戰後第三代作家作品編選）
高天生（負責戰後第三代作家作品編選）

資料蒐訂／許素蘭、方美芬

編輯顧問／
（臺灣地區）：張錦郎、葉石濤、鄭清文、秦賢次
宋澤萊
（美國地區）：林衡哲、陳芳明、胡敏雄、張富美
（日本地區）：張良澤、松永正義、若林正丈、
岡崎郁子、塚本照和、下村作次郎
（大陸地區）：潘亞暾、張超
（加拿大地區）：東方白
（歐洲地區）：馬漢茂

美術策劃／曾堯生

台灣作家全集

短篇小說卷

一九八八年于台北聯合報

一九八七年于愛荷華與汪曾祺合照

一九八五年于台北

一九八七年于密西西比河畔與古華（右一）合照

雖然能夠偵測到大黑洞的一些行動，但是進一步地阻止它的擴張，仍無辦法。

三個人坐在太空船裡束手無策。

「我到現在還是不十分清楚」葉季盧接著說，「大黑洞究竟想吞噬地球嗎？」

「沒有確切的証據，不過情况判斷大黑洞可能有這個企圖」

「為什麼？地球在宇宙中的地位，又不是挺重要的？」葉季盧問。

「我本來對聖樹懷有困惑」盧男亨說，「但是這也談吟特博士的手臂，（續）現在又捲起三個人，我感覺到它有某種暴力傾向」

「我也這麼認為」鐵中說，「我們有責任揭開大黑洞的神秘面紗，我建議大家分頭行事」

討論的結果是，鐵中到日本去找支援，葉、盧兩人則留在台北，繼續監視大黑洞。

○ ○ ○

東京麻布地區的高級住宅區，這天來了一名戴墨鏡的中國人。

他在一幢花園洋房前停下腳步，輕輕地取下墨鏡，露

No. 16

黃凡手跡

一九八七年芝加哥大學兩岸文學座談會

一九八六年于台北

出版說明

《臺灣作家全集》是臺灣新文學運動以來最有意義的選輯，也是臺灣文學出版上最具示範的創舉。全集係以短篇小說爲主體，以作家個人爲單位，涵蓋一九二〇年至九〇年代的重要作家，縱合戰前與戰後的歷史斷層，有系統地呈現了現代文學史上臺灣作家的精神面貌。

在內容上，包括日據時代，由張恆豪編輯；戰後第一代，由彭瑞金編選；戰後第二代，由林瑞明、陳萬益編選；戰後第三代，由施淑、高天生編選。全集計劃出版五十冊，後每隔三年或五年，續有增編，一人以一冊爲原則，戰前部分則因篇幅不足，有二人或三人合爲一集。

在體例上，每冊前由召集人鍾肇政撰述總序（文長兩萬字，首冊爲全文，其它則爲濃縮），精扼鈎畫出臺灣新文學發展的歷程、脈絡與精神；並由各集編選人執筆序言，簡要介紹作家生平及作品特色；正文之後，則附有研析性質的作家論，及作家生平寫作年表、小說評論引得，期能提供讀者參考。臺灣面臨歷史的轉捩點，瞻前顧往之際，本社誠摯希望能對臺灣文學的出版、推廣、教育及研究上有所貢獻。

台灣作家全集

短篇小說卷

緒言

鍾肇政

時代的巨輪轟然輾過了八十年代，迎來了嶄新的另一個年代——九十年代。

發軔於二十年代的台灣文學，至此也在時代潮流的沖激下，進入了一個極可能不同於以往的文學年代。

然則這九十年代的台灣文學，究竟會是怎樣的一種文學？

在試圖回答這個問題之前，我們似乎更應該先問問：台灣文學又是怎樣一種文學？

曰：台灣文學是台灣本土的文學、台灣人的文學。

曰：台灣文學是世界文學的一支。

倘就歷史層面予以考察，則台灣文學是「後進」的文學：比諸先進國的文學，即使是近鄰如日本，她的萌芽時期亦屬瞠乎其後，比諸中國五四後之有新文學，亦略遲數年。

只因是後進的，故而自然而然承襲了先進的餘緒，歐美諸國文學的影響固毋論矣，即日本文學、中國文學等也給她帶來了諸多影響。易言之，先天上她就具備了多種特色集於一身，因而可能成爲人類文學裏新穎而富特色的一支——當然這種說法恐難免落入過分單純化機械化的發展論，未必完全接近實際情形。事實上，一種藝術的發芽與成長，土地本身的人文條件與夫時代社經政治等的變易更動，在在可能促進或阻礙她的發展。證諸七十年來台灣文學的成長過程，堪稱充滿血淚，一路在荆棘與險阻的路途上踽踽而行，備嘗艱辛。

職是之故，若就其內涵以言，台灣文學是血淚的文學，是民族掙扎的文學。四百年台灣史，是台灣居民被迫虐的歷史。隨著不同的統治者不同的統治，歷史上每一個不同階段雖然也都有過不同的社會樣相與居民的不同生活情形，而統治者之剝削欺凌則始終如一。七十年台灣文學發展軌跡，時間上雖然不算多麼長，展現出來的自然也不外是被迫虐被欺凌者的心靈呼喊之連續。

台灣文學創建伊始之際，我們看到台灣文學之父賴和以文學做爲抗爭手段之一的筆跡。他反抗日閥強權，他也向台灣人民的落伍、封建、愚昧宣戰。他身體力行，諸凡當時的抗日社團如文化協會、民衆黨和其後的新文協等，以及它們的種種活動，他幾乎是每役必與，並驅其如椽之筆發而爲〈一桿稱子〉、〈不如意的過年〉、〈善訟的人的故事〉等小說與〈覺悟下的犧牲〉、〈南國哀歌〉等詩篇，爲台灣文學開創了一片天空，樹立了不朽典範。

中期，我們又有幸目睹了台灣文學巨人吳濁流之出現。第二次世界大戰進入最慘烈階段之際，在日本憲警虎視眈眈下，吳氏冒死寫下《亞細亞的孤兒》，戰後更在外來政權戒嚴體制的獨裁統治下，他復以《無花果》、《台灣連翹》等長篇突破了統治者最大的禁忌。他不但為台灣文學建構了巍峨高峰，還創辦《台灣文藝》雜誌，創設台灣第一個文學獎「吳濁流文學獎」，培養、獎掖後進，傾注了其後半生心血，成為台灣文學的中流砥柱。

七十星霜的台灣文學史上，傑出作家為數不少，尤其在時代的轉折點上，每見引領風騷的人物出現，各各留下可觀作品。此處暫不擬再列舉大名，但我們都知道，在統治者鐵蹄下，其中尙不乏以筆賈禍而身繫囹圄，備嘗鐵窗之苦者，甚或在二二八悲劇裏飲恨以終者。以所驅用的文學工具言，有台灣話文、白話文、日文、中文等等不一而足，蔚為世界文壇上罕見奇觀，此殆亦為台灣文學之一特色。日據時，曾有「外地文學」之稱，輓近亦有人以「邊疆文學」視之，唯她既立足本土，不論使用工具為何，其為台灣文學則無庸否定，且始終如一。

不錯，七十年來她的轉折多矣。其中還甚至有兩度陷入完全斷絕的眞空期，其一為戰爭末期所謂「決戰下的台灣文學」乃至「皇民文學」的年代，以及戰後二二八之後迄國府遷台實施恐怖統治、必需俟「戰後第一代」作家掙扎著試圖以「中文」驅筆創作、接續斷層爲止的年代。一言以蔽之，台灣文學本身的步履一直都是顚躓的、蹣跚的。到了七十年代，鄉土之呼聲漸起，雖有鄉土文學論戰的壓抑，反倒造成台灣文學的欣欣向榮，入了八十年代，鄉土文學不僅成爲文壇主流，益以美麗島軍法大審之激盪，衝破文學禁忌成了不可遏止之勢，於是有覺醒後之政治文學大批出籠，使台灣文學的風貌又有了一變。

八十年代已矣。在年代與年代接續更替之際，正如若干年來每屆歲尾年始，報章上總會出現不少檢討與前瞻的論評文學，也一如往例悲觀與樂觀並陳，絕望與期許互見。有一明顯的跡象是嚴肅的台灣文學，讀者一直都極少極少，在八十年代末期的消費社會、資訊多元化社會以及功利主義社會裏，文學的商品化及大衆化傾向已是莫之能禦的趨勢，於是當市場裏正如某些論者所指摘，充斥著通俗文學、輕薄文學一類作品，純正的文學乃又一次陷入危殆裏。

然而我們也欣幸地看到，八十年代末尾的一九八九年裏民主潮流驟起，舉世爲之震動。繼六四天安門事件被血腥彈壓之後，卻有東歐的改革之風席捲諸多社會主義共產國家，連蘇聯竟也大地撼動，專制統治漸見趨於鬆動的跡象。(草此文之際，世人均看到蘇俄首任總統終告產生。）這該也是樂觀論者之所以樂觀之憑藉吧。

不錯，新的人類世界確已隨九十年代以俱來。即令不是樂觀者，不免也會睜大眼睛看著世局之演變並對它有所期待才是。而九十年代台灣文學，自然也已是呼之欲出！君不見繼八九年年尾大選、國民黨挫敗之後，台灣的民主又向前跨了一步，即令有第八任總統選舉的權力鬥爭以及國大代表之挾選票以自重、肆意敲詐勒索等醜劇相繼上演於國人眼睜睜的視野裏，但其爲獨大而專權了數十年之久的國民黨眞正改革前的垂死掙扎，彰彰在吾人耳目。

在九十年代台灣文學即將展現於二千萬國人眼前之際，《台灣作家全集》（以下稱「本全集」）的問世是有其重大意義的。過去我們已看到幾種類似的集體展示，計有《日據下台灣新文學》（明集，共五卷，明潭出版社，一九七九年三月）、《光復前台灣文學全集》（八卷，後再追加四卷，遠景出版社，一九七九年七月）、《本省籍作家作品選集》（十卷，文壇社，一九六五年十月）、《台灣省青年文學叢書》（十卷，幼獅書店，一九六五年十月）等四種。無獨有偶，前兩者均爲戰前台灣文學，後兩者則爲清一色戰後台灣作家作品。而其中，除最後一種爲個人結集之外，餘皆爲多人合集。值得一提的是後兩者出版時，白色恐怖仍在餘燼未熄之際，前兩者則是鄉土文學論戰戰火甫戢、鄉土文學普遍受到肯定之後，因此可以說各各盡了其時代使命。

本全集可以說是集以上四種叢書之大成者。其一，是時間上貫穿台灣新文學發軔到輓近的全局；其二，是選有代表性作家，每家一卷，因而總數達數十卷之鉅，堪稱自有台灣新文學以來之創舉。是對血漬斑斑的台灣文學之路途上，披荆斬棘，蹣跚走過的前輩們，以及現今仍在孜孜矻矻舉其沉重步伐奮勇前進的當代作家們之獻禮，也是對關心本土文學發展的廣大海內外讀者們的最大禮物。

（註：本文爲《台灣作家全集》〈總序〉的緒言，全文請看《賴和集》和《別冊》。）

目錄

【黃凡集】

反叛的受害者
——黃凡集序

施　淑

一九七九年，鄉土文學論戰正集中全力於民族主義、尋根、社會關懷、意識形態等等問題的討論，黨外政治運動還帶著理想和批判的光環，而白色恐怖依舊恐怖，這樣的時候，黃凡的短篇〈賴索〉在毫無預警、也似乎找不到發生上的必然性的情況下，以「邊際人」的姿態闖入文壇。從那個時候開始，黃凡和他的小說人物，似乎就注定要扮演他後來的長篇書名坦然標示的「反對者」的角色。

從那以後，他不斷以實驗色彩濃厚的寫作，包括黑色幽默、科幻、專欄、後設小說等形式，試探學院教育的文學成規和讀者的知覺能力。同時以滑稽，但並不一定輕快的筆調，陳列出一些帶著嘲弄、冷漠、偏執，以至於虛無氣味的人物形象，對台灣一向偏重嚴肅，而且追求正面意義的文學信條挑釁。這樣的文學景觀，就像前此的現代主義文學潮流一樣，外來的影響，甚至於模仿，是免不了的。但從它之確確實實折磨著我們的感情和認識，從它之或多或少地使我們不快而又不能不承認它的眞實性，就可以相信，它確是事出有因，絕非虛構。而且還可以相信，除了那些開發另一度空間眞象的科幻小說外，從來很少在他的作品裏賣弄天下大事、政治、經濟、權力、文化之類的大名詞，也不曾對人性、道德、使命、體制正眼相向的黃凡，事實上並不曾遠離由這些因素構成的台灣社會現實，也並非無視於它們的宰制，並非自外於他的小說標題所說的這「系統的多重關係」。因此他筆下的人物，不管是丑角或雜碎，不管是邊際人或反對者，都與我們中的不少人一樣，不過是程度不等的台灣「現代化」過程中的反叛的受害者（The rebel-victim），根本的差別只在於自覺或不自覺。

作爲大台北的居民，黃凡的小說是台灣現代化過程的第一手資料。以本集編選的幾篇作品爲例，在既成事實的都市叢林中，取代對過去依依不捨的情懷的，是〈將軍之淚〉中把個人記憶變成會議桌上的參考材料，把歷史變成陳列館角落的一尊蒙塵的塑像。曾經在文學中詩情畫意的童年生活，成了〈東埔街〉裏，塞滿有形無形的物體的迷宮。在這篇敍述本身就像練習曲一樣，一遍又一遍努力掌握生活的調式，努力找尋生命的音色與主題的作品裏，最終爲一切定調的是卡車的噪音，叫囂的人聲，街上追逐著的垃圾、灰塵、塑膠袋，甚至連腐敗的氣味也成了有形之物。從這個失去歷史，也無所謂個人記憶的物質的象形文世界裏，現實生活成了沒有程式的實驗，精神活動則是歇斯底里的神話。於是，荒唐與苦難，悲劇與滑稽，莊嚴與齷齪，暴力與慈悲，神聖與猥褻，全都痙攣地發作在一起。於是，〈晚間娛樂〉裏，宗教受難和性虐待取得同一表現形式，〈守衛者〉中逃避到黑夜裏的夢想者，〈曼娜舞蹈教室〉裏根本忘掉自己所下的生命格言的宋瑞德，肯定自己是正義的鬥士，正義的同志。而事實的眞象和答案，永遠停留在〈如何測量水溝的寬度〉。

這個從一出場就人格殘缺，從一出現就千瘡百孔的現實世界，如果還能容許什麼清醒的意識活動，除了旁觀，就只有反叛。而當所謂革命，早已隨記憶和歷史不知去向，早已在都市遊擊中迷失了自己，人們能做的是把一切交給想像，讓想像的暴力君臨一切，統治一切。

這就產生了黃凡小說藝術裏無處不在的加括弧的敍述，這些出沒在小說本文中的另一種聲音，另一種可能，這些窺伺自己也窺伺別人的疑神疑鬼的文字，連同不時出現在他小說中的譃化了的格言，以及同樣被譃化了的嚴肅議論，聖賢敎訓，成了作者黃凡和他的小說人物的唯一解救。他習慣性地在災難與不幸中開著陰森森的玩笑，他始終如一地由丑角扮演悲劇，也成了被活埋在物與物的大台北裏的「人」的正當防衛，成了這個沒有程式的現代都市生活實驗的合理結論。

當所謂理想，早已隨同人的記憶和歷史不知去向；當所謂革命，早已在都市遊擊中迷失了自己。在「現代化」的吊詭的系統的多重關係之下，黃凡的小說實驗，或者就是一切反叛的受害者的共同命運。

賴索

銀幕上出現韓先生疲倦、威嚴的臉孔，時間是六十七年六月廿四日，這一天對混亂如常的世局並不重要，也未曾賦予這個世界任何新的意義。但是對於端坐電視機前，表情複雜、時而憤怒、時而沮喪、時而沉思的賴索而言，正是一連串錯亂、迷失、在時間中橫衝直撞的開始。

這要怎麼說呢？

一陣激動過後——他進入臥室，一邊哭泣，一邊抓自己的頭髮。他太太站在上了鎖的門口，叫他的名字，沒有反應，便回頭繼續她的清洗工作，她喜歡拿水龍頭沖洗看得到的一切東西——賴索發現自己竟躺在六十八年夏季，位於高速公路邊的公寓床上，光著上身，身邊臀部肥大、側身而睡的賴太太，發出茶壺一般的鼾聲。他乃披衣而起，站在陽台上，面對滿天繁星，夢幻的過去和不可知的未來。直到東方的第一線曙光，將他半禿的額頭，像雞蛋般顯現出來，他才又回到六十七年的銀幕前，他生命的一個起點、一個終點、一個休息站。

二

從監獄裏出來一個星期後，賴索已經三十歲了。身上穿一套舊灰呢西裝，骨瘦如柴。(患了慢性胃病)，眼角堆滿了皺紋，眼睛老是望向自己脚尖，爲的是迴避任何人的眼光，站在他大哥——果醬製造商的辦公桌前。

「什麼事我都能做，我不會惹任何麻煩的。」

「沒有關係，阿索，我是你大哥。」

他並未接觸到他大哥同情關愛的眼光，這種眼光足以把他像老鼠一樣嚇跑。就理論上說，他實在只是一隻老鼠而已，他打其他囚犯的小報告，爲的是使自己更像一隻老鼠。廿一歲時，他在軍事審判官面前，曾經表演了一次男子氣概。他慷慨激昂、唸唸有辭、乃至聲淚俱下。結果並不理想，因爲他只是個無關緊要的小人物。他在大學門口散發油印的傳單，結結巴巴地唸著傳單上的句子，他的怪模怪樣，吸引了來往學生的注意，他們甚至笑了起來。在笑聲中韓先生和幾個重要部屬正踏上日本國土，幾天後在銀座僻靜街上租了一棟樓房。一切就緒，韓先生便開始爲他日後四個混血小孩儲存大量精子，和在六十七年這一天，於電視上爲他重歸祖國懷抱的演講稿蒐尋資料。

韓先生是他最後一個崇拜的人，後來他就學會了不崇拜任何活著的人。因爲每一個人都會死，他這樣想，偉人也會死，笨蛋也會死，我也會死。任何人死的時候，樣子都不會好看。杜子毅死前，甚至放了個響屁，他的臉孔先脹成豬肝色，慢慢越腫越大，然後就放了個莫名其妙的屁。杜滿腦子的共產主義，認爲馬克斯是介於神與人之間的一種物質。所以他就對沒有受過教育的人說：「分富人的錢。」對知識分子說：「階級鬥爭是社會進步的動力。」對自己說：「不要後悔。」但是杜的家屬探監送來的食品，他從不與人分享。杜是個胖子，圓圓的臉，一副他自己嘴裏的小資產階級模樣。杜臨終時，拉過他的室友——他受苦受難的見證人——說了這樣的話：「永遠不要相信別人。」

賴索記住了這句話。這時候，他躺在床上，回想著往事、韓先生、胖子、日本人、表情嚴肅的審判官，跟著，他又低泣起來。

「不要吵你爸爸。」他聽到他太太在房門對十二歲的女兒說。

「他睡覺怎麼發出這種怪聲？」

「他身體不舒服。」

一會兒後，他從床上爬下來，進入浴室梳洗一番。浴室裏一向整理得非常乾淨，被水沖得閃閃發亮的馬賽克瓷磚，映出了一張張扭曲的臉（他對著牆壁搖頭晃腦），這些臉龐隨著移動的瓷磚表面變幻莫測，一下子齜牙咧嘴，一下子吊起眉毛、拉長下巴，一下子鼻孔朝天，露出核桃般的喉結。「我一定又瘦了。」他歎了一口氣。便站在浴缸邊的磅上秤了一下。磅上的指針跳到了「四十六」這個數字便靜止不動。這還是上個月的紀錄呢。但是上個月他一件衣服都沒有穿，他赤裸著身體，蹲在磅上，一面哼著歌（孤夜無伴守空房，冷風對面吹）哼到一半，他太太敲著門，「阿索，你在裏面幹嘛？」他猛然把門打開，他太太尖叫起來，左右看了一眼，罵道：「你要死了！」所以他現在褪下了褲子，蹲在磅上，指針勉勉強強往後移動了一點。跟著他從磅上跳下來，光著屁股坐到馬桶上，馬桶蓋子沾滿了水，他因此顫抖了一下，這陣寒意沿著脊髓一直鑽到大腦深處。立刻他又回到了五十二年，他結婚的那一天。

二

新娘臉上塗了一層厚厚的粉，頭髮燙成一圈一圈。大大的臀部說明了日後將替新郎生養衆多。當天喜宴進行得很順利，客廳上的大金囍字增添了不少氣氛，新娘遠從鄉下來的父母，嘴裏嚼著檳榔的兄弟，爲了禮貌起見，將檳榔汁吐在衛生紙上，扔得滿地都是。阿索大哥興奮極了，抓著酒杯從這一桌敬到那一桌，喝得滿臉通紅。在這當兒，他忽然當衆宣布，要將他的果醬工廠股份分一些給他弟弟，親友們都鼓起掌來，他說的可不是醉話，因爲酒席總共也只有兩桌，從這一桌到那一桌，還空下兩個座位，預備給一對有地位的親戚，由於某種緣故而未能出席。

客人走光之後，賴索就急急地鑽進被窩裏，三把兩把地脫掉賴索太太的所有衣服。他太專心在這件事上，竟忘了熄掉桌上貼著囍字的小枱燈。因此新娘在扭動之餘，一面東張西望。

「啊！」她嚷了起來，「這房間眞漂亮。」

「妳不要亂動，」賴索說，「不然這個扣子就永遠解不開。」

除了解扣子外，他還會穿針、縫衣服、做體操，這些都是監獄裏學來的。婚後十五年的這天早晨，他忽然彎下腰，想用手指觸摸脚踝，花了很大力氣，可惜指頭在膝下廿公分處就再也不聽使喚。這時候，他只穿了一條短褲，露出細細小小的腿，膝頭像腫了一塊硬瘤，賴索太太不解地望著他。

「我年輕的時，手可以摸到這裏，」他蹲下來，拍著地板，「整個手掌、膝蓋彎都不彎一下。」

「那有什麼用？」他太太說。

沒有用就算了！這時候，他正呆呆地站在果醬廠的過濾機前。壓力表的指針直往上昇，底下的馬達發出嘎嘎的聲音。糖液從管子的一端穿進像個巨型炸彈的過濾機，再從另一端出來，然後爭先恐後地流進吊在半空中的濃縮罐，從罐子裏出來後，糖液就再也不是糖液，而是一堆亮亮的糊狀物。整個過程有點類似上帝造人的工程。也許有人會這麼說，胎兒在子宮裏乃是經由血液濃縮而成的。

但是，賴索的母親可不這麼認爲。他才七個月大就迫不及待地從他母親的肚子裏鑽出來，對著還沒有準備好迎接他的世界哇哇地叫了幾聲。他母親臉色蒼白的躺在一邊，父親則穿著一件軍用內衣，不停地搓著雙手，滿頭汗水，一滴汗忽然掉在嬰兒的鼻尖，這是人類最早認識下雨的紀錄，此外，床邊還圍著一些人。

「怎麼辦？怎麼辦？」賴索爹喃喃說。

「唉呀！他的皮膚怎麼是青色的？」說話的是他二姨媽，日後有一個在美軍顧問團做事的兒子，並且在賴索婚宴上，因故缺席。

「我的兒子呢？」他媽閉著眼睛說，「給我抱抱。」

「還不能抱，」助產士說，「要用藥水棉布包住他，否則會變型。」

大概是泡了藥水的緣故，後來他就越長越醜，而且到十六歲才進入青春期。不過青春期並沒有帶給他多大的煩惱。他是班上最矮小的一個，坐在離講桌只有一公尺的櫈子上。日本教師不時地用手偷偷抓著下襠，他患了溼疹這一類的皮膚病，認爲別人都看不到，他可錯了。

「支那！」日本人說，「通通跟我唸一遍。」
「機那。」賴索說。
「知不知道，你們不是支那人，你們是台灣人。」
「可是老師，」一個本地生問：「我祖父說我們都是跟著鄭成功從支那來的。」
「八個野鹿！」日本人罵道。口沫飛到賴索臉上，他舉起手來擦臉，發現臉上長了一顆顆的青春痘。
當這些青春痘開始膨脹，有幾顆甚至化了膿時，他正走在大稻埕的街上，一面走一面用指甲去擠，弄得臉上紅一片白一片，擠到第五顆時，同伴小林用肩膀撞撞他。
「快看！」小林壓低聲音說，「那不是田中一郎嗎？」
「那個田中一郎？」
「二年前教我們歷史的日本人。」
街道兩邊鋪滿了一張張的草蓆，和跪在蓆子上低著頭的日本人。草蓆上亂七八糟的擺了一些東西：假珠寶、扇子、軍用長統靴、穿和服的日本娃娃。這當兒，賴索剛滿十八歲，日本人在不久前投降，本地人起先不知道怎麼辦才好。賴索替日本人工作的父親，過了幾個月才定下神來。便在中央市場附近租了間房子，做起水果生意來。水果是一種好吃但是麻煩的植物。賴索白天推著一輛小板車，沿著淡水河邊建立了幾個據點。由於他的聲音實在缺乏吸引力，他總是坐在車頭坐墊上，兩隻脚伸進水果籃裏，光光的脚板不在意地摩擦著一個個人頭大的西瓜，晚間則讓這兩隻脚套上喀喇喀喇的木屐，在四處的街上閒逛。

「阿里卡多，阿里卡多…………。」這些日本人頻頻鞠著躬，額頭幾乎碰到地上。

「我們也去給田中阿里卡多一下，看他還認不認得？」

賴索想了一下，

「不好，這樣不好。」

「爲什麼？」

賴索又想了一下。

但是好像有什麼力量不讓他繼續想，並且使勁地將他往後拉，五年、十年、廿年…………。

「賴先生，機器有毛病嗎？」

「賴先生，機器有毛病嗎？」廠裏的工人又問了一句。

「你說什麼？哦，壓力好像高了一點。」

「這次雜質太多，不好濾，你聽聽馬達的聲音。」

不僅僅是馬達，還有攪拌器、幫浦、蒸氣閥，這些聲音匯成一股洪流。

賴索豎起耳朵聽著。

三

他彷彿還聽到一些其他的聲音。他的兩片楓葉似的耳朵完全暴露在喧囂不已的街聲之中，巴士、大卡車、計程車、摩托車，加上偶爾拉長警笛飛馳而過的救護車，紛紛敲擊在賴索的耳膜上，並且企圖往更深處鑽，然而在中途就被某種東西擋住了——一塊類似隔音板的骨頭，上面還刻了幾個字：賴索、台北市人，一九七八年六月，時空穿越者。

這時候，他正坐在回家的客運上。司機對待他的車子有如玩具一般，同時把車內收音機開到最大聲，音箱就在他的頭上。在綠色塑膠椅上瑟縮成一團的賴索，身旁坐上來一位碩大的中年女人，滿臉橫肉，兩個乳房像瀑布似的傾瀉而下，身上飄散著廉價化妝品的刺鼻氣味（他太太習慣用蜜斯佛陀，他一嗅就嗅出來），前座的椅背上有人用眉筆歪歪斜斜的寫了幾個字：寂寞嗎？請電八七一三〇四二、李美華。賴索在心裏偷偷笑了一下。

車子在市公所前停了一下，賴索隨著景物倒退的眼光也停了下來。幾秒鐘後，景物又開始倒退，行人、灰白的樹木、髒兮兮的房子、長長的廣告牌，像被一張巨大無比的嘴巴吞噬進去。經過一座陸橋時，賴索將眼睛閉了一會兒，張開時，他正站在泛亞雜誌社的接待室裏，對著一面大穿衣鏡，鏡子裏出現一個矮小的傢伙，眼露茫然之色。房門忽然打開，一個職員探進頭來。

「韓先生要你去會議室一趟。」

「幹什麼？我拿了今天的工錢就走。」

「叫你去就去。」

「說好我按日領錢。」

「少廢話！」

除了韓先生和領他進來的職員外，他一個也不認識。韓先生看到他，咧開嘴笑了一下，他趕緊低下頭，不好意思地瞧著自己骯髒的脚板。在登上乾淨的榻榻米時，職員嫌惡地搖了搖頭，說了一句：沒有關係，你上來好了。

「賴索！」韓先生走過來拍拍他的肩膀，「這是陳先生、林先生，你坐下好了；這位是黃先生……。」

「你在這裏上班多久了？」

「四個月。」

「這以前做什麼？」

「淡水河邊賣水果。」

「怎麼不賣了?」韓先生同時回過頭,對著幾個盤膝坐在榻榻米上的紳士們說了一句,「可眞是百業蕭條。」

「我做不來,」賴索回答說,「我偶爾會找錯錢,而且嗓門也小。」

「這樣好了,你受過教育對吧!想不想做正式職員?」

紳士們抬起頭看了他一眼,其中一位向另一位悄悄說了聲「老實人。」

賴索聽到了。

老實人,那是什麼意思?卅年後賴索在客運車上,專心傾聽這些聲音。車子現在經過一段正在鋪設水管的路面,木架、混凝土水管、挖土機堆在路的兩旁,市公所前前後後在這條路上也不知挖過多少次、補過多少次,不過這些可跟他扯不上一點關係,再說每個人也都應該找點事來做做,至少也該讓自己忙碌一點。那個大胸脯女人在使勁地拉著下車鈴,整個下半身重重壓在他的肩膀上,賴索不得不抬起頭來,露出一臉的憎恨。鈴聲好像響了很久,女人方才坐下,一陣陰影掠過賴索的眼睛,他趕緊把臉孔朝向窗外。車子現在駛上灰濛濛平滑、單調的公路,車窗外景物不斷的倒退,繼續投向身後的血盆大口,賴索乃繼續他的無邊無際的冥想。

「正式職員是幹什麼的?」他聽到自己在內心問了一句。

「工作比較輕鬆,每個月還可多拿一百元。」

「爲什麼？」他又問了自己一句。

「你把這個看一下，」韓先生遞給他薄薄一份印刷品，「在最後一欄簽上你的名字，明天帶印章來蓋一下。」

賴索讀著上面的句子。

「吾願加入台灣民主進步同盟會，在韓志遠先生的領導下，爲吾省同胞盡心戮力……如違此誓，天地不容。」

四

賴索自己問得累了，便下了車，往回家的方向走。在半路上走進一家麵包店，買了一大包花生，三枝棒棒糖。花生他可以晚上坐在陽台上吃。棒棒糖三個小孩一人一枝。這是巧克力，店員說，這是奶油，這是檸檬，這是奶油五香花生，先生還要什麼？不！不要了。那麼賴索太太呢？她好像不需要任何東西，她什麼都有了，什麼都沒有。賴索一時搞糊塗了，一個人怎麼能有他太太那樣的精力，她好像隨時地準備爆炸，隨便就拿起水龍頭沖洗一切。她要求家裏每一個人每天換乾淨衣服，不厭其煩地掏他們口袋，「什麼髒東西都有，」她說，「如果我不注意，說不定哪一天摸出一隻老鼠來。」說完，把賴索的手帕往洗衣機一扔，她扔得很準，襪子、領帶、毛巾，孩子們上學戴的黃色小帽，賴索搖搖頭，一邊踏在潮溼的地板上，滑進了客廳。

這樣的太太，賴索心裏想，雖說如此，至少還可以忍受，甚至夜裏的那件事，都可以忍受。

睡到一半，她會突然翻過她胖胖的身軀一下壓在他身上，事先一點警告都沒有。賴索不得不使盡吃奶力氣，從一個惡夢中掙脫開來，他一邊掙扎，一邊發出咿咿喔喔的怪聲。

「阿索，我又翻到你身上了。」他太太滿懷歉意的說。

「沒有關係的。」剛結婚的幾個月他都這樣回答。

「我有沒有壓痛你？」

「有一點，」他說，「每回我都做惡夢。」

「什麼夢？」

「奇奇怪怪的。」

這時候，賴索正坐在囚室的地板上，面對牆哭著，陰陰冷冷的陽光從他頭頂的小鐵窗子射進來，停在杜胖子晃來晃去的光脚板上，他不時用手抓抓脚趾頭，一面瞇著一雙眼睛興趣盎然的瞧著哭泣的賴索。賴索才接到他母親的死訊，她每個月來探監一次，總帶些吃的，和帶回去一雙哭腫的眼睛。賴索隔著會客室的鐵絲網，聽到這個消息，禁不住哀號起來，他緊握拳頭，搥著鐵絲網，像一隻絕望了的老鼠，直到獄卒將他拉開，他大哥在另一邊斯文的哭著。賴索踉踉蹌蹌的跌進囚室。杜胖子一把抓著賴索手中裝食物的小盒子。幾分鐘之後，他的胃裏塞滿了食物，心情頗爲愉快，打算說些安慰的話。

「省點力氣吧。」胖子說，「你還有六年四個月好哭呢。」

賴索猛然站起來，轉過身瞪著他，肩膀還一聳一聳的。

「你說什麼？」

「我說省點力氣吧，哭有什麼用。」

「幹伊娘！」

下一分鐘，賴索和胖子就在地板上扭打成一團。再過半分鐘，胖子的龐大身軀一下壓在他身上。賴索奮力掙扎著；咿咿喔喔的亂踢亂叫，口沫橫飛，濺得胖子滿臉都是。

「你再鬼叫看看，我就掐死你。」

胖子發了狠，他才安靜下來。

「我有時候，夢見我媽。」賴索對躺在身邊的太太說。

五

已經很晚了，賴索還坐在陽台上剝花生，他將兩隻脚擱在欄杆上，興致總算不錯。

時值初夏，天邊星光耀眼，高速公路上亮起了一排排的車燈。穿著B.V.D.背心，身負解答人生之謎的賴索，眼神忽而溫柔、忽而凌厲、忽而迷惘，兩手則忙著剝弄花生，他以拇指和食指夾起花生，指尖微一用力，花生就「咔！」的叫了一聲，從肚子中央爆開來，露出一粒粒肥肥白白的種子，賴索隨後將花生殼彈到樓下的馬路上，由於起了一點風，花生殼吹得滿街都是。

「喝一點酒有什麼關係？」賴索爹說。

「你會腦充血、風溼、胃潰瘍還有其他什麼病的。」賴索媽說。

賴索放下欄杆上的兩隻脚，換了個姿勢，繼續聽著死人爭吵的聲音。

「我心情不好。」

「那又怎麼樣。」

賴索爹工作得很辛苦，他不認得幾個字，身體也不夠硬朗，卻要養活一家人。白天在一家供應日本軍部的麥芽糖工廠，賴索爹光著上身，跳到一個個大鐵皮罐子上，罐子裏裝滿了糯米粉和大量的水，他使勁地轉動一根像船槳船的木棒，身上的汗水下雨一樣落在罐子裏，半個鐘頭後，放入一桶青麥芽，煤炭繼續燃燒。賴索爹再跳到另一個罐子上，那是昨夜已經液化完全的糖液，繼續攪動木棒，直到糖液冒出了蒸氣，賴索爹才跳下來。他一天要跳上跳下幾十次，兩腿因此變得粗粗壯壯的，身上卻依然長不出什麼肉。

「阿允馬上就可以幫忙賺點錢，」賴索媽拿開他的酒瓶，「阿索比較聰明，讓他唸書好了。」

「唸書有什麼用？」賴索爹回了一句。

「你就是吃了不識字的虧。」

「媽，妳總是要我唸書，」坐在陽台上的賴索忍不住插嘴，「也許爸說得對。」

「我吃過什麼？」賴索爹生了氣，「沒有錢就不受人尊重，就該死。」

「我嫁給你之後，就沒有過一天好日子。」賴索媽也生了氣，「你就會喝酒，把什麼好機會都喝掉了。」

「阿泉跟你說的，」阿泉是他們家的一門遠親，他找賴索爹上台北做生意，「他賺到錢沒有？」

「現在沒有，將來可說不定。」

「將來再說。」

賴索爹該看看阿泉今天的樣子，他穿二萬元一套的西裝，開賓士車，染成黑油油的頭髮，六十幾歲了，一雙老色眼，還在猛瞧夜總會裏穿熱褲女侍的小屁股。

「將來，阿索一定比你有出息。」

「那是他的事。」

賴索爹終讓了步，同意他的兒子在公立學校唸點書，甚至給他買了雙上學穿的布鞋，這可花了不少錢，賴索在下雨的時候，赤著脚，鞋子提在手上。

「不要想我替你買什麼，」賴索爹威脅著說，「書唸不好，回來我就揍你。」

「你這樣嚇孩子幹嗎？」

「我辛苦工作，拚了老命賺錢。」

儘說這些又有什麼用。到後來弄得賴索也生了氣，便從椅子上站起，把剩下的花生一股腦扔到馬路上，走進客廳，孩子們正圍在電視機前。

「功課作完沒有？」

「早就作完了，爸。」

「你媽呢？」

「睡覺了！」

賴索輕輕把門關上，他不打算吵醒她，他今天已經夠累了，而且明天還有點事，哦，明天他要請一天假，他表哥病了，住在徐氏醫院裏，表嫂打電話來說表哥老想溜出去（他外面有女人，幾天沒有他的消息一定擔心死了），表嫂因此想了個辦法，藏起他的皮鞋，如果他眞敢穿著睡衣拖鞋在大街上走，她只好認輸，還有什麼辦法？賴索在電話的另一邊不置可否的搖了搖頭，他管別人這些事幹嘛？何況他還有更重要的事呢，啊！他要去見韓先生，從電視新聞裏出現他的臉孔起已經過了卅六個鐘頭，對他而言，這段時間等於別人過的幾十年，因此，他必須弄清楚，到底要弄清楚什麼呢？誰也說不上來，這麼久了，他自己有了三個小孩，韓先生呢，他都快七十了，這個年紀，有些已經滿嘴的假牙。聽過關於於假牙的笑話嗎？也許我只是要握握他的手，說：「韓先生，好久不見了。」

「阿索，你怎麼一個人在陽台上坐了半天？」

他太太可沒有睡著，她穿著粉紅色黛安芬內衣，渾身香噴噴的，她用這種作法，加上一些小手段，讓她替他養了三個孩子，另外還買了兩棟法院拍賣的樓房。她的鄉下親戚上來時，她帶他們上台北聽歌，在飯店裏用餐，鄉下人被大城市的氣派給嚇住了，他們張大著嘴巴，半晌說不出話來。賴索太太這時可就興奮極了，她的聲音出奇地溫柔，一邊用眼角瞟著一臉無奈的賴索。當天晚上，賴索太太熱情離了譜，她都快四十了，滿滿一肚子的脂肪，還像個小女孩一樣，她一面笑一面叫，把將近六十公斤的身軀，壓在透不過氣的賴索身上。

「我在吃花生。」

「花生容易上火，」她說，「這幾天你怎麼怪怪的？」

「我在想一些事，」賴索躺下來說，「對了，明天我不去工廠，我去醫院看阿宗表哥。」

「去看他幹嘛，一點小病驚動這麼多人，哼——他是什麼東西，」她不喜歡賴索家人，「我可不去，明天還有一大堆衣服要洗。」

但是，他太太可不想這麼輕易放過他，她把整個身子貼過來，賴索因此聞到她身上濃濃、熱呼呼的香味。

「你記不記得我們剛認識的時候。」

「嗯。」

「你說我長得很有人緣。」

「嗯。」

「你第一次親我嘴，還要我把眼睛閉起來，記得嗎？」

「嗯，」賴索，「嗯，嗯……。」

六

開往台北的客運車，這時候在橋中央停了下來，橋底下是那條好似未曾乾淨過的淡水河，橋頭則停了一部黑白相間的警車。身穿假日西裝的賴索，一臉受苦的表情，擠在上班的乘客中間。「要下車的擠到前面來，其他人不要擋在門口，」車掌恨恨的說，「你這個人怎麼老是站在這裏？」賴索直到車子經過世紀飯店前面才回答了一句，「我，我要下車。」

他果然下了車，並且在馬路邊買了一籃蘋果。這些蘋果好像剛從冰庫裏拿出來，都帶著暗紫色，不過病人大概不會計較這些，阿宗表哥會說，人來就好，還帶什麼水果。表哥都六十歲了，依然滿面紅光，每天清晨五、六點就起身到北投泡溫泉，然後步行到山下的情婦家吃早點。回到家裏，表嫂已經在厨房裏忙得團團轉，阿宗表哥便躡手躡脚的走到他太太背後，朝她屁股就是一掌。表嫂叫了起來，表哥就說，「今天吃什麼好菜？」一臉無辜的樣子。

一會兒後，賴索把蘋果籃子放在電話亭裏的地板上，隔著馬路，對面就是七層樓的徐氏綜合醫院。但是這個時候，醫院門口一點動靜都沒有，病人不是還在睡覺，就是全死光了。賴索沒有空去研究諸如此類的問題：醫生幾點上班？病人什麼時候起床？起床後是不是馬上就有早點吃？他打開那本有三公分厚的電話薄，一根指頭在上面劃來劃去。

「請問你那裏是不是電視台？」

「你說對了。」一個女孩打著呵欠說。

「請問你們今天是不是要訪問韓先生，報上說的。」

「你打錯了，我這裏是餐廳部，你該打去問詢問台。」

「可是妳一定知道韓志遠先生要去貴台？」

「哪個韓志遠？是綜藝節目，還是連續劇的，」女孩開始不耐煩起來，「這裏的歌星、影星我全認識，你那個韓志遠是幹什麼的？你不知道詢問台的號碼是不是？」

「他，他剛從日本回來。」

「怪了，剛從日本回來的只有鄧麗君，我告訴你詢問台的號碼好了。」

「謝謝！」賴索投下一元硬幣，撥了這個號碼。

「詢問台你好。」賴索搶著說。

「詢問台你好。」詢問台的小姐說。

「請問你韓志遠韓先生今晚是不是要在貴台接受訪問？」

「是啊，晚上八點的『時人專訪』，你沒有訂電視週刊吧。」

「沒有，」賴索說，「不過我很想訂一本。」

「你可以撥這個號碼……，」小姐說，「告訴他們說是電視台的馬小姐介紹的，不要忘了，這樣你就不會錯過『時人專訪』這種節目。還有什麼事沒有？」

這倒好，小姐做起她的生意來了。手持話筒背抵電話亭活動門的賴索，曖昧地笑了起來。對付推銷員（報紙、雜誌、醬油、化妝品……）賴索有的是辦法。他都耐心地聽完他們長篇大論的吹噓（他的臉上甚至露出一副完全被說服的表情）然後冷冷地作了結論，「你說得很有道理，不過我家裏已經訂了，我們已經有了，我一直都用這個牌子。」

「謝謝你，」賴索最後說，「我會打那個電話，說是電視台的馬小姐介紹的，有沒有優待？」

七

賴索離開了電話亭，現在街那邊的醫院開始顯出了生氣。醫院大門走出來幾個人，四周張望了一下，一輛計程車在門口停住，下來了兩個人，今天的第一號病人，隔著熙熙攘攘的馬路，賴索看不出兩個人當中到底哪一個生了病。張望的那幾個人鑽進了這部車子，司機朝後瞄了一眼，車子便一溜煙的駛開。賴索在馬路邊站了一會兒，找不到橫過街的空隙，於是回到人行道上，走向四、五十公尺外的紅綠燈。人行道上種了成排鐵欄杆圍著的相思樹，樹上站了一個台北市政府的鳥型垃圾桶，肚子上寫了幾個字——我愛吃果皮紙屑。賴索掏著口袋，找不到可以塞進鳥嘴的東西。我愛吃果皮紙屑，賴索在心裏唸著，我們都愛吃果皮紙屑。

紅燈一下子換成綠燈，賴索匆匆越過馬路，再登上紅磚人行道。他的硬膠底皮鞋正適合台北的馬路。台北的馬路——市政府的一個官員，在被問到這個問題時，曾經提出了一個辦法：用原子彈把所有的建築物轟平，再重新規劃。這是一個笑話！不過話又說回來，賴索的硬膠底皮鞋在清晨的陽光下閃閃發光，而皮鞋的顏色也正適合他的假日西裝和人行道上的紅磚。

他可繞了一個大彎才到達醫院。

醫院服務台戴眼鏡護士一臉剛睡醒的樣子，瞧著賴索放在櫃台上的蘋果說：

「二〇一號病房，你是他的什麼人？」

「表弟。」

「你這雙皮鞋還不錯，」護士伸出頭來說，「可惜大小了。」

「我的皮鞋太小？」

她聳聳肩膀。

「妳要不要吃個蘋果？」

「謝了，」護士說，「我已經吃過飯，你從右手邊這個樓梯上去。」

他在病房門口就聽到阿宗表哥的聲音，那是個混合著哀求、威脅、詛咒、壓抑住憤怒的聲音。

「好吧！我究竟什麼時候出院？」表哥說。

「醫生說你什麼時候出院就出院。」表嫂回答。

「醫生，哼！」

賴索推開門，他的出現，果然中止了他們的爭吵。底下發生的事情，坐在電視公司附近一家西餐廳，等著侍者端來食物的賴索，可記得一清二楚。這當兒，他正把臉孔湊向茶褐色的玻璃窗，外面的世界不知道變得怎麼樣了？窗外一片陰陰沉沉，行人、汽車，像一個個飄浮的幽靈，那麼，他推門進來時，背後的那個太陽呢？也許死了。賴索把臉孔移開（一個路人，瞧了玻璃窗一眼，他一定看不見裏面的情景，所以就對著賴索整理起頭髮來了），他實在受不了那個傢伙的蠢相。要是玻璃改成藍色或者綠色，該有多好！你忽然就站在一望無際的高爾夫球場裏，把一個綠色的球擊飛起來，掉進一個綠色的坑，然後你張大你綠色的眼睛，抬起你綠色的腿……。

「阿索，你來得正好，」阿宗表哥興奮極了，赤著脚在藍色的地毯上來來回回跑了兩圈，他穿了一套絲質睡衣，臉孔脹得通紅，凸出的小腹和下巴上的贅肉因此顫動不已。

「你說說看，到底誰病了，」他上氣不接下氣的說，「你說說看。」

沒有病，那你在醫院幹嘛？坐在餐廳裏的賴索開心的笑了。

「阿索，你表哥不但病沒好，還影響到腦神經，」表嫂指指腦袋，「你看他這個瘋樣子。」

他們爭吵個沒完，賴索可站累了，便坐在沙發上，把帶來的蘋果放在一邊。

「吃蘋果罷，表嫂、表哥。」

「好啊，阿索，拿個蘋果把他嘴巴塞住。」

「你這是什麼意思？」阿宗表哥氣得坐在床上，「不但不准我穿鞋子、打電話，還要把我嘴巴塞住。」

「看他那個著急的樣子。」表嫂也坐下來。賴索同情地看著他們。他很想說點什麼，不過他現在可沒這個心情，眞的沒有。他有重要的事情要做，他等一下要去這家餐廳用飯，並且能坐多久就坐多久。

已經過了午餐時間，賴索還坐在那裏，他希望找點事情做做。也許打個電話回去，但是他太太會問東問西的，她想知道台北現在變成什麼樣子了（上個禮拜她才來過）那些騷女人穿什麼衣服？超級市場是不是打八折？是的話，順便帶些什麼回來。帶什麼呢？隨便什麼好了。這就要傷賴索的腦筋了，他不能傷腦筋，至少現在，今天，他不能冒這個險。他要去見韓先生，他要準備一番，他要容光煥發、侃侃而談，要不然他穿這一套漂亮衣服幹嘛？

談到衣服，賴索結婚時，都沒現在穿得漂亮。他們賴家人一向不注重打扮。「吃飽最重要，」賴索爹常常這樣教訓他們，「有錢不要買這個買那個，等到逃難的時候，衣服能吃嗎？」賴索爹好像這輩子都在逃難，他被美國飛機炸怕了。他活到七十二歲，因爲心肌衰竭死在榮民醫院的特等病房裏，死前病房裏寂靜無聲，只有窗型冷氣機發出輕微的嗡嗡聲，連這時醫院上空掠過的波音七四七巨型客機的巨大吼聲都聽不到。

八

也許他眞的睡著了，那個飽經憂患、被糟蹋了的頭顱，正垂靠在塑膠軟皮的沙發上，在西餐廳柔和、曖昧、虛假的燈光下，彷彿生氣全無。凹陷的兩頰，覆在額頭上的幾根灰髮（禿頂黯淡無光）、鬆弛的皺紋、蒼白乾燥的嘴唇。這就是眞正的賴索，內在力量消失殆盡的賴索，身爲榮耀、進步、合作、天之驕子、人類一份子，醒著、睡著、悲傷、快樂（他笑起來，像個羞怯的小女孩）深受七情六慾所苦的賴索。

然後，他就在一陣麥克風的聲浪中睜開了眼睛。

「各位先生、各位女士，我們今晚的節目馬上要開始了。」

賴索驚訝地發現到，身邊幾張桌子上都坐了人，節目六點鐘開始。老天！他眞的在這裏坐了一個下午，整整一個下午，卻什麼事情都沒有做，只是坐在這裏，他就要跟韓先生會面了，這個歷史性的一刻，卻什麼都沒準備好，他至少該講一些話的，就像韓先生飛機場說的那些話，簡短、得體、感情充沛，他一定上機前就打好了腹稿，在太平洋上空修潤一番，最後艙門打開的一刹那，調整一下領帶、淸一淸喉嚨。

「先生，您需要喝點什麼？」侍者說。

「隨便什麼，咖啡好了。」

雖然時間短促，但是就在對街的電視台，穿越地下道只要五分鐘，所以他只需在十分鐘前付帳，花五分鐘在洗手間，那麼他時間儘夠了。他不需要準備多長的演講稿，韓先生會記得他的，甚至會興奮地抓著他的手，滿面淚痕的告訴賴索，他對不起他們，他要在有生之年為這件事懺悔。好了，他既然這麼說，賴索還能怎樣？只好自認倒楣罷了，而且他也習慣了。

「Ladies and gentlemen, I want to sing a song for you.」

燈光集中在一個長頭髮的年輕人，扁扁的鼻子，黃黃的臉孔。年輕人抱著吉他叮叮噹噹的唱起來。他唱的是一首英文歌，瞇著眼睛，表情豐富，他唱得專心極了，末了弄得自己如醉如癡的。

「Thank you, thank you, once more? OK, OK!」年輕人說。

賴索再也坐不下去了。這些人，這些時髦、優雅、有錢、無事可做的傢伙。賴索被充塞耳際的笑語、歌聲、裝模作樣的手勢，逼得站了起來，匆匆付了帳。他推開餐廳的旋轉門，走進黃昏中筆直寬暢的仁愛路，重新感受到夕陽餘暉所散布的那種神秘生命力。

這種力量使他坐在人行道的長椅上，面對巍然聳立的電視台，發了一陣呆。

「我究竟想幹些什麼？」

在這一刻，賴索禁不住有些後悔起來，也許不該老遠跑這一趟的。他太太現在一定收拾好餐桌，乖乖的坐在電視機前，孩子們則圍繞在一旁，正中央空著的沙發，那是賴索的座位，他是一家之主，三個孩子的父親，他就坐在那裏，兩腳擱在茶几上，爲銀幕上的滑稽節目，發出低啞的笑聲，太太跟著笑了，孩子們也笑了，這就是賴索家的生活照，賴索家的晚間娛樂。

他實在不應該老遠跑到這裏來，他應該坐在電視機前，泡杯茶，拿著蘇打餅乾吃，然後伸一伸懶腰，走進臥室，脫下衣服，在黑暗中爬上床，在傷感、慶幸、或者無所謂中結束這一天。

九

天色漸漸暗了下來，路兩邊的水銀燈，像點燃一長串無聲的鞭炮，整條街一下就明亮起來，賴索的眼光，隨著一閃一閃的車燈，一直瞧到街的盡頭。時間不久了！他必須趕緊思考。他收回視線，集中到對街燈火輝煌的電視大樓。那麼，他究竟想到哪裏了——他的童年、青春期、婚姻然後就是莫名其妙的中年。他這一生，說一句洩氣話「交了白卷！」他丟了賴家的臉。賴允大哥現在很有錢了。他照顧這個唸了書的弟弟，替他成了親，給他工廠股份。賴索爹過世的前一天，還哀傷的瞧著他們，說：「阿允，要看顧你弟弟。」賴允大哥都五十幾了，大腹便便，笑起來，眼睛瞇成一條線。這當兒，他淚流滿面，鼻頭都哭紅了。

「爸，你會好起來的，」賴索握住他爹寬厚、滿是斑點的手掌，指甲泛了灰色，「下個月我們陪你去東南亞逛一逛。」

「恐怕不行了，」賴索爹說，「阿索，你過來……」

他比較疼大兒子，賴索媽則喜歡這個斯文的小兒子。賴索從監獄裏出來，畏畏縮縮地站在他父親跟前，賴索爹流著淚瞧了他半晌，「啊！啊！」啊了半天，說不出話來。過了很久，他從房間裏拿出一套舊灰呢西裝（阿允結婚時，給他父親做的），「穿上這個，」他說，「走，我們去見你大哥。」

「爸，」賴索躊躇著說，「我想先去看看媽的墓，好不好？」

直到他在果醬廠上班的第一個禮拜日，他們才動身前往木柵的市立公墓。整整八個人——四個大人、四個小孩——賴索一家三代全在這裏了。賴允大哥忙得團團轉，他負責張羅一切，他太太被四個小孩纏得分不開身，賴索爹狠狠瞧著車窗外，一語不發，賴索則頻頻搓著雙手，他快哭出來了。兩部車子一前一後，孩子們從車窗伸出來，朝另一輛車子「阿公！阿公！」亂叫。

一個鐘頭後，他們站在墳場的頂端，俯視著一個個冷冷清清、野草蔓生的墳墓。

「幾年後，這裏要擠不下了。」賴索爹說，他料錯了，七年後，他就葬在底下一點的地方，沒有路通到那裏，因此賴索家人不得不踏著一個一個墳頭，跳到賴索爹墳上。

「阿索，」賴索爹回過頭，「你媽死前還唸著你。」

賴索對自己說，可不能再哭了。剛才，孩子們還沒跟上來，賴索就已經哀號起來，賴允大哥抱著最小的兒子，尚未喘過一口氣，立刻跟著大哭出聲。

墳場工人見到這種情景，搖了搖頭說，「我們燒些紙錢好了。」這才止住賴索家的哭聲。

「這些字怎麼都褪了色，」賴索摸著墓碑。

河南燕山徐氏……

「找人來漆一下，墳上再種些花，爸你說怎麼樣？」賴允大哥這時候說。

「那不行，」墳場工人說，「不僅破壞風水，羊還會把它吃掉。」

附近人家的羊羣，滿山遍野亂跑，羊踩過賴索爹媽墳頭，在上面拉尿。

「這怎麼行。」賴索從長椅上憤憤然站了起來。

上帝是牧羊人，基督教都這麼說。遠處一座教堂，屋頂上的霓虹十字架，耀眼刺目，賴索走進地下道，再出來時，就看不到那個教堂了。

十

賴索在訪問前半個鐘頭抵達電視台。

他在門口守衛尚未來得及反應之前，昂首濶步而入。守衛瞪著他矮小、生動、黑色的背影，想著這個傢伙到底在那裏見過。

賴索就這樣冒冒失失的闖入這棟迷宮似的建築。這是個現代科技融合了夢幻、現實、藝術、美、虛僞、誇大的綜合體。他從一個攝影棚到另一個攝影棚，從一個時代，進入另一個時代。賴索在明朝停留了五分鐘，在清朝張望了一下，在八點前一刻，走進了自己的節目。

身著淺藍色西裝，裁剪合身，泰綢襯衫領子翻在外面的韓先生從化粧室走出來。他的步伐穩健、容光煥發、精神抖擻，就像要步上演講台一般。

「韓先生，您請坐在中央。」導播滿懷敬意地說，「張記者、陳記者、楊先生你們坐這個位置。」

「現在就要開始了嗎？」韓先生的聲音出奇地冷靜。

「大家準備！」導播喊了一聲。

賴索站在控制室的玻璃窗外，在另一邊成排的電視機，出現了同一的畫面，控制員戴上耳機，把手上的香菸按熄，節目就要開始了，人人摒息以待。賴索看得入了神，他看到一些人跑來跑去，移動的水銀燈架、佈景、麥克風的試音聲，導播誇張的手勢。

「開始！」導播說。

「首先，我代表自由祖國一千七百萬的同胞，歡迎韓先生您重歸祖國的懷抱，參加反共陣營。」僑委會的楊先生說。

「謝謝你，」韓先生面對攝影機，眼睛眨都不眨一下，「我衷心感激政府寬大爲懷的德意，我在日本幾十年，無時無刻不在悔恨之中，我對不起我的祖先，對不起全國同胞，」說到這裏，他握起拳頭搥了桌子一下，「共產黨害了我！」

三十年前，他也同樣搥著桌子，坐在最後一排，負責開門的賴索被這一陣響聲震得清醒過來。

「國民黨憑什麼？各位說說看。」韓先生越說越是激動，兩個拳頭在空中交叉飛舞，面對台灣民主進步同盟會的卅五個會員，慷慨激昂，聲嘶力竭，觸目驚心的賴索眞是心儀不已。韓先生在前一陣子還親切地問起他的家庭，他的親戚朋友，和他們的觀感。賴索不好意思地回說，他們不知道呢，他們不認識字。那麼他自己呢？賴索喜歡這個工作嗎？談不上喜不喜歡，韓先生要我做什麼就做什麼。這樣很好，你有什麼問題嗎？沒有，很好，很好。話到這裏，韓先生回過頭去問蔡先生，「成績怎麼樣？」蔡先生低聲說（賴索聽到了），「哪裏找來這個笨蛋，居然跑到市場去散發傳單，正好給他們拿來包魚包肉。」

「老天！」韓先生拍著額頭說，「用人之際，用人之際。」

「……那麼，韓先生，您能不能告訴我們您一踏上祖國的觀感？」

那個攝影師將鏡頭交給一旁的助手，推開門，走到賴索身邊，從口袋掏出菸來。他喜歡「訪問」這一類的節目。這種節目你不用推著攝影機跑來跑去，他不喜歡歌唱節目，還有對著鏡頭窮扭屁股的歌星。

「你怎麼進來的？這個節目不准參觀。」看都不看賴索一眼。

「門沒有關，我就進來了。」

「安全人員都睡覺去了，」攝影師說，「你該去二號影棚，那裏很熱鬧，這個節目沒什麼看頭。」

賴索不再回答，他來這裏不是回答別人問題的。

「祖國進步的情形，簡直令人難以置信，」韓先生說，「我一下飛機就被嚇了一跳。我對自己說，這是個現代化的都市嗎!?在日本我看過電視報導台灣的繁榮，我總不太相信……。」

賴索耐心聽著。攝影師現在抽完了菸，說了聲，「老天！」走向他的助手。

「您去過大陸，您對那邊的觀感如何？」

「我在那邊認識幾個人，我就是受了他們的騙，孫其敏、張萬生這幾個人，當年來台灣搞統戰的。現在不是死了就是還在勞改營裏。唉！大陸的當權者翻臉不認人，從不講什麼道義，我們政府就不一樣了，雖然我犯了大錯，」他頓了一下，繼續說，「一時糊塗……。」

賴索見過他說的孫其敏、張萬生，這是很久以前的事了。他們都講得一口漂亮的閩南語。在雜誌社會議室裏，韓先生要大家起立鼓掌歡迎他們。孫一上台，就像日本人那樣鞠了一個九十度的躬，說：「各位父老兄弟們……」他講得精彩極了，他受過這一類的專門訓練。韓先生原本興致勃勃的，後來越聽越不是味道。年輕的賴索注意到他三番兩次想站起來，結果總是搖搖頭坐了下來。孫這時說到—像我們對待藏人、蒙人、苗人，我們讓他們自己管理自己。說老實話，我們哪有這麼大的人力去管理這麼大的地方，何況遠在一角的台灣。今天我們只想幫助本省同胞建立一個民主、進步、平等，沒有人吃人的社會——那麼大陸上幾千萬被鬥爭掉的人，究竟是怎麼一回事。這個千篇一律的謊言，賴索在三號影棚的角落裏，拆穿共產黨的把戲，他可得意極了。

我們共產黨最愛好和平了——停了一下，孫拿起茶杯喝了一口，韓先生利用這個機會跳上台去，說，請大家鼓掌，謝謝孫先生的指導。

「您能不能告訴我們，您怎麼發現共產黨的陰謀？」

「我老早就感覺到了，他們想利用我達到『解放』台灣的目的……。」

年輕的韓先生告訴他們，台灣解放了以後，每一個人都會受到重用。那麼賴索呢？也許一個縣長吧，哪一個縣呢？隨便哪一個縣都可以。北部當然最好，他回家鄉時，每一個人都會喊著：啊！賴索縣長，縣長大老爺，啊！啊！啊！

「很多來日本的本省同胞，被安排來見我，我就跟他們說，台灣獨立的重要性。」

「他們的反應呢？」

「剛開始還有些反應，最近這幾年，就沒幾個感興趣了。這個時候，我就問自己……。」

這時候，賴索想起杜胖子來。杜不屑地說：「我們有馬克斯主義，國民黨有三民主義，你們呢？你們什麼都沒有！」

「我們有韓先生。」

「那一個韓先生，誰知道，誰認得他？」

賴索忙得不亦樂乎，他忙著跟一大堆人談話，有的是老朋友，有的是不相干的人。即使如此，他還得抽出空來，聽韓先生的演講。情形跟卅年前完全不一樣了。現在賴索用七十年代的頭腦，來評論四十年代發生的事，他佔了絕大的優勢，他佔盡了便宜。記者應該把鏡頭對準他，這些年輕的記者，他出風頭的時候，他們都還沒出世呢。他們見過日本人？見過共產黨？沒有。挨過美機轟炸？坐過牢？沒有。哦！老天！你究竟想怎麼樣?也許鏡頭對準你，你一個屁都放不出來。賴索一面聽著，一面動腦筋。

「我再代表全國同胞說一句話，」楊先生說：「我們眞誠歡迎您歸來。」

「最後，我們希望韓先生您能向全世界受共產黨欺騙的人說一句話。」

「好，……。」

這個節目眼看就要結束了，導播做了個手勢，一個工作人員，蹲下來摸著地上的電線。站在控制室的賴索開始移動脚步，打算節目一完畢，立刻擠到韓先生面前。

「原來你在這裏。」一個穿白襯衫的年輕人擋住他。

「你幹什麼?」賴索不高興地說。

「我是警衛人員。」這個人說，「你既沒有來賓證，又是一個人，你怎麼進來的?」

節目已經結束了一段時間，賴索還站在門口的台階，不管怎麼說，他要等一個人。自動門一下子打開，一羣人無視於賴索的眼光，匆匆走下台階。

「韓志遠先生!」賴索攔了上去。

「有什麼事嗎?」

「我是賴索。」

「賴索?」

「泛亞雜誌社的——」

「什麼？」

「那個賣水果的……」

「我不認識你！」

一個西裝筆挺的傢伙，拍拍賴索的肩膀，解了韓先生的圍。然後所有人坐進了兩部黑色轎車，一溜煙地駛上泛著銀光的街道。

電視台巨大的陰影，彷彿一個無窮的惡夢，一直延伸到街道的另一邊，整個世界忽然祇剩下他一個人。

「我是賴索，我是賴索，」他結結巴巴地說，「我只想說，說，好，好久不見了。」

十一

他回家時，已近午夜。他輕輕開了門，扭開電燈，把從台北帶回來的一些東西，放在沙發上，他太太的睡衣，孩子們的圖畫書，一盒巧克力糖。

這當兒，牆上的荷蘭鐘噹噹的敲了幾下，長針和短針重疊在一起，這是一個結束、一個開始、一個起點和一個終點。

賴索停止了一切動作，慢慢地抬起頭來。

——原載一九七九年十月《中國時報》

守衛者

我們都是守衛者，同時也是拋棄者。
當然，上帝和瘋子除外

我到范氏的第一天，就承蒙人事經理親自接見。他搖頭晃腦地說，整個公司就像一部巨大的渦輪機（知道什麼是渦輪機罷！）而內部安全是這部鬼機器的最重要零件。如果我好好幹下去，服從命令、負責、進取心、榮譽感，我就有「升遷」的希望。我弄不懂這兩個字究竟是什麼意思——一個白天的工作嗎？我們的談話進行了五分鐘，我用點頭、誠懇的眼光和幾次較粗重的呼吸，表達我內心的感受，一邊從他的腦袋後，偷偷地打量著他（這是我奇特稟賦之一，我能跟你面對面說話的同時，看到你的屁股）他的後腦殼某個地方，應該禿了小小的一塊或者長了個小小的疣，任何善動腦筋、智商超過一百五十的傢伙，總在他們不凡的腦殼某處，有個標誌。我身上大概也有這種記號，不過我忘記了。五分鐘後，這位腦殼智者，朝著自己鼻頭揮了揮手，很像某個人當面放了個臭屁似的，接著，從抽屜裏拿出一塊絲巾，輕柔地揩了兩下額頭，再攤開絲巾，發現上面毫無汗跡，才滿意地哼了一聲，一面抬起頭，細聲細氣地說：

「你、你可以離開了。」

身爲一名夜間守衛，我想我和這位白天經理再也沒機會碰面了。於是，各自在內心互道再見後，我輕輕帶上經理室的大門，轉過身，昂首濶步地離開范氏辦公大樓。一路上，一些穿白襯衫打黑領帶，胸口別著一枚葉形徽章，腋下挾著五顏六色卷宗的男女職員們，在我的脚前柔順地分開，又在我的背後柔順地集合。我聽到四周竊竊私議聲，但就是沒有一個人抬頭看我一看，這件事立刻令我發現一個洩氣的事實：范氏對於低層人員的流動性缺乏道德上的關懷，他們不理你，不管你的死活。我在金融界服務的時候，電視機和音響是不可少的裝備之一，而且我擁有調節室內溫度的特權，那部嵌在牆壁內的冷氣機，旣美觀又大方，加上眞皮沙發和純毛地毯，我究竟爲了什麼放棄這些？至今我還想不通，一次錯誤的人事調動也許。我離職的前夕，爲了給同事們一個意外的涼爽作爲臨別的贈禮——我把辦公室裏所有的冷氣機開到最大限度。

習慣是生命的循環，我相信這句話，不過我的手冊上卻不這麼說。習慣造成致命的疏忽，太嚴重了！我又不是看守彈藥庫。我的手冊上說：張開你警覺的眼睛，伸長你敏銳的鼻子，動用你精明的腦袋，隨時假定躲藏在角落裏的，不只是老鼠而已。

「天氣不錯，」夜幕低垂時，第二班守衛說，「交給你。」

我倒不在乎天氣的好壞，挺好來個傾盆大雨，把所有在街頭享受遊蕩之樂的先生小姐們，通通趕進屋子裏。我在他背後關上鐵門，打開門柱上的兩盞玻璃罩燈，好讓過路的行人看清楚——「范澤民股份有限公司」這幾個大字。

此後，我便開始執行我的任務，工作時保持愉快的心情是我的信條之一。於是我對著鏡子尋找那副笑容——哀悼著的笑容。把它固定在臉上之後，我便換上警衛制服，別上那枚葉形徽章，一邊拍拍黑亮的豬皮腰帶。棒極了！我簡直要爲自己鼓掌起來。「我是個職業守衛者。正義是我的朋友。」我用口哨吹出這條快樂的進行曲，歌詞雖只短短兩句，卻重複了廿八遍之多，不過只要我願意，我還可以加上「正義是我的夥伴、我的同志……。」以避免單調。整理好儀容後，我開始裝塡手邊的巨型八發電池手電筒。然後，對著守衛室外漆黑的建築物試射了一下，有如燈光師把一束錐形光柱一下打在舞台上等著跳起來或是飛起來的演員身上。

「正義是我的愛人、我的伴侶……。」

那棟手電筒燈光下不住晃動的建築物原來是巍峨的范氏辦公大樓。我登上台階，一一打開走道上的壁燈，好似上帝在白天結束時讓星星逐一出現在天幕上的奇景。走道的右側是一座精緻的小花園，種滿韓國草的草坪上站了幾尊眞人大小的大理石雕像。我將手電筒對準樹叢的陰影裏，立刻一座小愛神背著弓箭露出雞雞小便的雕像出現在眼前，我把燈光停在丘比特的小雞雞上，同時在腦子裏竭力搜索有關生殖器官的黃色笑話。曾經有一個俄國人……俄國是個擁有大火箭和大型核子潛艇的國家，有朝一日還會用他們的大雞雞把這個世界轟掉。這個笑話，使我在迷濛濛太虛幻境般的走道裏，無聲地笑了起來。

花園的盡頭，則是一堵水泥圍牆，牆上架著鐵絲網，我有些奇怪，爲什麼沒有人告訴范氏，鐵絲網上應該掛些牽牛花，或是讓彎彎曲曲的蔓藤攀爬上去。光禿禿的鐵絲網和灰暗的圍牆，遠遠看起來就像一座監獄。本地的監獄，我無緣見識，不過我曾經想像(這也是我的奇特稟賦之一：我在想像時，那些事情彷彿眞的就發生了)。我這樣想時，一個身穿囚衣，手抓著鐵欄杆的犯人，忽然就跳到我前面。他的模樣像極了動物園裏的那頭黑猩猩，每逢星期假日，這傢伙可是吸引了不少遊客，牠會盪鞦韆，原地踏步走，翻觔斗，還會像你一樣把手伸到大腿內側搔癢，並且用吊著兩大眼袋的眼睛瞧你。現在，這個囚犯喉嚨發出奇怪的叫聲，吸引了我的注意。

「你是誰？」我問。

「我叫杜明德。」他回答。

「你怎麼能叫這個名字，杜明德是我的名字哩。」

「你仔細看看我的長相，」囚犯說，「我敢說我們還是同一個人呢。」

「唉呀！」

當然，這件事除了療養院的韋醫師外，全世界沒有一個人會相信的。

我將手電筒按熄，那座圍牆和丘比特雕像立刻隱入黑暗之中。我搖搖頭，轉過身，步伐堅定而沉著地向前邁進，開始逐間檢查走道另一邊的辦公室，我一間間地試著轉動門把，看看是否都上了鎖，其實上不上鎖根本無關緊要，小偷對這類辦公室大概不會有什麼興趣。在金融界服務時，最使我煩惱的不是那台監視全區的閉路電視，而是守衛室牆上的那具紅色警鈴，據說你碰一下那個東西，兩分鐘之內便有十部還在嗚嗚叫的警車衝到你面前。我可是花了不少力氣才抑制住去按那具警鈴的衝動。

檢查完樓下辦公室，我登上樓梯。二樓是高級職員辦公室，這些辦公室有一個共同特點，就是從你脚下的地毯到牆上的窗簾、所有的家具，一律棕色。棕色好像是范氏的傳統顏色。我試了這些辦公室的門鎖，發現只有一間未上鎖，於是我打開這個房間，讓手電筒的燈光在室內繞了一圈。跟著把門「砰！」的一聲關上。這個聲音在陰沉沉的大樓裏，發出了悶雷般的回響，把我嚇了一跳。聲音——任何巨大的、尖銳的、物體破裂的聲音，都會把我嚇得跳了起來。

「誰？誰在那裏！」我大叫幾聲，手電筒四下飛射。

自然不會有任何人回答，有的話就糟了。這個時刻，十點過五分，絕不可能是不明人物出現的適當時刻。「不要在你的敵人前面顯露怯懦。」我記得有一本安全手册這樣說，「你的經驗就是你的防衛、你的武器。」但是我的一個同行卻對這話嗤之以鼻，其時他一邊擤鼻子一邊說，「最安全的辦法是：挨悶棍的時候，要立刻昏倒。」唉唷！正義是我的寶貝！

二樓的盡頭是一間很大的會議室。這間會議室有可以容納五十個人的馬蹄形座位。在馬蹄的缺口，是一張碩大，有如皇帝寶座的棕皮沙發。一個人陷入裏面，除了正面，你從背面、側面都看不到他。這張大沙發旁擺了一張小小的像餐廳專給小孩設置的高脚椅子，我猜那極可能是董事長女秘書的座位，他坐在那裏除了看到職員們的苦臉外，還可以看到董事長的禿頭（我見過的許多董事長，沒有一個不禿頭的，我父親也是）。

我站在會議室的門口，張望了一下，跟著打開所有的燈光，吊燈、枱燈、壁燈統統打開，這個亮光，我猜一里外都能見到。

然後，我背起手，繞著那張馬蹄形的桌子踱了幾圈。兩旁壁上掛著范氏歷代董事長的畫像，我審愼地檢查這些畫，發現他們除了「范」姓外，沒有任何家族式的特徵，尤其范氏第三代和第四代，簡直不像得令你驚異，我想其中必定有一位是入贅的。

然而，研究范氏的家譜，並非我的職責。我的職責是——

我在室內來來回回走著，同時想著「安全手册」上的一些警語。我想到第十一條「在任何情況下：火災、水災、地震或人爲災害侵襲下，安全警衞絕不擅離崗位。」便頹然地坐倒在那張巨大的皮沙發裏。

我僵硬地埋入沙發中，兩隻手鷹爪般地緊抓著那具金屬手電筒，某種感覺：室內的氣溫突然降低或是空氣慢慢變稀薄這類事。使我意識到某件事情正在醞釀之中。果然不錯，這是它，它來了，它又來了，我聽到自己內心說，它又來了。它睡了一個長覺後，慢慢地從我內心深處探出頭來，打了個呵欠，伸了個懶腰，作了個鬼臉，像等著享用早餐似的準備吞噬我的腦袋。我清清楚楚地看到它的每一個動作，知道它的每一個企圖，但就是無能爲力。我第一次碰到它是在什麼時候呢？（我現在不能回憶這件事，在孤零零、光芒耀眼的會議室，我不能想像任何事。）那麼上一次呢？上一次它光臨的時候，好像是一個月前，對，就是那時候，我還記得很清楚，那一次，我清晨（天未亮）下班後，在一家豆漿店裏吃早餐，那家店污污黑黑的大廳擠滿了早起的鳥兒、晨跑者、清潔隊員和剛從床上爬起來的雛妓。於是，我就在嘈雜的咀嚼聲中，安詳地享受我的早餐，但就在我折斷一根油條塞進燒餅的當兒，竟不自由主的抬起頭來，因爲我感覺到有雙眼睛正在注意我的動作。我抬起頭來，便接觸到一個頭髮蓬鬆、穿睡衣、臉上留著脂粉女人的視線。她就坐在我的正對面，我應該早就發現才對，我從不跟這類女人坐在同一張桌子上用餐，我壓根兒就瞧不起她們，當我們這些大男人，脫掉汗衫露出胳臂幹重活時，這些婊子卻躺在床上，邊抽菸邊數鈔票，我打從心裏就瞧不起她們。然而現在萬人中的一位正瞪大著眼睛毫無顧忌地注視著我塞燒餅的動作，這個動作一定使她聯想起某件事情。我發現她嘴角牽動了一下，好像忍不住要笑。這婊子！我在心裏咒罵了一聲，這婊子！我停止一切動作，低下眼睛看著手上的燒餅，但是突然間，一陣恐懼襲上心頭——我知道、我什麼都知道了，我和這婊子，我們倆都在想同樣一件事，我的天啊！我居然和她想著同樣一件事，同樣一件卑鄙、齷齪、下流、敗德的事，我的老天！我慌忙地丟下手上的東西，不動聲色地（當然沒有回頭看那婊子一眼）走上街，然後儘快地跑回我的住處。

我那時候住在吳興街巷子裏的一間閣樓，房東尚在熟睡中，我奔上樓梯，打開房門。一邊喘著氣，一邊脫掉身上的衣服，光溜溜地鑽進被窩裏，把被子拉到頭上後，一面想著那個女人，一面玩弄自己的雞雞。

幾分鐘後，我直挺挺地躺在床上，兩眼茫然地瞧著天花板。一定有什麼重大的理由，使我成爲今天這個樣子，我開始回想我的一生，這一次從童年開始，往前一直走回嬰兒時期，我記得我被緊緊裹在育嬰布裏的情景，我睁開眼睛朝產房四周望望，然後「哇！」的一聲哭了起來，坐在一旁打盹的父親好像給人當著鼻子搥了一下似的跳起來，他將整個疲倦、沮喪的大臉龐湊上前，我於是看著那個朝我臉孔一直撞來而迅速腫大的鼻頭，以及日後會禿了一塊的額頭，我當時就能預見他廿年後的模樣：他的下巴會慢慢變圓，眼睛下會跳出兩個眼袋，小腹會神氣地突出來（我的預感非常正確，他今天就是這副德性），還有他會變得很富有，人家會畢恭畢敬地稱他董事長，並且隨身攜帶一個屁股尖尖的小騷貨在林森北路一帶的夜總會盪來盪去。

在誕生的那一天，看到我年輕的父親，實在令人洩氣。因此，我繼續往前回想，在出生前我是許多種複雜東西組成的一個複雜東西。我不能確定生前我一定是個什麼，實在說起來，任何人在他誕生之前，他並沒有義務固定在某種形式上，這道理也許只有愛因斯坦才能了解。我在「史前」可以是一朵花、一根鐵釘、或是一具童屍。但是就在這個時候，就在我追踪到我「史前」某個時期居然是根棒棒糖的時候，它來了！它悄悄地從我內心某個地方探出頭來，它沒有五官，它僅有一隻圓滾滾充滿邪惡的眼睛，我閉上眼睛，渾身開始起雞皮疙瘩，四周的空氣彷彿凍結住了，我看到它伸出兩隻邪惡的小手，扯開我的氣管，把一個邪惡的蛋頭拚命往裏面鑽。我恐怖嘶喊了起來，但是沒法發出聲音，我發不出任何聲音，因為我被封死在一塊冰塊中，而這塊冰大約有一噸重。

不知道為什麼，我居然可以從會議室裏那張皮沙發站起來，我用力搖著頭，再坐下時，發現它正慢慢縮回頭去。不知道為什麼，它只出來了那麼一下子，也許天氣有點冷，它想等到溫度升高時才鑽出來，可是那得要我興奮起來才行，況且今天過得極為平靜，范氏是個平靜、缺乏暴力因子的公司。有許多公司具有暴力傾向，譬如貨運行、鐵工廠、摩托車製造廠，整天整夜鬧哄哄的搥打聲，使裏面的工人一心想找人打架。這種地方我絕對待不了五分鐘。銀行則是個女性化的機構，我喜歡那裏到處充滿著的柔情蜜意，職員們用同性戀者的耳語互相打招呼，打字小姐指甲塗著血紅的蔻丹，工友們則躡手躡脚地滑來滑去。有一次我進入高級職員的辦公室，不小心打了個噴嚏，所有的職員立即受驚嚇地從座位上彈起來，就像什麼人當著他們耳旁放了一槍。范氏可能也有這種女性化的傾向，我至今還摸不準他們的產品，人事室的職員也許在什麼時候提了一下，可是我忘了。但就整個公司給我的印象而言，我猜他們大概是一家女用絲襪製造廠，要不然就是賣化粧品。

它不吭一聲地退回去，使我心情一下子愉快起來，我因此環顧四周，希望能找到什麼強烈的目標來固定我的視線。但是沒有，什麼也沒有，座位空蕩蕩的，室內燈光明亮，任何鬼影都逃不出我的法眼。我試著咳了一聲，再豎起耳朵聽從四壁壓擠過來的回聲。我又咳了一聲，淸淸喉嚨，然後對著會議室，以一種權威、有力、充滿教育性的聲音說：

「各位長官、各位貴賓、各位紳士、各位淑女、各位社會棟樑、各位國家未來的主人翁：

歡迎你們參加這個叫做「殘渣」的演講會。我們請到了各階層的殘渣、扒手、小偷、私娼、賭徒、精神病患者，他們所需要的就是你們的噓罵和辱罵。但無論如何，請勿中途離場，請勿保持緘默，因爲噓聲本身就是一種關懷。我們並未請到足以引起同情與眼淚的傷殘、老人和一級貧民，這些事社會局和慈善團體尙可應付。

好了，廢話少說，缺乏娛樂性產生厭煩，抱歉未能請來樂隊和漂亮的服務小姐。首先介紹站在你們面前的我自己。注意看！不是他的衣著，是他的思想，他的眼睛，這是一位你們稱之爲『局外人』的人，一位大城市的隱居者，一位在煙霧、噪音、空虛中的旁觀者。好吧！請停止鼓掌，你們並不是被邀請來看馬戲表演的。『逃避』乃是這個急遽變化社會的副產品。有人抗議嗎？沒有，好現象，用種較顯明的例子來說好了。你們從週一工作到週六，而週日就是給你們的『逃避』時間。有人抗議了，這位說是『休息』，好罷！週日是你們的休息時間，在這一天，創世紀的上帝也要休息，學生、商人、整潔的修女、政治家、同性戀者，這些人都要休息。看看火車站罷！噴水池前站了一堆人，準備擠到海邊去休息。但你們可知道妓女休息的意義嗎？等待下一次的毀滅。殘渣們的『休息』就是他們的懲罰，而『工作』卻是他們的地獄。我離題太遠了，是嗎？對不起，因爲我太激動了，有半個月的時間，我沒有跟任何正常人講話。雖然爲了補充我體內必須的熱量，我不免也要開開口，吐出一些諸如此類的句子：

『三斤糖、二斤紅豆、五個皮蛋。』我因此得到了這樣的回答，『五十一元、一百二十元五角、五角錢不要了。』你不能奢望從機器人嘴裏得到稍具內容的答案。我所以如此稱呼雜貨店老板、送報生、瓦斯收費員等，乃是因爲他們都具有一顆靠汽油發動的馬達心。有一次，我甚至遇見一位機器交通警察，我被他那種方格式的手勢迷住了，在他的韻律下，一輛輛的汽車：賓士車、福特車、裕隆車，有如聯勤舞龍隊一般滾過街頭。當這位交通警察吹口哨叫我離開時，我猜我在他身邊大約站了半個鐘頭，而他卻一點都沒覺察到。『忽視別人的存在』乃是這個進步社會的新道德觀，而電視、報紙、傳播工具，則是公民課的老師。一個公民絕無法忍受超過五百件的不幸，二百齣悲劇，五十六次有人死亡的車禍。超過了這些數目，我們乾脆閉上眼。而報紙一天給你十件，電視通常比較少，不過有一回，電視新聞上足足給了我四十一件死亡。當記者用哀傷緩慢的音調唸著一長串名單時，我正在嗑花生，爲了配合他的節奏，他每數一個名字，我就朝嘴巴扔進一粒花生。當我吃完桌上所有的花生後，我就提起筆來寫了一首詩，這首詩我帶來了，現在不妨唸給各位聽聽：

晚間的玫瑰花叢失去了陽光下的色彩
螢光幕上跳動的
電磁波在黑暗中煥發著柔和的睡意
孤獨是美是純潔是陰溝中的老鼠
此刻的我充滿了墮落的詩意
遠離了塵囂遠離了世局
居住在這無聲的廠房裏
我的思想就是我的經典
我的堡壘
神佑世人
願世人了解

唸完了這首詩，我忽然有一種離開這個鬼地方的衝動。我希望我是你們當中的一位，在我說再見時，不致心裏難過。我希望我還能坐在你們的座位上，瞧著我離開時垂頭喪氣的背影，一邊在心裏想：今兒個怎麼忘了服維他命丸？」

離開會議室後，按照巡邏程序表，我必須再檢查倉庫和繞到後門看看有沒有人打算從那裏爬進來。我到范氏已經三天了，換句話說已經七十二小時，這麼長的時間足夠讓我學會把上半夜和下半夜的兩次例行巡邏合併舉行或是重點實施。范氏的工廠在南部，因此整個公司看不到任何花俏的女工，倉庫的搬運工人全是清一色的漢子，他們喜歡穿三角背心，或者乾脆脫掉上衣，褲子則是那種你會擔心一坐下來便會碎成片片的包襠褲。我所以會對他們印象深刻乃是因爲昨天加夜班的緣故。昨天晚上，整個倉庫鬧哄哄的，這些傢伙把一箱箱的成品像堆積木般地拋來拋去，堆高機像個陀螺般地轉來轉去。操縱這台機器的傢伙是工人中唯一穿著襯衫的，頭上還歪戴著一頂紅色棒球帽。

「喂！」這位仁兄將機械倒了一百八十度，面對著我叫了一聲，「你是新來的……？」

「不錯，」我抬頭回答，「我來兩天了。」

「你樣子不像幹這一行的！」

「什麼？你說什麼？」

「我說你不像幹這一行的，」他咆哮著，「你應該去飯店端盤子！」

我沒有理他。打從我懂事起，就一直有人不厭其煩地告訴我，應該幹這個或者幹那個。我母親在我讀小學時，喜歡跟她的親朋好友說，「杜明德將來一定是個外科醫生。」因爲她有一次看到我在門口用一把削鉛筆刀剖開小青蛙的肚子。我那種聚精會神的樣子，一定使她立下要把我送到台大醫科的宏願。我父親則抱著較爲審愼的態度，他自己明白，憑他那個樣子根本生不出什麼聰明兒子來。他那時候還沒有一點要發跡的徵象，他在城中區的夜市裏，擺了個小首飾攤子，對著路過的太太小姐們，用尖尖細細的聲音喊著：「手飾啊、戒指啊、項鍊啊，貨眞價實啊，便宜啊……。」直到今天，當他氣急敗壞的時候(尤其下雨的天氣)，這種尖銳的聲音就會如期地回到他的老喉嚨裏。有一次，我看到他在自己的銀樓裏發脾氣，他墊起脚跟、漲紅著臉，指著一張臉灰敗的店員，尖叫了起來：「妳到底會不會作生意，妳到底懂不懂手飾啊、戒指啊、項鍊啊……。」說完回過頭，看著倚在櫃台邊、張大嘴巴的兒子說：「阿德，你一定要記住，」聲音突然回復了平靜，「不要漏掉任何一筆上門的生意。」

也許他眞的有點作生意的才氣，不過我一直都不太敢確定，我現在唯一能確定的一件事是：下雨不僅影響到他的生意，而且影響到他的情緒。每逢這樣的日子，他就趁早收了城中區的首飾攤子，在回家的途中賒了一瓶米酒，隨後就喝了個爛泥一樣。我記得一個陰雨日子，他把唯一的一筆生意搞砸了之後，哀聲歎氣地坐在我們那間小閣樓的榻榻米上，面前擺了兩個杯子，一瓶米酒（我母親串門子去了）。

「阿德，喔，你過來，」我父親連打酒嗝，「陪我喝酒，喔！」

我發楞地看著他在我面前倒滿一杯酒。

「可是，媽媽……。」

「不要管你媽，喔，她要你將來做醫生，是個……喔……是個玩笑，喔！不要理她。」

還是我嚐到了生平第一次的醉酒滋味，我吐了滿地，在地上打滾，嘴巴發出嘻嘻嘻的怪笑聲，當時，我只有十歲。

然而我對我父母親的感情並未被這些不快的記憶所沖淡。套句流行話說，「我愛他們。」我到今天，還深深地愛著他們。儘管我偶爾會爲他們不正確的表達方式弄得有些沮喪。父親習慣將他的愛意隱藏在怨責的眼光之後，我看得出來，甚至在他用盡最刻薄的字眼罵我的時候，我都看得出來。「我眞想……」有一回他賭咒地說，「我想掐死你。」由於我能感覺到這些言辭後面的無限愛意，因此我溫柔地回答：「爸，事情並沒你想像這麼嚴重，我們只是有點意見不合而已，這是目前流行的代溝現象。」

「我的老天！意見不合？」聲音變得尖細，「代溝，我的老天！我到底作了什麼孽？」

下一刻，一件不可思議的事情發生了。我看見我那可憐的父親頹然地坐倒在沙發裏，並且放聲哭了起來。我母親聽到這陣奇怪的嘈雜聲，便趕緊從廚房裏衝了出來。

「怎麼回事？怎麼回事？」

「我不知道，」我手足無措地回答，「爸爸不曉得被什麼事感動得哭了起來。」

「妳看，我們的寶貝兒子……」我父親抽噎著說。

「阿德，怎麼搞的？你又發了……哦，哪裏不舒服？」

「我沒有不舒服，我們只是意見不合，大概有一點代溝什麼的。」

「代溝？」

「妳該聽聽他剛剛說了些什麼？」父親忍不住插了嘴，不過聲音恢復了正常。「妳聽聽他剛剛說了些什麼？這樣下去，我們全家都會……」

「不舒服。阿德到底說了些什麼？」

「他把我拉到窗口說，『爸爸，外面的雪景多美，我們到街上堆雪人玩玩怎麼樣？』現在是夏天，這裏是台北，我的老天，雪景……。」

剛剛我站在窗口的時候，我敢發誓，眞的看到天上飄下一塊塊鵝毛般的雪。我不騙人，這件事照理說根本不可能發生。但是就在那一刻，在那奇妙的一刻，它眞的就發生了！我屏息靜氣站在那裏，全能上帝的奧秘在我眼前顯現出來，哦！讚美上帝，讚美天主。我看到整個台北市區正被一層冰雪所籠罩，像聖誕卡上的雪花在西門町的建築物上空飛舞，點點白雨飄落在淡水河上，落在國父紀念館的屋瓦上，更向北，輕輕覆著陽明山墓園的每一角落，密密地堆在平靜的山脊上以及斜斜的墓碑上。

「我眞的看到了，就在剛才。」

我母親機械似地走向窗口，我跟著她，同時聽到背後傳來父親的長長歎息。

「雪，雪在哪裏?」母親喃喃地說，「我怎麼看不到?」

「它剛剛還在……」上帝的奧秘不曾對我父母這樣的好人顯示實在不公，不過我也無能爲力，「滿山遍野，整個城市白皚皚的雪……。」

「哪裏?哪裏?」她避開我的眼光。

「這麼大的太陽，一定把它融化了。」

這事件的結果是連我慈愛的母親都不信任我了。他們終於達成一致的協議，將我送到療養院去，情形就如送我到學院去一樣。我父親爲了彌補身上某種染色體的缺陷，替我請了一大堆家庭教師。這羣傢伙，我現在偶爾還在街頭碰到一兩個，但都裝得好像從沒見過我似的，世界上大概沒有比這件事更現實的，他們從我老爸的口袋裏打劫了不少錢，卻對他的兒子嗤之以鼻。不過話又說回來，療養院和學院其實也差不了多少，我在這兩個地方都交了不少朋友，其中當然也有些所謂教席之流的人物。不同的是學院稱爲教授而療養院叫做醫生罷了。前者教你怎樣找一個賺大錢的工作，而後者教你如何保住這個工作。

我父親把大綑大綑鈔票像扔瓜子殼一樣往這兩個地方丟，醫生甚至給我一個守衛的名義，並付給我月薪（當然是父親掏腰包），教授也在給他的信上這麼說——該生實爲可造之材。這些勾當，我心裏可是清楚得很。我母親到學院來，不！到療養院來看我時，這麼說：

「阿德，你不是來這裏治療的，你是來工作的，你是這裏的守衛，要不然人家每個月付給你薪水幹嘛？」這就是我和「守衛」這門職業結下不解之緣的開始。

我父親當年送我到學院時，從他的轎車車窗對我說：

「阿德，你不是來這裏學什麼做人的道理的，你是來學怎麼樣賺錢的……懂不懂？把他們那一套賺錢術統統挖來……。」

我很奇怪他使用「挖」這樣的字，不過我想大概和他從事的房地產有關，據說他從什麼地方弄了一塊地，再找了幾部挖土機，把這塊地整個翻了一面，然後在那上面像堆積木地堆起了公寓啊、房子啊、商店啊，他甚至想動手挖一家飯店——觀光大飯店，這家飯店乃是爲了配合我在學院裏挖到的那些東西。順便提一句，我進的是「觀光系」，這是個頗有趣的科系，在教室裏我們讀的大多是西餐禮節啦、服裝展覽啦、雞尾酒會啦，以及你都想像不到的，各式各樣、五花八門的玩意。在宿舍裏，我們的話題則顯得具體些，宿舍裏另外住了我三個同學，有一個家裏開的是特種營業，因此他的話題老是繞著「馬殺雞」、「拉皮條」、「警察」、「黑社會」打轉。我從他那裏學到搞這一行的竅門遠比從教授那裏實在。回到家裏，我便拿這些東西來取悅我父親，我告訴他全套的「黑店」經營法，把他逗得樂不可支。

如此這般，我在那個地方舒舒服服地待了一年，整整一年，直到有一天晚上……。

有一天晚上……

這件事究竟是怎樣發生的？我坐在范氏倉庫對面的一個塑膠垃圾桶上，一面用手電筒照射著這座倉庫，一面騰出腦子的一角，回想著從學院進入療養院的過程。

療養院的韋醫師問我，什麼時候開始自言自語的習慣？起初我本想告訴他眞相，不過當我碰到他那兔子般的狡猾眼光，便忍不住撒了謊。我編了個很奇特的故事，我假裝悲傷地告訴他：我不是杜家的親骨肉，我是個私生子，我甚至還暗示他，那位不負責任的父親，現在是政府某部門的要員。這件事是在我十歲的一個夜晚，我父親在醉酒後不小心洩露出來的。

想想看，那麼一個天使般無辜的小男孩，被這個無情事實打擊的情景。我讓自己的臉上布滿了純眞的痛苦，一邊偷偷打量韋醫生的表情。

「哦，」醫生以非常做作的聲音說，「然後你就將這個秘密在心裏隱藏了十年？」

十年？我的天啊！醫生啊！醫生，你知道有什麼秘密能隱藏十年的？我現在告訴你眞相好了。

那一天晚上，我在學院裏度了一年假的晚上，我正正常常地坐在宿舍的書桌前，懷疑地注視著一本攤開的「初級微積分」，這玩意已經傷了我好幾天的腦筋。我聚精會神瞪著這本書，一直到書上的數學符號，好像變成了一個個奇特的人體，並且隨著電唱機的樂聲手舞足蹈起來，這情形可有點令人受不了，於是我起身關掉牆角的電唱機。

「阿德，你幹什麼？」我那幾個室友停止了手舞足蹈的動作。

「我要唸書，」我大聲說，「你們不該吵我。」

想不到這句話使他們哄堂大笑起來，笑聲好像在狹小的室內停留了一個鐘頭，然後他們一個個喃喃自語地離開了寢室。最後的一響關門聲後，整個房間像墳墓一般沉寂下來。

在這種彷彿暴風雨前夕的氣氛中，我肅穆地坐在書桌前，兩眼凝視著書上的一點，這一點與整個事件毫無關連，有關連的只是我凝視這一點的一霎那。

一個小小的水泡，從我腦海的深處，神秘、和平、安詳的深處，慢慢地升起，慢慢地膨脹。升到腦部的表面時，它成了個大氣球，這個氣球繼續充氣。最後一聲震天巨響，它爆炸了！端正坐於書桌前的我，也被彈離了座椅，同時裂成萬千碎片。跟著寂靜再度降臨。

良久良久，一個上帝般的聲音，有點像是共鳴箱發出的那種聲音，牠命令我撿起這堆碎片，再將他們重新湊成一具軀體，然後說：

「阿德，醒來罷！」

醒來的時候，我發現自己竟坐在一個塑膠垃圾桶上，同時手上抓著一具大型手電筒，它還冒著光呢。

我順著這道光向前走，一邊在腦子裏竭力確定自己的身分。

我是個守衛，任何人一眼就看得出來，這個守衛，他的眼神、他的呼吸、他走路的樣子，就是個天生的守衛。幾年來，我一直安於這個微不足道、不引人注意的工作崗位。我從一個地方換到另一個地方，從一個保險庫進入另一個保險庫，從白天到夜晚，從太陽黑子到北極星。我注視打卡鐘的模樣，就像出納員注視著他的鈔票；政治家注視著他的麥克風。我對陰暗的牆角和對閉路電視的畫面一樣熟悉，對西裝畢挺的小偷和對業餘的順手牽羊者一樣清楚。我懂得十六世紀的鑑人法，和精通廿世紀的犯罪心理分析，我嗅得出危險的訊息和一根不小心掉在地板夾縫的菸蒂，我從匆忙上下班的工人、職員中吮吸他們的剩餘生命力。總而言之，我是個守衛，是個標準的、與世無爭的夜間守衛。

但是今天，我的第六感使我覺得今天是個（當我離開上個工作時，我也有這種預感）不尋常的日子。某種奇特的氣氛使我在前往倉庫途中毛骨悚然起來，我四周圍繞著的樹影、風聲、黑夜幽靈，在我手電筒的光圈外，奔竄飛舞、喧嘩嬉鬧。就好像滿布的營火會裏的那種噪音：木炭燃燒得劈哩拍拉響，許多男孩、女孩圍著火堆又跳、又叫、又拍手。我參加過一次這樣的營火會，不過我當時並未加入這些孩子的行爲中，因爲我怕，我打從心裏懼怕參加任何團體遊戲，這些遊戲到玩得差不多的時候，總要抓出一、兩個倒楣鬼唱唱歌或者逗逗樂子。因此我躲在一旁假裝對付一綑木炭。我解開痲布袋，拿出一塊木炭丟進火裏，那堆火吞下木炭的樣子像是在嚼口香糖。我扔完最後一塊木炭，沙灘上一個鬼影都不見了。我於是打開一瓶可樂澆在這堆火上，緊跟而來的這幕奇景爲我生平所僅見。你該看看火星和水氣共舞的情景，木炭發出淒厲的慘叫聲，將熄未熄的火焰有如無數對惡鬼的眼睛，它們露出哀求的眼神，它們喃喃地懇求你：不要在我們的頭上澆水，因爲氣象報告說，今天晚上會下雨。

我抬起頭來望著天空，在黑漆漆的夜幕中鑲著無數亮晶晶的星星，這些星星億萬億萬年前就坐在那裏監視著脚下的人類，歷代的聖人、哲人、偉人都從他們那裏聽到了珍貴的做人道理。星星們告訴瑪利亞的兒子，將來要做「耶穌基督」，告訴孔夫子將來要受萬民尊稱為「至聖先師」，告訴許多頑皮的小孩，將來要做總統啊、將軍啊、部長啊什麼的。

我一直仰望夜空，直到脖子僵硬，兩眼發直，才放棄了聆聽教訓的念頭。我想我這輩子永遠幹不成什麼大人物了，我頂多幹個昏頭昏腦、白天賴床的夜間守衛。

我終於抵達倉庫。

我站在門前，打開屋簷下的小燈。就在這一刻從門縫裏傳來一陣奇異的聲音，有如你在黑暗中踢到椅脚啦、垃圾桶啦、鞋箱啦，以及其他什麼你太太故意擺著好叫醒她的那些東西。我的第六感立即工作起來，它告訴我，這個聲音一定來自某種夜間動物——老鼠。這是倉庫裏的合法居民，正如蟑螂是厨房中的寵兒一樣。

我再湊近耳朵，這回聽得更清楚了，這是種一羣人在睡夢中同時咬牙切齒的聲音，於是我猛然打開門，所有的聲音在開門聲後，一起消失。

吱……吱……我一邊學著老鼠的叫聲，一邊用手電筒在四壁間胡亂照射。

幾分鐘後，我找到壁上的開關，整座倉庫頓時明亮了起來，卻沒有任何老鼠的蹤跡，這些怕光的動物。

吱……吱……吱……吱……

我走進兩邊排列著整齊貨品架的甬道，堆滿五顏六色貨品的架子一動也不動地注視著我，使我覺得好像穿梭在百貨公司的模特兒間。

吱……吱……背後居然傳出了老鼠的叫聲。

我驚訝地轉過身，那隻老鼠竟變成了一具人體，這是具典型粗製濫造的軀體，從他頭顱的形狀不難看出製造者的低劣手藝，他的扁平五官全部擠在一張扁平的面餅上，此刻這張餅裂開一個紅色大洞，那是他的嘴巴。

「吱、吱、吱。」這張臉搖晃著。

「你是……什麼人？」我在腦子裏找尋安全手册上處理緊急狀況的辦法，但是沒有一條規則告訴我，如何應付一頭人形老鼠。

「老鼠幫。」一個沙啞的聲音接著說。

我迅速回過頭，從貨品架後閃出一個同樣裝扮的小伙子，接著又閃出一個，然後又是一個。

「你們……幹什麼？」我的舌頭好像打了結。

「我們……幹……幹什麼？」一個高個子笑著說。

「我們……幹……什麼？」扁平臉學了一句。

「你不知道？你這是哪一國的守衛？」最後出現的那個怪聲怪氣地問我。

這當兒，扁平臉從身後扭住我的雙手，同時用一把亮亮的小刀抵住我的脖子。

生平第一次，我如此接近一把小刀，刀鋒上好像有光彩在跳動，我看到自己的眼珠映在上面，而且也在跳動。這把刀生得小巧可愛，刀柄上彷彿還刻著幾個字，什麼字我瞧不清楚，因爲握著刀柄的手抖個不停。

「喂！」這些字突然吸引了我的全部注意力，使我忘了身處危險之中，「你那刀柄上刻的是些什麼啊？」

這個問題極可能是近代文明史上的難題。因爲扁平臉的五官頓時扭曲起來，從他臉上某個洞穴噴出了一股夾著水珠的氣體，除了煙臭味，還有其他幾種食物腐敗的味道。

「啊……啊……什……什麼？」

「少跟他囉嗦，阿扁，」高個子好像掙扎了一下，我看到他用力眨著眼睛，「把他綁起來。」

「綁起來！」三個人同時大喊，但是沒有人動手，因爲沒有人想到繩子。

我想我正陷入一羣笨賊的混亂裏。

「先搜他的口袋！」過了半晌，怪聲怪氣的傢伙冒出了一句，說完後，得意地橫掃同伴一眼。

「先綁起來，」高個子提高聲音說，「警察才搜人家口袋。」

為了制止他們的爭吵，我說：

「應該先把我綁起來才好，繩子在那邊那個貨品架上。」

要搜我口袋的那個傢伙狠狠地瞪了我一眼。一直默不吭聲的矮個子好像這時候才找到證明自己存在的機會，連跑帶跳地奔向那個貨品架，他的姿態很是奇特，有如一頭激憤的企鵝，原來是個跛子。

「幹，幹伊娘……幹……幹伊祖宗，」跛子一邊綁我的手一邊罵道：「幹……幹……。」

「哎呀！」有幾次我痛得叫了起來，叫最後一次時，那個怪聲怪氣的傢伙衝過來。

「你再叫叫看？」

「哎呀！」我覺得跛子是故意的。跟著，我的肚子便重重地挨了那麼一下。

「你再叫叫看，有種叫叫看……。」

我不叫了，倒是綁完手的跛子叫了起來。

「幹，幹伊娘。」好像他長了這麼大只學會這句話似的。

「好了，不要鬧了。」高個子說。

我彎下腰來，等著他們來綁我的腳，但就是沒人想到這件事。

就在這個時候，一件莫名其妙的事情發生了，扁平臉突然往身邊的一個紙箱子扔出他的小刀。這個舉動使所有人都轉過臉，瞧向那個方向，然而那柄刀卻消失了，它並未擊中箱子，反而從箱子的間隙穿了出去。

這羣笨賊愣了一下，跟著一起把視線集中到我臉上，好像警告我不要笑出聲。

一會兒，跛子又叫起來。

「幹……幹。」我肚子又挨了一脚，這是那陰陽怪氣的傢伙幹的，我知道他一直找機會踢我。「不要再打我了，」我哼了一聲，「我告訴你們保險箱在哪裏？」

痛楚，純粹肉體上的痛楚，使我變得陰險起來。面對這羣笨賊，我不得不仔細考慮目前的困境。就在此時，一種自我總檢討的衝動油然而起。卑鄙！這眞卑鄙！每當我集中心力地思考一個問題時，便有那麼多不相干的念頭扯了進來，宛如許多三姑六婆在你耳邊聒擾不休。我在療養院認識的一位好友「上校」（事實上他的官階只是上士而已），他也有同樣的困擾，他總是弄不清楚跟他面對面說話的究竟有幾個人。如此，我倆的私下閒聊，有時候居然成了個嘈雜的座談會。

「保險箱……保險箱……」這幾個字在所有人嘴中傳過一遍後，又回到我這裏。

「你們不是來盜保險箱的嗎？」

這不是個難題，跛子扯扯高個子的衣袖，好像市場裏貪嘴小孩撒嬌的模樣。

「保險箱……」高個子沉吟了一下說，「裏面裝了些什麼？」

「鈔票、珠寶、房契……」我說，試圖站起來，但是沒有成功。

「哇！」扁平臉大叫一聲。過了幾秒鐘，我聽到一陣細細小小的聲音，原來是跛子。

「幹伊娘……」跛子喃喃唸著。

「帶我們去。」高個子下了命令。我掙扎著站起來，隨後屁股又挨了一腳。扁平臉用刀抵住我的背部，怪聲怪氣的像隻兔子般的在前面蹦蹦跳跳，但是每當他回頭打手勢時，卻發現我們幾個人正大搖大擺地在馬路上走，走向辦公大樓。高個子則不時陷入沉思之中，就這種頻頻皺著眉頭的樣子，我猜他是這羣笨賊的頭子。這批傢伙從來不曾想過有朝一日居然升格爲強盜，所有模模糊糊的搶劫觀念大概都是從電視中的警匪片學來的。

在走到半路中的當兒，我開始後悔起來，我實在不該告訴他們保險箱的事。一個鐘頭後，我們又回到倉庫，我除了屁股被踢腫外，沒有得到半點好處。那保險箱眞是難對付，幾個傢伙發了瘋似的，又敲、又踢、又打，並且頻頻發著毒誓，但就是一點不管用，我早該告訴他們才對，高個子也這麼說。現在他們都像爛泥一樣癱在我四周，這個夜晚好長好長，倉庫的燈光一直都沒關掉，虬結的陰影、雜亂的喘息聲、憤怒、疲倦、不安、愚蠢的貪婪，在他們變形的五官上爬來爬去，我逐一打量他們，不禁有些同情起來。

「都是你。」怪聲怪氣的傢伙坐在地上，我想如果不是累慘了，他準會再踢我一腳。

過了一會兒，高個子命令他們統統起來，除了留下扁平臉看守我外，其他人一語不發地消失在貨品架後。

「我差點被你們打死。」爲了消除彼此的隔閡起見，我說。

「活該。」扁平臉沒好氣地說。

「你幹這一行有多久了？」

他不再回答，只用一雙怪眼睛瞪我。這雙眼睛滿佈血絲，看他的樣子就像一條狗注視一根骨頭。

我終於放棄了同他溝通的念頭。

跟著寂靜再度降臨，我背靠著一堆紙箱坐著，垂下眼睛望著扁平臉的脚，這雙脚套著兩隻仿「愛廸達」的布鞋，鞋面上沾了幾塊柏油（我猜他極有可能是個修路工人）。也許被我看得有點不自在，便在我面前踱起方步來。我把眼睛閉上，期望就此一覺到天明，醒來時發現這只是一場惡夢，一場卑鄙無恥的惡夢。

惡夢！我經常作惡夢，有時候夢境可怕多了。有一回我夢見自己被一個胖子（長相頗似我父親）狠狠擲向牆壁（好像是學院貼布告的地方），整個人立卽成了一堆口香膠，並且緊緊地黏在那裏。然後一個市政府的清潔工帶著刷子和水桶走上前來。他是負責刷掉競選標語的，我的身邊也貼了幾張，上面用斜斜的字體寫著：「小弟愛大家，大家投小弟」、「一諾千金，一票無價」、「不怕做大嘴巴，就怕做啞巴」等等……。

一個物體落地的聲音，使我張開了眼睛，原來是扁平臉的刀子掉在地上。他彎下腰拾起刀子，在他抬起頭時，我們的視線正好碰在一起。

也許是血氣上湧，也許是某根神經刺了他一下。扁平臉哼了一聲，這個聲音好像隨著墳墓裏的陰風飄了過來。「你剛剛笑出來，對不對？」扁平臉冷冷地說。

「什麼笑出來？」我從他膝蓋的地方回答。

「我射刀子的時候。」

「我沒笑。」

「你笑了。」

「沒有。」

「有。」

爲這種儍問題浪費氣力，實在不值得。於是我閉上眼睛，感覺到扁平臉好像垂下眼睛注視了我一會兒，隨後慢慢地走開。

一陣奇異的嘯聲，掠過髮際，在我腦後某處傳出一聲巨響。我嚇得張開眼睛，扁平臉叉著腰，一臉冷笑地望著我。

「這一次射得怎麼樣？準不準？」

那柄刀子顫巍巍地插在身後的紙箱子上。

「你差點射中我。」我拚命站起來，像僵屍般的跳了兩步，因爲脚上被綁著繩子。

「放心好了，絕對不會射中你。」

我再跳開兩步，扁平臉走到我原先的地方，作勢欲擲。

「不要，」我大聲說，「這不是開玩笑的。」

他用刀背輕柔地摩擦著他的扁鼻子，兩隻眼睛惡意地瞧著我，跟著再作勢欲擲。

「啊！」我嚇得尖叫起來，同時一跤摔倒。

就在這時，那柄刀子再度掠過我頭頂，我想掙扎爬起來，但是全身不聽使喚。

我不知道這種死亡遊戲還要進行幾次，但總有一次，他會射中我，毫不留情地射中我！那柄刀子會一無阻攔的刺進我肉體，割開我的內臟，撕裂我的靈魂。

我不知道扁平臉爲什麼要做這種缺德事，世上多的是惡棍流氓，街頭多的是衣冠禽獸。任何自認負有除暴安良神聖責任的衞道之士，大可站在地下道出口去射他們。看著敗德、無恥、下流的人羣在你正義的威嚇之下四散奔竄，一定是件樂事。那麼何苦在小倉庫裏拿刀子嚇唬一個與世無爭、不擋任何人去路的小守衞？

我想把這些話告訴他，但是我的聲帶在我最需要時卻派不上用場。於是我抬起頭來用哀求的眼光看著他。這種眼光出現在動物園猛繞圈圈的獅子上，停留在孩子們對著橱窗內的大蛋糕的表情下，以及風塵女郎付保護費時的臉上，扁平臉此時也低下眼瞧著我，從他的瞳孔，我看到了一條狗的可憐模樣。我覺得他正在享受受困動物的無助、恐懼和絕望。

遠遠某處傳來一陣重物墜地之聲，緊接而來的咒罵（一定打翻了什麼東西），使得扁平臉側過臉瞧了一眼，當他回頭時，臉上換了一副陰陰的笑容。

「幹！」我第一次聽到他罵人，「搞什麼鬼，搞這麼久？」

我怕不作聲會惹惱了他，於是我低聲說：

「大概有什麼麻煩，你爲什麼不去看看？」

我本想說，那只是個箱子翻倒的聲音，沒什麼要緊，但是我的嘴巴卻經常不跟腦袋合作。

扁平臉咦了一聲，蹲下來，手上的小刀在我鼻頭挠了挠。

「你想騙走我，沒那麼簡單，你當我是儍子？」

「你太多疑了，沒人當你是儍子。」

我又說錯了。

下一秒鐘，扁平臉用刀柄狠狠敲我的頭。

我想我是昏過去了。在迷迷糊糊中，許許多多幻影自虛空中升起。好像一部超速放映的電影，影片中的每位演員都在狂亂地手舞足蹈，嘴巴則像蜜蜂翅膀張張合合，卻聽不清楚說些什麼。在一陣衝擊腦門的嗡嗡聲中，我看到了童年時代的自己、老師、郊遊、一次可笑的毆鬥。跟著是青春期、幾個發育一半的女生、惡性補習、學大人抽菸。然後是高中時候，一張黃色照片、足球賽、熱門音樂、母親額上的皺紋。最後是大學時代，混亂的開始，一次車禍、醫院、飯店、歌舞團、父親的鮮紅領帶，但是那條領帶的紅色太強烈了，使得背景一片模糊，我竭盡目力試著看清楚紅光後移動的人影。終於，我看清楚了——全體笨賊一個不缺地站在我面前。

「這傢伙有神經病，」扁平臉對其他人說，「他嘴巴不停地唸著，他是私生子、他沒有父母、沒有朋友、沒有家、什麼都沒有。」

跛子忽然咭、咭、咭的笑出聲。

「事情都辦完了，」高個子，「怎麼處置他？」

包括我，所有人的視線都對準扁平臉手上的刀子。

很奇怪的，我已經跨過了恐懼、絕望的階段。在這一刻，某種神奇的力量使我超越了自己，我以一種超然的姿態，像美食比賽中的裁判員，仔細品嚐每道菜。我冷靜地、客觀地，不帶一絲情感地俯視著整個事件的進行。

「殺掉他好了，」我一本正經地說，「杜明德該死。」

「誰是杜明德？」跛子問。

「小弟就是。」

「他媽的。」陰陽怪氣的傢伙說。

「幹，幹伊娘。」跛子罵道。

「這傢伙八成被嚇瘋了。」高個子作了結論。

我沒有瘋，在他們狼狽地離開後，我對著空蕩蕩、明亮愉快的倉庫說。我沒有瘋，絕對沒有，瘋狂的倒是這個世界。

世界大樓在還沒興建之初，天國就有了個「建設計畫」，並且撥下了大筆的經費。所有建築承包商，美國、蘇聯、中共、日本、西歐等各大公司無不躍躍欲試。公司裏的一些職員也都想從委員會主席上帝先生那裏得到一點好處。他們跑到委員會裏要求謀個差事或者打個雜。

這些人包括：學者、教授、會計師、政治領袖、宗教狂熱份子、革命烈士、藝術家、和平工作者……他們跪在上帝面前，哀求著說：

「給我工作、給我麵包、給我鑰匙、給我力氣、給我腸胃、給我刮鬍刀、給我阿斯匹靈、給我一個名字、給我幾個電話號碼。」

但是上帝說：

「你們跟我講這些沒有用，即使我想幫助你，也不知如何做起，你們還是去『就業輔導處』看看好了。」

於是他們就跑到「就業輔導處」，但是早已有四十億人等在那裏。想想看，這麼多人擠在一棟狹小、灰泥剝落、空氣混濁的建築物裏。每個人都扯開喉嚨，拚命叫嚷，打算把肝也給吼出來。

「給我……給我……」

就在這時候，輔導處的管理員們走到大衆面前，他們是耶穌、釋迦牟尼、孔子，他們揮著手，使大衆安靜下來，然後湊近麥克風說：

「諸位：我們本來有一個很好的計畫，這個計畫提供了四十億個工作機會。諸位原本可以按照自己的人格傾向、道德勇氣、性能力和罪惡感來選擇自己的職業。但是不幸的，這個計畫的執行機關、委員會、一級組織、二級組織、三級組織，內部卻發生了問題，有人貪污、有人偷懶、有人揩油、有人假公濟私、有人洩露機密、有人官商勾結。因此計畫必須修改，經費不得不縮減，原來的四十億個工作機會只剩下卅億個，爲了公平起見，我們希望透過一個資格審核來作爲錄取的標準。」

管理員的話剛說完，人羣便一哄而散。

每個人都急急忙忙地跑去結婚、生子、受教育、上教堂、加入黨派、搞陰謀、叛亂、革命、暴動、當兵、殺人、放火、蓋集中營、建托兒所、造核子潛艇、丟原子彈。

於是就業輔導處被擠垮了，人羣踩來踩去，街頭一片混亂，商店起火、電力公司停電、有人靜坐示威、有人打小孩出氣、地震四起、洪水肆虐、災禍接踵而來，世界發瘋了。

說完這段話後，我環顧四周，發現情況並沒有絲毫改變，一個人絕對沒辦法躲在椅子下，就能解決這個世界的問題。現在唯一可做的事，就是唱首歌，讓歌聲把賴在箱子上的寂靜、藏在牆角的冷漠以及窺伺在空氣中的現實一腳踢走。於是，我張開喉嚨，用盡全身之力唱了起來：

「我是個職業守衛者，正義是我的愛人、我的夥伴、我的同志……。」

——原載一九八一年五月《聯合報》

東埔街

東埔街在鐵道旁，是兩排面對面的黑瓦平房，幾乎沒有走廊。火車經過時，先傳來一聲汽笛，之後，緊跟而來的震動會將街兩邊樹幹上和窗台間的灰塵抖落下來。到了冬天，空氣既清冷又潮溼，汽笛聲便顯得深沉而遙遠，彷彿來自一個淒迷的夢境。樹幹一片灰白，像塗了一層粉，樹葉隨風飄落，無聲無息地落在枕木中的鵝卵石堆裏，落在柵欄附近的草叢中，和落在公路旁淺淺發光的一個個小水坑。

公路穿過大街，大卡車沿路駛來，偶然和火車並排一起，司機探出頭，好像對不肯減速的火車打著手勢，當他縮回手臂時，整條街就走完了。過了街向北，繞過一處瓦礫堆後，極目處一片紅褐紅，它微微拱起，最後成了一座小山。登上山頂，底下的街道、房子、鐵路像是一塊紅布上不小心留下的污跡。

我們常常在午後或是黃昏時候，坐在山坡上瞧著空蕩蕩的大街、佈滿灰塵的樹幹，和看來有點滑稽的低矮屋宇。有時候，我們望著那個方向，用盡全身之力扔出石頭，但最多只能扔到一個小小蓋滿浮萍的池塘。有時候，我們呼嘯著自山頂衝下，到了那處瓦礫堆，站在爛木頭、彎曲的鐵條和碎泥塊中。這是蔡家被火燒過的房子，離開街道有一段距離，我們習慣在這裏尋找什麼，或是躲藏起來。直到天色慢慢昏暗。天色全黑時，我們在街口互道再見，我倆手插進褲袋，同時在腦子裏重複幾個無意義的單字，眼睛則空洞地瞟向身邊慢慢被陰影吞噬的房子。當這些陰影消失在一簇昏黃的路燈光芒後，我發現自己正站在那條長滿地衣的巷子口。我停在這裏思索了幾秒鐘，一面回過頭看我的同伴閃入門後，直到身後空無一人，我就鼓起勇氣，故意把視線投入這條神秘、黑暗的恐怖之巷，讓自己毛骨悚然起來，然後加快步伐走回家去。

春天再度來臨時，我們揹起書包，騎上自行車，經過瓦礫堆、紅土丘陵和丘陵後貧瘠無聲的曠野。我總是跟在志清身後，他的個子比我大，自行車則是那種笨重的直把手，和會使你屁股發疼的老式皮坐墊。志清踩踏板的樣子，好似在跳某種曖昧的宗教舞蹈。在狹窄的小徑上，他頸子動也不動地和我說著話，聲音夾雜著呼吸、風聲，和一種奇異的曠野回聲。小徑過後，我們並排行走，志清便會故意把龍頭拉過來，作一個威脅的姿勢，於是我伸出腿，踢向他的前輪胎。

我們一起摔倒在地時，志清叫了起來。

「哦、哦。」

「今天不上學，該有多好。」我坐在地上說。

「不上學、不上學……。」志清喃喃地說。

最後，我們還是去了學校，學校在新建的大橋邊，我們趴在窗口，眺望著那座在陽光下閃閃發光的水泥橋。旱季時，溪水下降，溪底裸露出一塊塊模樣奇特的石頭，和橋墩長滿青苔的底部。我常常在夢中見到這座橋，它以各種不同的面目出現，有時候，它的形狀扭曲到了可怕的地步，有時候，它變成了運動場上的圓形跑道，人和車輛，在那裏作永無休止的旋轉。

放學後，我們故意繞另一條路，爲的是近看這座橋，和橋上爬行的五顏六色車子。那是一座小土堆，對著橋那面長滿了矮灌木和小野花。因此，我們假想它是一座碉堡，最粗的一根樹枝則是砲管，砲彈從這裏發射，對準橋上的車子。

「砰、砰、砰……。」志清用手掌圈成筒狀，好像那是望遠鏡。

「一發都沒中。」玩累了時，我便這樣說。

但是，大部分的時間，我們都能很準確地把這座橋轟平。我看著一輛輛的汽車在眼前掉進河裏，直到河裏再也容納不下任何東西時，其餘的車隊只好回頭走，走那條穿過我家門口的老街道。隨後，我們又叫又笑的滑下土堆，奔跑到停放自行車的樹下。一天下午，在滑行的途中，志清突然告訴我，他家準備搬離「東埔街」，「那是條死街，」他提高聲音，彷彿對著全世界宣布，「死街！」

我在驚愕中停止了所有的動作，那兩個奇怪的字有如混凝土管傳出來的沉悶回響，它以一種衝擊力推著我往小土堆上爬，我耳朶裏充滿了各種聲音：風聲、心跳聲、志清的叫嚷聲，和物體的碎裂聲。終於，我站在一度屬於我們的碉堡，現在它被來自對岸的敵軍徹底摧毀了。我覺得自己正站在一座孤寂的墳頭上，矮灌木低垂著頭，小野花失卻了顏色，更有許許多多魅影自其中昇起。直到天色將黑時，我才滑下小土堆，孤獨地奔向曠野。

那天過後的一個早晨，我坐在廢棄的公路車站牌下，瞧著忙碌的志清家，一輛小貨車停在門口，車上雜亂地堆著床、舊家具和一些紙箱子。志清偶爾跑過來，我們迅速地交換幾句話，他的臉上因興奮而充血，這種可詛咒的表情，使我立刻放棄了跟他提起「小山」、「瓦礫堆」、「橋」這些事。志清父親捲起袖子，露出細瘦蒼白的手臂，額上不斷冒出的汗珠，使得臉上的皺紋在面向陽光時，好像成了一條條彎彎曲曲的小河流。我聽到他大聲地和幾個鄰居說著話，「哦，那地方還不錯，」大大喘一口氣，「生意？對的，會有生意。」哦、哦、哦。我覺得奇怪，爲什麼獨獨我父親沒有出現。你爸爸呢？我很擔心別人會這樣問，我爸爸呢？我看到街上的男人都圍在車子的四周，我爸爸呢？因此，我好幾次偷偷地瞧向我家的方向，我瞪大眼睛，卻只看到陰暗門內的一個更深的陰影。後來那個影子動了一下，我知道我父親就在那裏，我甚至感覺得到他的視線，也正在注視我。

我跟著小貨車跑，志清從家具中和我揮手道別。我盡全力奔跑，直到兩耳發出奇怪的噪音，我想我的胸膛就要爆炸了。在瓦礫堆前，我停下腳步，目送車子消失在紅土丘陵後。

我上床時，已經很晚了。雖然整個下午，我獨自一人在瓦礫堆附近盪來盪去，想像志清就在身邊。一輛北上的列車，尖銳而淒厲的鳴聲，把我拉回了現實。我跑到鐵軌旁，當車頭掠過時，我盡量把身體靠近奔馳的火車，我彷彿聽到了車上的人說話，他們說的是……。有一次，我們互相打賭誰能聽清楚車內的人說話，因此我們儘可能地靠近身體，好像臉頰就要貼到車身了，這種感覺既恐怖又興奮，火車離開後很久，我們還呆呆地站在鐵軌邊。

「這個鬼地方叫什麼？」火車上的一個人問。

「叫…叫…。」

我跨到鐵軌中央，狠狠地瞪著前面，現在火車和志清的臉孔都消失了。我開始尋找一個適當的目標，枕木邊草叢裏好像有什麼東西在移動，是一隻麻雀！是一隻麻雀！是一隻麻雀！我蹲下來，手裏抓著幾塊石頭，我打算殺死牠，我一定要殺死牠，我非殺死牠不可。

我拉起被子蓋到頭上，竭力去想一些愉快的事。我想到英語老師叫小胖唸一個需要捲舌才唸得出來的單字，小胖脹紅著臉，喉嚨發出奇怪的聲音，他試了幾次，都錯了，整個教室瘋狂地笑了起來，其中笑得最大聲的是志清，他的笑聲在被子裏的狹小空間激盪。我再也受不了這種聲音，於是我拉下被子，眼珠子在黑漆漆的房間裏轉來轉去，一會兒後，我的視線停在白天掛衣的牆上，我默想著那件衣服的樣子，這是件學校制服，但是逐漸地它好像變成了一個人。我趕緊移開視線，就在這時，我聽到隔著木板傳來一陣細細碎碎的聲音，我猜想那是父親的脚步聲，他來來回回地走著，跟著是母親的咳嗽聲，然後，他們吱吱喳喳地說著話，我把耳朵湊向木板，聽到不清楚的幾個字：

「搬走了……。」

「這次……不是辦法……。」

「越來……越……。」

這些話，在我腦子裏形成了一幅奇異模糊的圖案，像塊七巧板，或是一座智慧盤，我試著將它們拼湊起來。我翻了個身，那陣耳語卻消失了。

漆黑、寂靜和睏倦一起降臨。我閉上眼睛，屋頂某處傳來一聲貓叫，既像哀泣又似召喚，我跟著牠上了屋瓦，牠以一種奇特迷人的姿勢，幾乎腳不沾地的在屋脊間飛躍，在星空下奔馳，歡歡欣欣地飛躍，無憂無慮地奔馳。悄悄地越過志清家，輕盈地登上紅土丘陵，如飛鳥般地下沉，在黑暗的曠野中急跑，再向北，一陣風似地吹拂過映著星光的小溪，穿過朦朧的水泥橋，最後進入一個平靜、安詳、無聲的世界。然後我便沉沉睡去。

第二天吃完早飯後，我留在餐桌上，大聲唸著幾個英文單字。

「伊格…阿姆…阿…姆…姆…。」

「阿……姆……。」我聽到背後一個小小的聲音說，「那是什麼？」

「阿…姆…是手臂、手的意思。」我回過頭，看著坐在角落裏抽菸的父親，他背著光，整個人彷彿陷入那道牆中。

「手…哦…手，」他喃喃地說，頓了一下，問：「學校怎樣？」

我不知道他問這句話的意思，也許他只是順口提了一下，並不要眞的答案。我母親這時候從廚房那個方向走來，她在窗子和餐桌當中停下腳步。我眼前掠過一片陰影，她正站在窗口射進來的那道光束中，她身上那條黑色裙子，立刻成了一片灰白，在她顫動時，好像起了一道波浪，當這陣灰色波濤靜止之後，我聽到她說：

「什麼學校怎樣？」

「沒怎樣。」

我合上書本，鬆了一口氣，我現在不能專心在任何英文單字上。我討厭在清晨背這個背部個，也許今天英文老師要來一個小小的單字測驗，我這樣子沒辦法記英文單字，考不好是一定的。我父母看到考卷成績會這麼問……那時我就回答……我會說……

「沒有事？」

「新來了幾個轉學生，」我說，「學校附近新搬來幾家。」

「哦。」他又哦了一聲，好像後悔問了這麼一句話。

一陣沉默後，我離開餐桌，我母親立即坐到我的位置上。我父親接著抽第二根菸，那陣火光映出了他瘦瘦黑黑的臉。我跟他們道過再見後，便揹起書包，走向前廳，前廳是父親作生意的地方，我穿過一堆堆塑膠管、鐵條、齒輪和各式各樣的五金器材間。在生意鼎盛的時候，我父親還收了個小學徒，他就睡在角落裏我放脚踏車的地方，他常常一動不動地蹲在兩個貨架間（像個小貨架）揀一些彎曲的鐵釘，有時候從後面傳來我父親的叫聲，小學徒總是過了一陣子才回答，因此，我父親常常罵他笨。他最常做的一件事，就是替我父親到街上找我媽回來，我媽一天到晚在鄰居間閒蕩，那時候，她身上習慣穿著一套紅綠相間的洋裝，偶爾路過的卡車司機還會朝著她作出一些下流手勢。現在那個小學徒不見了，我母親也將那套洋裝收進衣櫥裏，卡車司機不再出現街頭，偶爾經過的幾輛小轎車，司機也都把頭縮進駕駛座裏，除了灰塵之外，好像看不到別的。

「阿姆……阿姆……。」我跳上自行車，一邊把這個英文單字配合腦子裏的一個調子哼了出來。

車子經過一扇扇緊閉的大門，到達那條恐怖之巷前，我慢下速度，不在意地把自己的視線投進那條巷子裏（在陽光下，我再次發覺自己其實是個笨瓜，夜晚的恐懼毫無道理）。

那是條淺淺的死巷，朝右的一堵牆掉了一大塊水泥，裸露出內部的紅色磚頭，雜草則由牆角一直蔓延到巷子口，沿著牆近來有人用粉筆劃了些阿拉伯數字和符號。雨後不久，那些字跡便又再度出現，我每天要經過這裏好幾次，卻從未碰過那個在牆上寫字的人。

「1、2、1、3、阿……姆……。」我的聲音在靜悄悄的大街上迴盪著，然後我加快速度，朝著曠野的方向前進。

中午時候下了一場雨，我茫然地從教室窗口往外望著。一個矮個子走到我身邊，他也探頭望向窗外，我認出他是新來的幾個轉學生之一。

「那是我家。」過一會兒，他對我說。

我順著他手指的方向望去，在一片雨霧後面，一個龐然的怪物慢慢地浮現出來——是那座橋、是那座橋、是那座橋——它像退潮時探出頭來的猙獰礁石，並且以一種冷酷而邪惡的眼光凝視著你。

這場雨一直到黃昏時候，雨停時，暮靄上昇，天空中滿布著流動的黑雲，遠處近處的景物亂成一團，有如捲入一個巨大的漩渦裏，在這漩渦底下的曠野，瀰漫著一層薄薄的霧氣，岩石、灌木叢、小土堆好像縮短了距離，朝著你壓了過來。曠野邊緣則換上了一副奇特的表情，它像塗了一層油，微微泛著暗褐色的光芒。

你騎著自行車慢慢地接近在旋轉氣流中心的街道。從丘陵下望，灰黯的房子和樹幹好像隨時都有被拋入天空的可能。鐵路像個扭曲的粗麻線頭，在遠方成了一條黑線。我多麼希望在這時候能有任何移動的物體出現在視野之內，一列火車什麼的。我這樣想的當兒，一個紅色小點，沿著那條黑線緩緩移動，到目力可及之處，便和鐵軌分開，那是一輛紅色計程車，到了街口，它停下來，從車上走下一個棕色的人影。我以最快的速度衝下山坡，當我抵達街口時，人和車都消失了。我瞪著計程車消失的方向，在腦子裏找尋一個答案，一面無精打采地推著車子，穿過重新回復平靜的街道，在經過巷口時，我看了一眼牆上的字跡，現在它成了一片空白，雨水洗淨了一切。

晚餐時，我低著頭，假裝把注意力集中到食物上。

「阿賜伯回來了，」我父親問，「妳看到沒有？」

「我聽到車子的聲音，」我母親說，「他沒跟誰打招呼。」

「我看到了，」我忍不住插了嘴，「一輛計程車，紅色的計程車。」

他們同時望向我。

「他回來幹什麼？回到這地方……。」我父親接著說。

「也許他在城裏住不慣。」

我再低下頭，把一半的注意力用在食物上，另一半則漫無邊際地想著那個人的模樣。他是個老頭子，身上的味道很不好聞，我不知道自己老了是不是也會有這種味道。他的幾個兒子在他們家的門口替他做了個棚子，我記得那個棚子是用竹子和木板搭成的，樣子有些像學校遊藝會的活動布景。於是他就從早到晚坐在那裏，把一雙布滿眼屎的眼睛固定在街道的中央，偶爾會有部卡車停在他前面，司機從車座裏朝他叫著，但是老頭動也不動，非得你親自下車不可，他才會遞給你一包香菸或是一袋檳榔。

「妳怎麼知道的？」

「聽說的。」

「聽誰說的？」我父親問，「這些消息我怎麼都不知道？」

「你整天就坐在那裏，」我母親瞄了一眼牆角，「他兒子回來過一次。」

「回來，他回來幹什麼？」

「大概勸人離開這裏吧，他兒子逢人便說，他父親整天喝酒。」

「哦？」

「就像你抽菸一樣，整天喝酒，什麼事也不幹。」

「不一樣。」我父親冷冷地說。

「不一樣？」

他們幾乎爭吵起來，我從這張臉看到另一張臉，他們同時也在看著我，臉上沒有一點發怒的跡象，我暗暗覺得失望。突然之間，我的內心裏升起了一個可笑的念頭，我希望父親會怒氣沖沖地站起來，用力捶著桌子，把他的怒氣發洩在家具上，或是揍我一頓。然後，衝到大街上，對著每張緊閉的大門發出咆哮聲，我希望聽到這種聲音，我希望聽到任何可怖的不快的聲音。

「他年紀大了，沒辦法從頭……。」

「開始。」我母親接著說。

「沒辦法——開始——」他拖長這兩個字，「只好——等死。」

「等死……」我母親喃喃地說，好像同意他的看法。

躺在床上，我想了一下餐桌上的那些話，但是沒有想很久，晚間的一個電視節目便浮上腦際，那個節目很好笑，我笑得很大聲，但是我現在記不起一點劇情，好像一個女人在厨房打翻了什麼東西。可是這有什麼好笑，坐在身邊的父親一定覺得奇怪，我應該看著他的臉色，我記得好久沒看到他的笑容了，他笑起來會是什麼樣子？他額頭上的皺紋會擠在一堆，還是鼻孔會突然地張大？就像我們學校的校工，那個校工好像沒有我長得高，因爲他老是彎著腰在地上找東西。他蹲在厠所的陰影中嚇了我一跳，這個時候吳士林走過來，吳就是那個轉學生，他假裝很害怕地問我，那個人是誰？那是你爸爸，那是你爸爸，那是你爸爸……。我又想到那幾個轉學生，我很奇怪爲什麼會那麼討厭他們，上體育課的時候，我將會故意把球踢歪，讓他們跑來跑去撿球：打棒球的時候，我會把球往他們身上丟，丟越重越好，然後老師就跑過去，所有人都跑過去。但是我會默不吭聲，我不陪罪，也不道歉。有人問我，我就說，他們活該、活該、活該。

我想我躺了很久才睡著，跟著開始作夢。

這個夢好可怕，我張開眼睛，耳際似乎還迴響著夢中那陣可怕的聲音。剛剛一列火車停在眼前，四周一片死寂，我走進車廂，車廂裏的座椅飄浮在半空中，我從最後一節往前走，一路上沒有碰到任何一位乘客，我繼續走，那些椅子在我面前一張張移開，都沒有發出任何聲音。我走到火車頭，看到駕駛座上躺著一個人，這個人的膚色白得像塗了石灰，我翻過他的身體，原來是志清，他冷冷地瞪著我，眼珠一片死白。我嚇得尖叫了起來，但是這陣叫聲被突來的汽笛聲遮蓋住了。

現在，恐懼很迅速地驅走了我的睡意，我從床上坐起來。夢！可怕的夢，房間裏一片漆黑，我不知道究竟什麼時候了，如果四點或五點，我就可以一直不睡等到天亮。我伸出手，摸著小几上的手錶，就在這時候，一陣淩厲、恐怖的呻吟聲，從四壁間滲了進來。我大叫一聲，把被子一直拉到頭上，夢！可怕的夢！這陣恐怖之聲，彷彿有形之物，不斷地擠壓著我的被子。在這緊張的時刻，電燈亮了，我聽到母親叫我的名字。

「媽，那是什麼聲音？」我的聲音發著抖。

「你爸爸出去看了，」她坐在我床邊，拉了一下我的被子，「大概是野狗。」

我的視線經過她凜然的側面，停在那扇敞開的房門。房間裏的燈火只夠照亮門外甬道的一角，甬道裏有盞壁燈，但是它已經壞了好幾天，夜晚要到前廳，就必須一路摸索著牆，那牆冰冷潮溼，有如置身墳墓裏，我不知道父親爲什麼不把壁燈修好？他現在很勇敢地去追逐那隻野狗，卻沒有勇氣去修理那盞壁燈。我再看看我媽，發覺她好像也有同樣的想法。她的嘴角牽動了一下，但是這個笑容只停留了幾秒鐘，當她把整個臉龐轉向我時，那個笑容被額上的皺紋擠掉了。她緊皺眉頭對我說：

「那隻狗——。」

一陣陣呻吟聲再度打斷她的話。我們同時把眼睛移向房門，在明亮的燈光下，在虛僞勇氣的驅使下，我的嘴巴忽然溜出這幾個字：

「媽，不要怕——。」我的臉一定紅了一下。

我覺得自己正在玩扮大人的遊戲，同時覺得自己有點蠢。幸好我的母親沒有注意到她兒子的不安，她的視線一直專注在那一點，好像穿透了這堵牆壁到了黑漆漆的大街上。在那裏我父親追逐著野狗，他手上握著一根鉛管（這種管子前廳到處都是），使勁地打著那隻擾人清夢的野狗，我父親發起脾氣來很可怕，有一次，他幾乎把我揍死，他一下踢得我跪倒在地，我現在還可以感覺到他的後鞋跟在我小腿肚上造成的劇痛。我想像那隻狗的感覺，同時對再度降臨的寂靜感到不安。

「不叫了。」我母親傾身聽了一陣說。

「牠被打死了。」我說。

「什麼被打死了？」

「那隻狗。」

「哦。」

我們繼續等著聽任何聲音，過一會兒，我們聽到一陣雜亂的脚步聲，和輕輕的說話聲，經過我家的門口，消失在街道的一端。再過一會兒，一個低低的，像拖把在地上拖的聲音慢慢地接近大門。

我們豎起耳朵聽著。

「是你爸爸。」我母親站起來說。那個聲音在門口停了大約半分鐘。

「不是你爸爸。」我母親失望地坐下來。

我從來沒留心過我父親的脚步聲，在黑漆漆的大街上，脚步聲可以讓我們知道他就在那裏，他還在我們伸手可及的地方，他不曾隨著那隻狗一起消失。

開門聲突然響起來，我母親立刻站起來，這一次，她以更大更歡欣的聲音說：

「我猜得不錯，就是你爸爸。」

我們用感激期待的目光，迎接出現在房門口的父親。他穿了一件灰色夾克，脚下套了一雙拖鞋，突如其來的強光，使他抬起手擋住眼睛。

「你們都沒睡？」他放下手說。

他們離開時，順手替我關掉房間的燈光，於是我和整個房間再度沉入黑暗之中。我想著那隻被父親揍個半死的狗。但是父親說，那不是狗，那是阿賜老頭，他醉得像一灘爛泥，把整條街都叫起來，看他醉得像一灘爛泥。我希望不是那狗，我希望他會被我父親揍個半死。但是街上所有男人都起來了，也許他們都想做勇敢的打狗英雄，英雄們把老頭抬回家去，有一個人或兩個人留下來照顧他。我父親說，老頭的樣子很可怕，我想絕不會比學校校工那個樣子更可怕，他故意蹲在那裏嚇我。我父親說老頭看起來就像個鬼。留下來陪他的大概是阿興，他沒有老婆和孩子。跟鬼待一整晚一定很可怕，我父親沒這樣說，這是我說的。我還說老頭的叫聲實在可怕，我父親說只要把它當做狗叫聲就不會那麼可怕了。我不知道我較喜歡那種聲音。不過，在我迷迷糊糊睡去之前，我彷彿聽到了好幾種聲音，我最喜歡的應該是父親的脚步聲，它像一陣從樹梢傳來的風聲，或者是我在無聊時用尺刮著書桌的聲音。

沙⋯⋯啦⋯⋯沙⋯⋯沙⋯⋯啦⋯⋯沙。

接連幾個夜晚，阿賜老頭的聲音斷斷續續地出現在街頭和街尾，有時在午夜，有時在凌晨。他使我的睡夢中充滿了各種幻影。我不知道白天時候，他是否也是如此，但是據說，好像是我母親說的，她說老頭不是不省人事就是拿著酒瓶在街上來來回回地走。我在牆邊發現的空酒瓶證實了這種說法。每天上學前，我會數一數街邊的空酒瓶，放學後，再數一遍，如果多出一兩支，那麼老頭便在白天出現過，這種事和在巷子裏用粉筆作記號一樣無聊，不久之後我就不再數那些酒瓶。街上惟一僅剩的雜貨店倒是多作了一點生意。有一個夜晚，我聽到急促的敲門聲，我想那是老頭在敲雜貨店的門，我被這陣暴雨般的聲音驚起。過了一會兒，那種熟悉的呻吟聲，再度在街中飄盪。

半個月後的一個星期天，我終於和老頭碰了面。

他停止自言自語，慢慢地轉過臉來。

慢慢地——他說——姆——姆——

他對我伸出舌頭——姆——他又說——姆——

他張開溼濡濡的嘴——姆——姆——他張開的時候就嚼它一兩下——姆——他的眼睛也是溼溼的——姆——他看著我好像看一塊透明的玻璃——姆——姆——姆姆姆姆——他不斷地發出這個聲音好像某種電碼——姆——姆——他抓著酒瓶的手也在空中劃著這個字——姆——姆——他終於確定我是塊透明的玻璃——姆——他慢慢地轉過臉——姆——他不再說這個字——哦——哦——他開始自言自語——哦——。

阿賜老頭終於死了，我對他的死既不驚訝也不悲傷，好像這是件學校月考一類你不用想就會發生的事。我的父母日日夜夜在談論著他的死期，街上的人也是。街上的人也是。噢！他活不長了……他不可能捱過這個月……不可能……我敢說……等著看好了……等著……也許街上每個人都在窗後偷偷數著他的死亡脚步，彷彿這才是此地惟一確定、眞實的故事。有幾次，我經過他家門口，注意到門上貼著「忌中」的白紙，一陣風吹起了這張紙的一角，我的視線穿透了紙下的木板，我看到了擺著屍體的客廳，天花板下的小燈泡，摔落雨點似的昏黃光芒，陣陣敲擊在他有如孩童般的軀體上，這具軀體披著一件寬大的黑袍，躺在一張從臥室抬出來的木板床上。許多人進進出出，並且都壓低聲音說著話。牆壁上映出這些人的影子，跟著出現更多的影子，他的家人回來了。於是聲音越變越大，好像有人爭吵起來，最後一個更大的聲音，制止了這場爭吵。當死者的家人把屍體搬離客廳時，我和母親，我牽著她的衣袖跟了出來，街上一片昏暗和寂靜，已經很晚了，抬屍體的喘氣聲清晰可聞。過一會兒，有人跑過街，打開屋簷下的一盞燈，那是賣酒的雜貨店，那個人轉過身來，背著燈光，我看不清他的臉，不過他越走越近，嘴裏喃喃說著幾個字，「我沒辦法……我……眞的……想不到……。」他終於抓住某個人，他們在貨車旁比手劃脚起來。我母親重重拉了我手臂一下，我知道她的意思，於是，我們盡量放輕脚步，離開現場。一段距離後，我回頭望著，屍體已被抬上貨車，雜貨店老板身邊卻多了幾個人，我不知道那些人是誰？可是，我覺得很奇怪，我自己和其他人爲什麼都沒有任何哀戚之感。

那張「忌中」的白紙被風吹落時，已經到了六月，天氣愈來愈熱。我脫下短袖制服，綁在腰上，經過被太陽曬得直冒熱氣的曠野，龜裂的泥土像被火燒過一樣，幾步外一個小小的旋風，吹起了一圈紅色滾燙的沙塵。我握著自行車把手的手掌好似黏在上面，我的背部一片汗水。我環顧四周，打算尋找一塊蔭涼的地方。沒有，斜照的陽光把一小叢灌木的陰影投到山崖底下。我想起在屋簷下的賣冰攤子，跟著街上許多會將藤椅搬出來，他們坐在樹蔭下，瞧著穿過大街的車輛，有時候，就隔著街互相叫嚷。我父親偶爾會和鄰居們坐在門前的陰影中搖著扇子，有人進去他的店裏買東西時，小學徒尖尖細細的聲音便從門後傳了出來。我和志清穿過他們面前，越過鐵道，到了一處沼澤，我們脫掉上衣，坐在灌木叢裏，另外附近還藏著幾個小孩，他們是另外一幫，對我們懷著敵意，但是我們不怕他們。我們說著話，並且用眼角瞟著對方，志清有一次跳起來同他們中的大個兒打架。我記得他的兇狠模樣。哦，那個夏天，那些個汗水和沼澤、陽光和打鬥糾纏一起的夏天。

從山坡上，我乘著風衝下大街，我的剎車聲沒有引起任何注意。我想按按車鈴，但是那個東西早已壞了。街兩邊的大門好像都關著，如果沒有關，則露出一個個漆黑的洞，你很難看得進裏面。屋簷下一張張的藤椅也不見了，街上沒剩下幾戶人家了。我數著那幾個漆黑的洞，心裏隱隱約約地期望，有幾個像阿賜伯那樣的人，來來回回地亂走一趟。

我把車子停在門口，一面望進屋裏，沒有任何動靜。我覺得父親可能蹲在貨物架下，我跨過門檻，讓眼睛閉上幾秒鐘，適應了屋裏的黑暗後，卻沒有發現父親的影子。最近，他常常蹲在不同的地方，數不同的東西，有水龍頭、粗鐵絲、各種尺寸的塑膠管……。我心中有點納悶，他數這些東西究竟有什麼用？永遠都是同一個數目。這不像我作代數時，碰到的方程式，碰到這種情況時，我會在心裏偷偷算一下：$X^2+2X+1=0$ 你把整個方程式乘上任何一個數好了，乘上5、乘上78，其解還不都一樣，這種詭計可騙不倒我。我父親一遍遍的數這些破銅爛鐵，好像一不數就會短少似的。「破銅爛鐵」可不是我說的，是我母親說的。我母親希望他把這些東西全部賣掉，然後離開這裏，但是我父親不肯，他說這個時候賣不到好價錢，他還說了其他什麼話。大概是這些話使我們全家人依然留在這裏。我奇怪志清現在究竟在幹什麼？街上有孩子時，我們可以玩許多遊戲，玩踢銅罐子或官兵捉強盜什麼的。我不願意一個人在這裏度過漫長的夏季，我也不想蹲在那兒數塑膠管。我希望我們能搬到海邊，你每天只要光著上身，穿一條短褲，不游泳的時候，可以在溼溼軟軟的砂子上，踩下一個個深深的、滑稽的腳印。

我把一個鋅皮桶子踢得叫出「噹！」的一聲，我希望它能像皮球一樣碰到牆滾回來，再讓我踢一腳。但是，這個桶子很不爭氣，它一路滾到牆角就直挺挺地躺在那裏。我沒有再看它第二眼，我一直向後走，經過昏暗、沉悶的甬道，沿途拋下書包和其他雜物。

沖個冷水澡的念頭，幾乎使我興奮起來。於是我走向廚房，廚房裏空蕩蕩的，我母親不在那裏。我母親不在那裏，我想我沒辦法作任何事。我打開廚房後的那扇門，發現母親正站在後院子裏，朝著曠野張望，她站立的樣子就像身旁那兩個曬衣架，他們奇形怪狀糾結住的影子，一起爬上牆，幾件衣服和一條白布床單，掛在架子上，沒有一點風，因此院子裏的這些東西都和母親一樣，柔順地、一語不發地注視著曠野。

我的脚步聲使她回過頭，她說——

我在等你父親——他一大早出去——到城裏去辦事情——很有可能他會把那些破銅爛鐵賣掉——他騎的那部老爺車大概油不夠了——你身上都是汗水，馬上去洗——現在就去——你父親早該把那些東西賣掉了——我剛看到你從山坡上下來——卻沒料到你這麼快就到家了——以後車子不要騎這麼快——換一件乾淨的汗衫——路上碰到什麼人沒有——這個時候大概不會碰到什麼人——你父親馬上就回來了——他那麼大了應該懂得給車子加油——東西賣了，我們就搬到城裏去——我給你去拿乾淨的衣服——這些衣服實在難洗——難洗、難洗、難洗——。

這麼多話，我想最多只能記住「很有可能他會把那些破銅爛鐵賣掉」這幾個字。

那麼，父親到城裏就是辦的這件事。洗澡、吃飯，到坐在餐桌上寫功課時，我都在想著這件事。我在腦子裏繪出一幅新居的圖樣，跟著，我再用筆把它畫出來，但是它看起來很是虛僞，就像建築公司的宣傳海報。我畫了三、四棵椰子樹，一條筆直的公路，整齊的樓房，還有汽車，對了！就是汽車，很多很多汽車。我繼續畫，直到公路上塞滿了各式各樣的汽車：計程車、公共汽車、小轎車、救護車、消防車、警車……以及另外幾種我叫不出名字的車子。我母親則坐在我身邊，低著頭，在縫我一件制服，那是件冬天穿的長袖制服，我張開嘴想告訴她，暑假就要到了，不過不知道爲什麼，我沒有這樣做。我放下筆，側著頭傾聽街上的聲音，但是聽不到任何聲音。北上的一列火車剛剛經過，留下了一片延續至今的眞空似的寂靜。我母親縫衣的動作彷彿突然緩慢了許多，也許她也正豎起耳朵，希望有什麼聲音能突破這片寂靜。

某種莫名的衝動驅使下，我伸出手打開電視機。這陣奇異的雜音，使我母親驚訝地抬起頭來。

她第二次抬起頭時，我父親正站在餐桌前望著我們。他臉脹得紅紅的，並做手勢要我將電視機的聲音關小一點。我經過他身邊時，聞到他身上發出的酒氣，我想母親也注意到了，她皺著眉頭，問了一句我心裏也想問的話。

「事情辦得怎麼樣了？」

我關太小聲了，因此電視上只剩下畫面，幾個演員正在螢光幕上不吭一聲地打來打去。

「你們猜？」

我父親好像盡力壓抑住興奮，並且邊用手指關節在桌上敲出「喀、喀、喀」的聲音。

「你們猜？」喀、喀、喀、喀……

猜個頭、猜個鬼、猜個豬老二。我看看他又看看母親。電視上那幾個傢伙還在打來打去，我父親移開眼光，在銀幕上停了一下，但是那些一閃一閃跳動的影像，彷彿當著他的眼睛揍了一拳，使他忽然打了個嗝。

「你們當然猜不著——喀、喀、喀——你們一定猜不著——喀——我們不搬家了——喀、喀、喀——我出去把摩托車停好，再告訴你們。」

我和母親面面相覷，我父親搖搖晃晃地走出門，我們的視線跟隨著他的背影，直到他消失在甬道口。跟著一陣搬動物體的聲音傳了進來，這個聲音既空洞又呆板，好像幾十個人同時敲著街上的門。就在這時，一個更大的聲音使一切歸於沉靜。

我父親扯開喉嚨大吼一聲：

「幹——。」

暑假終於來了。在學校發的假期作業中有一項日記，我希望能忠實地把當天發生的事記在日記上，但總是沒辦法把這些事說得清楚。我記得在日記中出現最多的一句話，就是——卡車來了。我想老師一定會覺得奇怪，爲什麼我整天正事不幹，就坐在那裏數卡車，卡車來了！卡車又來了！這算什麼？卡車來來去去，就像每天刷牙洗臉一樣。我們老師會這樣說，你每天洗臉刷牙，你每天就記這些嗎？第一部卡車進入東埔街時，所有人都跑出去看。我和母親站在屋簷下，瞧著車子揚起的大量灰塵，和塵埃後慢慢顯出的父親的臉，他和幾個人站在「公路飯店」那塊巨大的新招牌下，同時都咧開嘴笑著。

七月二日

卡車又來了，我放下手上的書本衝到街上……

七月三日

遠遠的山坡下，幾輛卡車併在一起，朝著大街駛來……

七月四日

一輛卡車停在我面前，司機打開車門，他戴著一頂鮮紅色的棒球帽……

七月五日

半夜裏，一輛卡車的刹車聲，把我從睡夢中叫醒……

(我眞的沒辦法把這些事情說得淸楚。這是一個充滿陽光、灰塵、卡車噪音、司機叫嚣和女人笑聲的暑假。所有發生的事情，好像來自一場奇異的、不斷作著同心圓旋轉的夢境，許許多多幻影在燥熱、朦朧、堆滿垃圾的街道上追逐奔竄。一切物禮、飄浮的塵埃、塑膠袋、碎紙、乾草根都變了質，腐敗的氣味也成了有形之物，它鑽進你的腸胃、碎裂你的肝臟、扭曲你的五官，最後一口一口吞下你的靈魂。)

七月十二日

喝醉了的司機們在街上又跳又叫，有幾個還把飯店裏的女侍趕得吱吱喳喳亂跑。

七月十三日

一輛卡車撞上樹幹……

七月十四日

晚上，我和母親走到飯店對面，站在屋簷下，從成排的卡車間隙，看進裏面。屋子裏煙霧瀰漫，喧鬧聲一直傳到街尾。有幾個穿紅衣的女人若隱若現，我彷彿還看到父親的背影，但母親說那不是他，因爲他在厨房裏工作。

七月十五日

兩個捆工在街上打架，鼻孔流血……

（還有這件事，我不好意思記在日記上。但是我想那是七月十五以後那幾天發生的事——黃昏時候，一個嚼著檳榔的男人，在巷子口叫住了我，然後當我面解開褲子，露出下體，那是個巨大、醜惡的東西，他伸出舌頭，並且一直抖弄著那個東西。）

七月廿日

今天是返校日，我騎著車經過曠野，一路上碰到好幾輛卡車和一輛小發財。

七月廿一日

有幾家人搬回街上，我和賴家的小孩在雜貨店喝汽水。

（以後幾天，情況有了轉變，好像我對數卡車的事喪失了興趣。曠野、沼澤、瓦礫堆又重新進入了我的生活。那幾日，日記上的主題是我對解剖青蛙的生動報導。我用一把鉛筆刀，從青蛙頸子沿著白白的肚皮一路劃下去，血、內臟、腸子一個個跳出來……。）

這個月結束時，父親好像變了一個人，他興致勃勃、笑聲洪亮而且神出鬼沒。我常常在半夜裏被他的叫門聲驚起。但是次日清晨，我起床時，卻又看不到他。我母親則穿上那套紅綠相間的花俏洋裝。偶爾有幾個人進來買點東西，她就會神經質的笑個一兩聲。平常時候，她總是坐在門口，遠遠眺望著飯店那個地方。雖然我父親在飯店裏有一點股份，但是從來就不准她進去，我們都想進去看看，後來裏面一個女人跟我母親描述那地方的樣子（不准我在旁邊聽），那女人邊說邊笑，一面很不雅觀地抖著膝蓋。這些女人都住在阿賜老頭的房子裏。到了夜晚，那個房子好像起了火。門口新裝的那盞大霓虹燈，亮得令你張不開眼睛。老頭屍體曾經躺著的大廳，現在連白天都開著燈，許多人在這裏進進出出。其實我知道這些人在裏面幹什麼，賴家的那個小孩有一次對著我說了個很髒的字。

這個字是——

八月

我開始對每天寫日記厭煩起來，先是兩三天記一次，後來索性一個星期才記它一次。因此，日記上的好幾件事，極可能並沒眞正發生過。譬如我幫母親修理餐桌，而實際上我做的只是遞給她鐵鎚和釘子而已。還有我父親說他打算自己開一家飯店，也許這件事是我幻想出來的也說不定。另一次的返校日，我還跟同學提過這條街將回復舊觀這回事。我甚至提到了大型冷氣遊覽車，這種車子在泥橋上都很難得看到。不過有一件事是絕對可以確定的，在這堆瑣事或是虛構記載當中（那一天我忘了，日期並不重要），我輕描淡寫地記了一句——今天，街上死了個女人，來了一車子的警察。

日記就寫到八月底，因爲假期結束了。

學校開學後的一個星期天，我搬出一張小櫈子，坐在屋簷下，等著從城裏來的估價商人。

身後傳來我父母的爭論聲，對每件物品的售價，他們好像都要爭論一番。從街口吹來的一陣強風驅散了這些聲音，並且使我的眼睛閉上了一會兒，當我張開眼睛時……

時間彷彿一下子靜止了，整條街有如被冰凍了起來，塵土不再飛揚，冷冷的陽光覆蓋著空蕩蕩的大街，一度極盡風光的巨大招牌，孤零零地俯視著馬路，招牌上「公路飯店」這幾個字，則張大著茫然的眼睛，有如訴說一個遙遠、蒼涼的故事。

我用力眨了眨眼睛，趕走企圖浮上腦際的那副景象（許多雙脚圍著倒在血泊中的飯店女侍，她眼白上翻，頰上的肌肉還在微微地跳動。她穿著一身鮮豔的紅衣裙，赤裸的小腿也被鮮血染成紅色，一隻黑色鑲珠花的高跟鞋靜悄悄地躺在巷子口，另外一隻不知道什麼原因，緊緊地握在她的手中。）

我再用力眨了眨眼睛，於是我父母親的爭吵聲再度迴盪在街上。

「你仔細再瞧瞧……說什麼也不能低於兩百元。」

「這個價錢……你覺得……人家……。」

「只不過生了點銹……。」

「兩個月前賣掉就好……。」

遙遠的一個黑點吸引了我的注意，它像個滾下山坡的石頭，挾著逐漸變大的呼嘯聲：波、波、波、波……我看清楚了，那是一輛摩托車。然後，我回過頭，朝著門裏，使勁地大叫：「爸，那個人來了……來了！」

那個人奇蹟般地使我們搬離了東埔街。

我永遠忘不了那一天，我們的情緒混合著激動、傷感、興奮、期待和依依不捨。我父親丟上最後一張櫈子，回頭對著沉默不語的大街、驕傲地宣布：「我們是最後離開那裏的人。」說話的神情有如一位給予敵人重創卻不得不宣布退卻的將軍。

離開東埔街後，我們在城裏的一條街安定下來。那棟房子面對著一個狹小骯髒的公園，附近的人把拉圾倒在原本打算作噴水池的地方。公園旁有幾棟施工中的建築物。白天時候，從窗口不停地飄送進來震耳欲聾的敲打聲。但是一到夜晚，整條街一片死寂，公園裏的枯枝、石椅、欄杆彷彿幢幢魅影，偶爾一輛汽車飛馳而過，車頭燈光透窗而入，不由分說地將這些影子帶進你的夢境。

一個冬天的午夜，我在睡夢中被一種奇異的叫聲驚起，我側耳聽了一陣，這種聲音好像在什麼地方聽過。我想了一下，然後披衣而起，走到客廳，在昏暗中，父親正靠窗站著。

我走上前，朝著窗外張望，但是街上漆黑一片，什麼都沒有。

「那是什麼聲音？」我問。

我的聲音發著抖。

——原載一九八一年十月《聯合報》

如何測量水溝的寬度

不管怎麼說，測量水溝永遠不會是個有趣的話題。當我們用言語來娛樂朋友時，最常被提到的是：男女關係、經濟、醜聞、電影和笑話。我們咀嚼著機智的字眼，舌頭舔著幽默的嘴唇，然後收縮一下聲帶，藉以發出各種不同波長的聲音，這些聲音如果是有組織的、有意義的，或者有趣的，我們便稱它爲話題。

是的，我也有一大套專門對付那些浮面傢伙的話題。除了前面提到的那幾項外，我的話題尙包括了天氣、藥物和貝殼（我收集這種東西，有滿滿一抽屜）。聽我說話談不上享受，但也不會是種苦刑：除非我一不小心溜了嘴，提到如何測量水溝寬度這回事。通常對方的反應是臉部肌肉突然地拉緊，唇邊線條加深、瞳孔放大、組成一副不可思議的表情。這種表情具有強烈的諷諭效果——我立刻收回底下的話。

至於本文的題目——如何測量水溝的寬度。這個問題一般人可以接受的答案是個反問句：

你如何測量靈魂的寬度？

此一形式的問答常見諸學院派的形上論爭中。例如：

「上帝在哪裏？」

「人在哪裏？」

或是禪宗的公案：

「求師父給我一個安心的法門。」

「你拿心來，我就給你安。」

然而，機鋒一不留心就會淪爲逞口舌之利，這是我必須極力避免的。何況靈魂與水溝絕對不能相提並論，即使它們有某種關連性存在。這個關連性，坦白說，就是使我夜裏輾轉的主因。

如何測量水溝的寬度？如何測量靈魂的寬度、爲什麼我如此熱衷這個問題？爲什麼我始終無法擺脫這個習慣——隨時隨地想要「測量水溝的寬度」。

一

在這座城市，蛛網一樣遍佈著各式各樣的水溝，有圳、大排水溝、下水道，以及終年發散著臭味的小陰溝。我問過市府工務局本市到底有多少道水溝，他們答不上來。「你爲什麼不去找環保局？」我於是打了四通電話，終於有一位小姐很客氣地說：「先生，你怎會想要知道水溝的數目？」我告訴她，這件事總得有人關心。水溝是城市的排泄管，就像你我的肛門，沒有人喜歡談論它，但總得有人關心。何況它們正迅速地自我們的視野內消失，像蚯蚓一樣隱入地層，在我們的脚底下喘息著、呻吟著、蠕動著，如果可能，還會打個嗝，臭氣便從柵欄型的水溝蓋縫隙衝出。但即使這種能讓你稍窺地底世界的溝蓋，也逐漸被密閉式的混凝土製品所取代，此類製品能夠承受數噸重的卡車和大象，能僞裝成高級路面，成爲維護都市景觀的無名英雄。所以，總而言之，我們中間必得有人出來關心這件事。

「什麼事？哪一件事？」

「聽著！第一個問題：本市有多少水溝？第二個問題：妳們用什麼方法測量它的寬度？」

「第一個問題：我不怎麼淸楚。第二個問題：我猜他們是用皮尺量的，一定是這樣，我看過修水管工人……」

「小姐，」我打斷她的話，「你壓根兒就沒搞懂我的問題，我是說水溝，不是水管。」

然後，我又將我那一套水溝正從我們的視野內消失，而居然沒有人關心的看法重述了一遍。

但是，不論我如何努力，話筒另一端的小姐還是沒法子弄懂，她喃喃地說了些抱歉之類的話。

「抱歉的應該是我，」我掛斷電話，「一有答案，我第一個通知妳。」

於是我有了個想法，那就是，除非我從頭說起，否則沒有人會理解這件事，更遑論它的重要性了。

二

一九六〇年五月卅日，這一天我們打算去測量水溝的寬度。

我們有五個人。

我，一九四九年出生，七一年大學物理系畢業，七六年進入彩虹花生醬公司，一直待到今天，不少人問我，爲什麼選擇花生醬，而非沙茶醬。據他們說沙茶醬遠景看好，這跟台灣人冬天吃火鍋有關等等。我的回答是，童年時我讀了一篇許地山的文章「落花生」，深受感動，他說「做人要學花生」。八〇年，老闆覺得花生不能滿足他的需要，遂決定投資製鞋業。一年後，彩虹公司已經能夠用豬皮製造足球鞋，並和一支球隊簽約，免費供應全年足球鞋。老闆同時希望我替他賣鞋子，我沒辦法回絕，便從花生醬製造部經理調爲運動鞋營業部副理，這其中的差別正如許地山從一位歌詠花生的作家變爲保險業推銷員。也就在同一年，我開始寫起詩來，寫了一陣子又改寫科幻小說。第一篇作品發表在一家晚報的副刊，是關於一種八爪外星生物穿鞋子的故事，因爲長了八隻脚，穿鞋子便爲一件複雜的事。可惜這篇小說並未引起注意。事實上，這篇小說構想完全來自老闆，有一天，他感歎地說了這麼一句，「爲什麼一個人只能有兩隻脚，不能有四隻脚、六隻脚？」總而言之，我熱切地期望成爲一位受人尊重的「科幻小說家」，雖然至今爲止一共完成三篇作品。

賴曉生，和我同年紀，一九七五年突然從南部某個地方寄給我一張明信片，此後下落不明。

曾一平，我對這個人記憶模糊，印象中他是我們這羣人中身材最高的，老是走在後頭。

盧方，一九七六年死於車禍，我剪下這段新聞，夾在小學畢業紀念册裏。那是一場大車禍，盧方搭乘的巴士在平交道上被火車攔腰撞上，斷裂的車體金屬成爲致命的利器，六具碎裂的屍體散布在一百公尺長的鐵軌兩側。

陳進德，唯一與我接觸上的小學同學。一九八一年我調到運動鞋部門後的一個晚上，我突然心血來潮，打開電話簿，同樣的名字出現八個，我不厭其煩地撥電話，終於找到他。

「謝明敏，你記得這個名字嗎？」

「謝明敏？」

「廿五年前，清平國小六年四班。」

沉默。我看著名單上剩下的兩位陳進德，準備放棄。

「啊！你是——你眞的是——」

我們約好第二天見面。

在一家西餐廳，我用廣播找到他。我們毫不猶豫地伸出手，他的手掌肥厚溼潤，像只橙子。

「唉呀！」他猛力搖著我的手，「想不到，眞想不到……。」

我們點了兩客炸雞全餐，那些雞塊炸得香噴噴的，金金黃黃的油汁從陳進德肥厚的下巴淌了下來，他抓起餐紙，用力擦著。

「你怎麼曉得我喜歡吃這玩意兒？」

「你忘了嗎？來這裏是你提議的。」我笑著說。

「其他人呢？你都聯絡了嗎？組個同學會怎樣？每年聚會那麼一兩次！」

「賴曉生搬到南部，曾一平不清楚，可能出了國。盧方幾年前死於一場車禍，你呢，在哪兒得意？」

陳進德告訴我，小學畢業後，他讀了兩年初中，然後開始遊蕩。這期間他幹過小工，替賣膏藥的跑腿，拉保險，現在經銷中古車和賣二手貨汽車零件。

「你呢，看來混得不錯，怎麼樣？搞理髮廳是不是？」

「在一家運動鞋工廠混口飯吃。」

「愛廸達還是彪馬？」

「彩虹，蠻有名的，每星期一、三、五都在電視上作廣告，你一定看過，先是一道彩虹，然後我們的鞋子就從彩虹的一端走向另一端，很有趣，你一定看過。」

陳進德顯然沒注意到這個廣告，他搔著頭，眼珠子轉了轉，之後揮揮手，改變話題，「你昨天說的大水溝，我好像有這麼個印象，不過，我們到臭水溝邊幹嘛？」

「大夥兒想要——」我換了個姿勢，「測量水溝的寬度。」

三

一九六〇年五月卅日，這一天，我們打算去測量水溝的寬度。

但正如推理小說家林登所說，「故事在眞正發生之前，已經在暗中進行好一段時間了。」因此，我必須從這一天的淸晨開始說起，讓大家看看測量水溝的動機究竟是如何發生的。

五月卅日清晨，氣候：應該是個晴朗的天氣。

「給我五毛錢！」

「做什麼？」我父親說，「昨天不是才給過你。」

「買簿子。」這是老套了，我已經準備好一本只寫了兩頁的簿子，剩下的工作就是把那兩頁撕掉。我父親是個善良的人，嗜好酒和胡琴，但這兩件事不能湊在一起。我父親作古許久，我還保存著他的照片，每張照片裏他都咧著嘴笑，好像知道日後他的兒子會在一篇小說中描述他的笑容。不知道爲什麼我一直覺得虧欠他。

〔讀者諸君如果對他發生興趣，可以寫信到這個地址——台北市忠孝東路四段五五五號聯合副刊。（我預備把這篇文章投給這家報紙。）〕

接著，我便興高采烈地帶著錢到學校。第三節下課時，我已經用掉了三毛錢。最後一毛錢，我給了個叫「金魚」的女生，她可能是全校最窮的女生，我給她一毛錢，她讓我把手伸進麵粉袋改良的裙子裏。

許多年後，我告訴同居的女友這個故事（當然男主角不會是我），她很生氣，認爲我所以編造這麼個故事，純粹是受了社會版新聞的影響。

「你看多了色情、暴力的報導。」

「不騙妳，」我說，「這個女孩目前在電視台播報新聞。」

「胡說八道！」

（我們爲這件事大吵一場，三個月後，她離我而去，臨走前丟下了一句話：「妄想狂！」我本來打算一輩子不原諒她，但是當我寫到這裏時，我忽然原諒她了。由此可見，小說淨化心靈的力量多麼大，尤其對作者。）

總之，我口袋裏再度空空如也。盧方提議放學後到大溝邊去，我便加入了。我們五個人從學校側門出發，我個子最矮夾在中間，曾一平殿後。頭頭是賴曉生，他一向自認是我們這羣人的領袖。

「大家注意！」賴曉生嚷了起來，「前面是原始森林！」

所謂原始森林不過是些矮灌木罷了，賴曉生拔了根樹枝象徵性地揮舞著。

「不要去那裏。」曾一平從我肩後說。

「不去那裏，回家做功課。」我說。

這當兒，陳進德插進嘴來，說了些老師們的壞話。

不過，說來奇怪，廿五年後在炸雞店裏，陳進德講的話就完全不一樣了。

「我記得王武雄老師，王老師最關心我，希望我能考上好初中，我家境不好……」

「我們成立臭水溝幫那一天，你告訴我王老師最討厭你，因爲他常常用粉筆丟你的頭。」

「哪有這種事，王老師最喜歡我了。」

「好吧！那另外一件事，你總該記得吧？」

「我壓根兒忘了，」陳進德說，「我也不記得我們組了那樣怪名字的幫派。」

（陳進德無疑的是個麻煩人物，不管在現實生活或是小說中。）

再回頭說說放學後的情景；我們這一羣探險家離開學校側門，進入一條夾纏著矮灌木、樹椿、竹籬笆的小徑。

我重臨這條小徑是在七二年（這一年我接到服役通知），七四年（退役）以及七六年——從這年以後，我幾乎每年抽一兩個下午到那附近逛逛。大概在七四到七六年間，灌木叢被鏟掉了，成了一條能通行摩托車的碎石小路，路兩側蓋滿了鐵皮和木板拼湊的違章建築。到了七八年，違章建築不見了，馬路拓寬，狹長的三層樓房排列兩旁，大排水溝就在這時被移入了地下。再過四年，我買了輛福特車，第一天便開著車子造訪故居，我放慢速度先在學校四周繞了一圈。學校看起來又小又擠，然後進入那條小徑，不！應該稱它大街——四線道大馬路，兩旁聳立七、八層的大樓，車子兩分鐘便抵達許多年前原是大排水溝的地方。我煞住車打算在水溝上沉思些童年往事，不意後面喇叭聲大作，這種聲音是都市的恥辱，何況在市區附近。最後，我把車子停在卅公尺外一家咖啡廳前。

整整一個下午，我坐在咖啡廳裏，茫然地瞧著窗外。

我們五個人繼續走，一路上又跳又叫，彷彿要告訴別人我們有多快樂似的。過了好一會兒，我們止住笑，用力吸著鼻子，因爲從什麼地方正傳來垃圾焚燒的氣味。再過一會兒，我們聞到了雞糞的味道（也可能是狗糞，時隔多年，憑回憶很難確定究竟是哪種氣味。）這個味道過後，便有光影在眼前跳動，那是一塊隆起的小土堆，泥層裏混雜著碎玻璃、煤渣和磚屑。我們小心地登上土堆，站在流光與帶乾草味的風中，俯視著脚上那條蜿蜒似蛇的大排水溝。

四

當我思考著給這條大水溝一個完整的形象時，突然一個意念浮上心頭：爲什麼不把它畫出來？

於是，我停下手邊的工作，跑到文具行去買了一盒彩色筆，以及找了一張紙片。（上面這段文字是在從文具店回來時寫的。如果有讀者問，爲什麼選擇彩色筆而不是蠟筆或鉛筆？我的答案是，那家文具行只賣彩色筆，或者我到文具行裏，我的眼睛只看到了彩色筆，價格是十八元。）

我要開始畫了！

（編輯先生：能否將這張圖印成彩色，打破副刊的傳統。）

註：這張圖的比例大約是一百到一百五十比一，但是讀者諸君千萬不要拿出尺來量圖上水溝的寬度再乘以一百五十，這樣做就變成你在測量水溝，而不是作者我在測量水溝。至於在色彩上，跟實際的顏色也有頗大的差異，況且如果編輯先生拒絕我的建議，那麼這張圖會變成黑白色，水溝則呈灰色，正如你們最近看到的河水顏色。不過，當時河水的顏色的確不一樣，即使水溝裏的水。在此，我順便提醒諸位一句：不要讓嫦娥笑我們的河水髒。

五

我覺得很滿意，而且有助於解釋「如何測量水溝的寬度」這件事。於是我把圖片裝進一只封套，準備找個人來試驗一下它的功能。

※故事進行到這裏，可能有部分讀者感到不耐煩。那麼我有如下的建議：

1.你可以立刻放棄閱讀，再想辦法把前面讀的完全忘掉。

2.你一定急著想知道作者如何測量水溝的寬度，那麼我現在告訴你，我們當時帶了一把弓箭，把繩子綁在箭尾，射到緊靠溝旁的樹幹上，把箭拉回後，再量繩子的長度，答案就出來了。

3.假如你對上述兩種建議都不滿意，那麼我再給你一個建議，暫時不要去想如何測量水溝的寬度，請耐心地繼續閱讀。

我再打電話給環保局的那位小姐。

「前幾天我問過妳關於排水溝的數目，妳還記得嗎？」

「啊！」她輕呼一聲。

「我姓謝。」

「謝先生，我以爲你不會再打電話來。」

「爲什麼？」

「經常有人打電話給我。」小姐說：「我能不能請教你怎麼對那個問題那樣感興趣？」

我聽到一種聲音，我猜想那是種用手掩住嘴的笑聲。

「很多人都這麼問，一時也解釋不清楚，」我說：「這樣好了，妳有空嗎？我請妳喝咖啡。」

「我不隨便跟陌生男子約會的。」

「我不是陌生男子，我現在告訴妳我是誰，」我說了自己的職業和年齡，「還有，我可以直接到辦公室去找妳，妳們公家機關有責任回答老百姓問題，對不對？所以我這麼做只不過是換了個比較輕鬆的方式。」

「我能不能帶個同事……」

找一個不相干的人傾訴是個冒險，不過倒滿刺激的。

於是我帶著一份聯合報(這是約定的記號)，在咖啡廳等了五分鐘，兩位小姐出現了。

「謝先生，這位是我的同事馬小姐。」我請她們坐下，那位戴眼鏡的馬小姐掩著嘴吃吃地笑了起來。

「很有趣，是不是？」我說。

「還用說！」陳小姐跟著笑，「馬小姐跟我同一間辦公室，我把你的事都跟她講了。」

我也笑了起來，在笑聲中，我打量著兩位年輕小姐，平庸的臉孔、孩子氣的打扮，我在內心輕歎一聲。

「妳們一定覺得好奇，對不對？」

「是呀！」陳小姐說：「每天我都會接到幾通怪電話，沒一個比你更怪的。」

「眞有意思！」馬小姐說。

「什麼怪電話？」我問。

「有個人說他家的屋頂花園發現了蛇穴，我請他打電話給一一九。」

「眞有趣！」馬小姐說。

我想她下一句話必定是「眞好玩」。

「不要以爲我在開玩笑，妳們想一旦核子戰爭爆發，下水道能夠拯救多少人。核子彈爆炸時，馬路都燃燒起來，這時候妳們唯一想到的事就是跳進水溝裏，跟著大叫一聲，『這水溝怎麼這個樣子，市政府幹嘛不把它做大一點！』」

「眞恐怖！」馬小姐插嘴。

我瞪了她一眼，繼續說：「因此，我養成了測量水溝的習慣，我每經一處水溝，不管它是開放的或者隱入地下，我總忍不住問自己『它們到底有多寬，裝得下幾個人？』所以，我才打電話問妳本市有多少水溝，妳們用什麼方法測量它。」

「原來謝先生是個核戰恐懼狂。」陳小姐說。

「眞好玩！」馬小姐說。

可想而知，結局是陳小姐很熱心地答應幫我查詢上述的問題，並且暗示我們有繼續發展友誼的可能。我卻覺得沮喪，無比的沮喪！老天！我是怎麼回事？我到底什麼地方出了錯？我原來帶了圖畫來解釋這件事的，然而我卻把一件單純的事情複雜化了，以至於偏離了主題。就像我寫的那篇「八爪外星人」科幻小說，由於犯了一點技術上的錯誤，讀者和作者同時都搞不清楚哪一隻是手，哪一隻是腳。

那麼，剛剛那兩位小姐後來的遭遇怎麼樣？一定會有部分好奇的讀者有興趣，「後來你跟其中的一位做了朋友沒有？你們有沒有可能談戀愛？」

我的回答既不是「是」，也不是「否」。

我的回答是：兩位小姐未來的發展跟這篇小說無關，她們仍舊回到她們現實的生活裏，對她們來說，這件事只是生活中的一個偶然變數，正如你一樣。當你閱讀這篇小說時，你也「涉入」了這個故事，只是你跟兩位小姐涉入的方式有著明顯的不同。這個不同是：「你」不是一個清楚的特定對象，但如果你在某一天的早報上讀到這篇文章，在文章還沒有結束之前，及時與我取得聯繫，你便有可能在我的作品中眞正揷上一脚。只是以目前的情況，這麼做在技術上的確有困難，除非副刊的作業方式整個改變（譬如說，一篇短篇小說一個月刊完，而且一星期只刊一天），或者你對小說完整性的觀念改變。

所以，兩位小姐必須即刻離開舞台，她們差點把我扯到題外去。我於是打了個電話告訴她們，關於測量水溝寬度這回事，根本是個無聊的玩笑等等。

六

容我抄錄下面這一段話：

「我們藉感官認識外在世界，當我們感覺到某些現象時，由於感官的運作方式，以及人腦整理解釋外來刺激的方式，使我們賦予這些現象一些特徵。這種整理過程，有一個極重要的特點，就是我們把周遭的時空連續體切割成片斷，因此，我們才會把環境看做由許多屬於不同名類的事物所組成，也把時間之流看成一連串分離的事件。」

七

在經過這種小說與現實生活的波折之後，我想我們都會比較有勇氣與智慧面對一九六〇年五月卅日那一天眞正發生的事。

眞相：

一九六〇年五月卅日

當我們抵達大水溝邊時，我們共有四個人。（陳進德在最後一刻回家了。）

我、賴曉生、曾一平、盧方。

我們四個人趴在混凝土作的溝沿，俯視著水中的倒影。其時，天空極爲晴朗，水流清澈見底，水面彷彿是面鏡子。

「我會未卜先知。」我對同伴說。

「那你就說說我們的命運。」賴曉生說。

「賴曉生，你會在一九七五年寄給我一張明信片，」我說，「曾一平，你將來會跟我失去聯絡。」

「我呢？」盧方問。

「我不敢講。」

「講嘛、講嘛、講嘛。」

「是你們逼我的，後果我不負責。」

「講嘛。」

「盧方你會在一九七六年死於車禍。」

「放你媽的臭屁！」

「那你自己呢？」曾一平問。

「我會在一九八五年寫一篇叫做『如何測量水溝的寬度』的小說。」

「什麼！你說你要在未來測量這條水溝的寬度？」曾一平問。

「不錯！」

「我們現在試試看怎麼樣？不必等那麼久。」賴曉生說。

「好，大家想想用什麼法子去量它。」

我們四個人坐在大溝邊，搖頭晃腦的，直到天黑，一點辦法也想不出來。

——原載一九八五年十一月廿四日《聯合報》

曼娜舞蹈教室

一

我不敢確定那個人就是她。當門打開的一瞬間，壁鏡裏反射出那些舞蹈者的影像；一式黑色緊身衣，突出的各種尺寸胸和臀部、誇張的動作、猝然地扭擺、旋轉和跳躍。這些加上傾瀉而出的冷氣，使我迷惑了一陣。不過，我還是盡力把視線自這堆無法理喻的「東西」中移開。

我想很可能就是她——那個唯一靜止、背對著我驚訝視線的女郎就是她——唐曼娜，這間舞蹈教室的創辦人，她在上個月六號給我寫了封信，這封信由私立清贊中學轉到我手上時，已整整一個月（封口有被拆閱的痕跡）。信上說，我十五年前幫助過她，是她念念不忘的人。但我壓根兒忘記了，是的，我不記得曾經幫助過誰。我的第一個反應是生氣；不論我現在是否還在這家中學任教，教務處都無權拆閱信件。第二個反應則是好笑，以目前的情況，任何人都看得出來，我這輩子不可能幫助過誰。總而言之，除了滿足僅餘的好奇心外，我來此的目的是看看能不能弄到幾個錢。

門在管理員背後迅速關上，一如我告貸過的那些門。我收回視線，以曾爲教師的經驗，覺得不應在上課時候打擾她，便下了樓，投入午後的街道中。所有酷暑下的街道看來都是一個樣子：有一、兩輛車皮幾被曬紅的汽車，費力地掙扎向前，一、兩片乾樹葉在輪胎後打轉，一、兩個行人在騎樓下閃閃躲躲，天空沒有一片雲，藍得像氫氣噴管噴出的藍焰。

我找到一處陰影——眼鏡公司裝飾過的廊柱後，一面望向對街的舞蹈教室，一面在心裏琢磨「冷氣、錢、好運道」這些字眼的不同涵意。

過了半個鐘頭，對街開始有了動靜，三三兩兩的學員（脫掉緊身衣，換上家常服，像一羣傾巢而出的蝴蝶）快步奔出，有兩個上了計程車，有三個穿過馬路，經過我身旁時，其中一個說：

「眞的熱死人！」

我推開舞蹈教室的門，置身於舒適的音樂和冷氣之中。教室裏除了唐曼娜外，尚有一位身材嬌小的舞者，她抖動著軀體，像枝風中的蘆葦。

「我們不久後要到電視台表演。」唐曼娜走向我。

「好極了。」

「先生是來接小姐的吧?先生。」

「啊!不是,」我說,「我來找一位唐小姐。」

「您是——。」

「宋德瑞。」

「宋老師!」我預期她會如此稱呼,同時做出一副欣然的表情。

「好多年了,」我試探地說,「我的學生分散各地,各行各業都有,有些經常給我寫信。」

唐曼娜高興的笑了起來,她告訴我她是六〇年畢業的,高三四班。然後她向我道歉,「我進去換件衣服,穿這樣子太不禮貌了,」我受暗示地瞄了一下她的身材,「老師這邊坐一會兒。」

一道小門打開,那位舞者跟了進去。於是整間教室只剩下我一個人,估據整面牆的壁鏡使它看起來比實際要大,我估計一下,至少有個五十坪,按照附近的地價計算,這麼大的屋子,光是租金,每個月至少要三萬塊。三萬塊!我伸出舌頭,舔了一下乾燥的嘴唇。那麼這位唐曼娜是很有幾個錢了——加上音響、冷氣、照明設備，我用半職業性的眼光，用心地核估這位學生的成就。

唐曼娜再度出現時，我已經算出了她每月的開銷和收入，另外推論出她在銀行裏必定有一筆存款，就算個五十萬吧，這筆錢用來支付某些突發狀況，譬如那一類叫「婦女時間」的電視節目。

「對不起老師，讓您久等。」

她穿著一襲粉紅洋裝，腰繫銀色皮帶，看起來像是金融機關的高級秘書。

「沒有關係，」我說，「我從來沒到過眞正的舞蹈教室。」

「眞正的——，」唐曼娜輕笑一聲，跟著抬起臉，用一種微帶鼻音的聲調說，「老師，您知道嗎，全台北市有六百家舞蹈教室，教授有氧舞蹈、韻律操，這一類的時髦運動，我的學生什麼行業都有……」她頓了頓，好像突然想起了什麼，「唉呀！我們怎麼光站在這裏講話，老師，我們到樓上喝咖啡。」

所謂樓上是指這棟大樓的頂層，光線很好，甚至有點刺眼，不過冷氣很夠，還加了香精，聞起來有股茉莉花的氣味。

「老師，您是十五年來影響我最深的人。」咖啡座裏的唐曼娜說。

「妳是指——」我非得謹愼不可，因爲到此爲止，我對整件事還沒理出一個概念。

「『吃苦難的麵包，在逆境中勇敢迎上前，接受失敗的態度本身就是一種勝利』，老師，記得嗎？這些話您寫在黑板旁的公布欄上，要我們每天上下學時念一遍，有些同學覺得好笑，可是，對我卻有重要的意義……。

我竭力回想那一段「爲人師表」的日子，我寫過這樣肉麻的句子嗎？我要學生放學時念一遍嗎？吃苦難的麵包，什麼東西！我現在只能吃到屁。在逆境中迎上前，老天！這眞是我講過的話嗎？這個世界沒有「逆境」這種東西，這世界實際上是座「煉獄」，專門折磨我這一類可憐蟲。最後一句「接受失敗的態度本身就是一種勝利」則更是堆狗屎，失敗就是失敗，再簡單不過了，不論你的態度怎麼樣，失敗的事實永遠無法改變，就像你擲了一手鼈十，或是證券市場亮出的跌停板數字，或是有一天你突然接到法院的傳票。

唐曼娜繼續著她不可思議的故事。

「高中畢業後，我原準備考大學，沒想到家裏發生了大變故，我父親過世了，我不得不幫忙賺錢。我第一個工作是餐廳小妹，您知道那種工作，離開餐廳後，我又換了幾種工作，都不是什麼值得提的事，像舞廳、酒廊，我都待過。老師，我要說的是，每當心力交瘁，自覺無法支持時，我就一遍遍地默念著老師告訴我的這幾句話，謝謝您，老師。」

我不曉得應該說些什麼，我想還是採取保留的態度。我輕輕啜飲一口咖啡，想像著一個面有菜色的小女生，如何在飢寒交迫的當兒，咀嚼著我的「勵志文粹」，最後成為令人欽羨的成功者，這種事可能嗎？

「我很高興，」我說：「我也常常用這些話勉勵自己。」

「老師現在是不是還在母校培育下一代？」

「離開了，私立學校很多事情我看不順眼，例如註册費每年都在漲，校方只想賺錢。我現在在一所專校夜間部兼課，」再一次地，我又滑進了糖果與餅乾的謊言裏，「白天作畫，開過幾次畫展，我比較擅長風景畫，一半是因為興趣，一半是因為年紀，我預備五十五歲退休，還有個兩三年。」

「師母呢？」

「過世十年了，我經常想起她，妳師母是個很賢慧的女人。」其實那個臭婊子此刻大概在高雄快活著呢。

「對不起。」唐曼娜說。

索性多說點吧，我想，這類故事最能打動女人心了。

「十年來，我過著與世無爭的生活，我自己做飯、鋪床，大部分時間都坐在電視機前，偶爾有幾個學生來看我，那是我最快樂的時刻，我想我很快就會習慣步入一般人所謂的『風燭殘年』。」

「啊，老師……」我臉上的滄桑表情一定打動了她，唐曼娜神色黯然，「我以後也會常常去看您的。」

同情無價，我在心裏長歎一口氣，看來今天是沒什麼搞頭了。我說過太過火了，一個睿智、孤獨的老人，見他的大頭鬼！

是該告辭的時候了，「晚上還有一堂課，」我說，「我得回去準備一下。」

唐曼娜跟我要了學校的電話，我敷衍著說，每周一兩堂課，學校可能很難找到我，至於家裏，那個號碼我一下記不起來，眞差的記性，「這樣好了，過兩天我打給妳，妳給我一張名片，其實也不必，妳這家舞蹈教室很有名，打電話問一〇四就行了。」

唐曼娜給我名片，然後替我叫了一輛計程車。

「送這位老先生到南港。」同時塞給司機兩百塊錢。

我瞪著計程表上的數目字，當它正準備起跳時，我下車了，在司機憤憤不平的眼光下找回一百八十元。

我改搭公車回南港，雖然車廂熱得跟蒸籠一般，我一點也不在意，誰叫節儉是一種美德！不是嗎？可愛的唐曼娜！美麗的小妖精！口袋鼓鼓的大富婆！求妳幫助這個無依無靠的老人，求妳給他一筆錢、一大筆錢，讓他每天都有苦難的麵包吃。哈──哈──哈──。

二

我管住的地方叫「狗窩」,(別人在背後也大概這麼稱它)這兩個字頗爲傳神地描述了我的居住環境。「狗窩」是由一堆發霉、東拼西湊的建材蓋成的,南港地區多的是高汚染工廠,空氣中常帶著淡淡的臭味,這種臭味還是可以忍受的,因爲基本上它是一種工業氣味。但是,當妳進入「狗窩」方圓五十公尺內,你不會聞到任何臭味;你呑進它,就像被關進一只巨大的垃圾箱裏,有人自你頭頂傾倒一盆經過層層腐敗物的水,然後你呑下的就是這種東西。我的房間坐落於「狗窩」的一角,月租六百塊錢,是由廠房改建的三層樓十六個房間中的一間。管理員是位獨脚老人,據說他的脚是因爲某個人不小心碰到切紙機的開關,而當時他正躺在那部大機器光滑的平台上睡午覺,於是那具切割刀便十分有效地完成了它的裁剪工作。老頭常來我房間,轉述些鄰居的閒話。除了催繳房租的時候,我可以忍受這個人。

「找到寫信給你的那個人了吧?」老頭從我背後說。

「沒有。」

「嘿嘿……。」他說,坐在我那張木板床上。

此時我正站在窗口,視野內除了灰濛濛、垂頭喪氣的硫酸工廠外,就是窗下一座佔地數百坪的廢物堆積場，擠滿了破輪胎、紙箱、銹鐵板，還有一輛缺了輪子的舊遊覽車，車裏擺了張床，住了三個人。這家人連個睡覺的地方都沒有，我們「狗窩」裏的人是不屑跟他們來往的。

「把你的髒脚移開，」我收回視線，對老頭子說，「你怎麼從來不洗脚，你只有一隻比較省事，別人有兩隻呢。」

這是我常開的玩笑。每逢提到脚的問題，老頭就故意把褲管捲起來，讓人欣賞他那被削平了的膝蓋，以及傷口處的粉紅色新生肉。

「我說老宋，你什麼時候給錢？」

「他媽的！你眞會挑時間，」我說，「你瞎了眼，沒看我正在忙著。」

我回到畫架旁，藉窗外斜射進來的黃昏餘暉作畫。畫的主題大多是太陽從羣山間昇起，山前再加上一片海洋。每幅工錢三百五十塊錢，認眞的話一天可以畫兩幅。

「很多啞巴比你畫得好。」老頭指指點點。

我沒有作聲。

我認識一個啞巴，」老頭繼續說，「他畫得就比你好。」

「他畫些什麼？」我漫不經心地問。我承認這種工作啞巴最適合。

「花，他畫很多花，芍藥、牡丹、黃菊。」

「你既然喜歡，怎不買幾幅掛著!?」

「開什麼玩笑！」

「滾你的！」

把老頭趕走後，我打算繼續未完成的工作。但突然之間，肋骨處傳來一陣刺痛，我扔掉畫筆，躺上床。有幾秒鐘的時間，我以爲自己就要死了。痛楚過後，我再度爲自己的怯懦感到羞恥。宋瑞德啊、宋瑞德！死有什麼好怕，你現在生不如死，你的行屍走肉，能使你行動、呼吸、歎息的無非是你內心即將燒罄的復仇之火，點燃你的復仇之火吧！快，快去點燃。

我從床上坐起來，用力搖著頭，神經痛後，緊跟著而來的空虛感更可怕，我搖著頭一邊費力地離開床，從某個抽屜裏取出一本相簿，褪色的紅絨布燙金封面（因爲經常用手指在上面摩擦的緣故，有一層微微的油光，益發增加它私秘的感覺），上面寫著幾個藝術字：

想念的季節

翻開封金，蝴蝶頁上是我的筆跡。

給我最親愛的小公主
願她擁有最美好的回憶

我打開相簿，讓時光盡情地倒流，於是再一次地，我的眼睛開始模糊起來……我的耳畔也響起了嬌脆銀鈴般的聲音……

「我要再泡一會兒嘛，爸爸！」

「不行，水要冷了。」

我正在給她洗澡，她的小身體在浴缸裏極不安份，就像一隻鵝被放進水盆裏，兩手不時拍擊著水面，時時想站起來，我的髮際和眼簾滿是水珠，浴室充滿了我們父女倆的笑聲。

我給她擦拭身體，六歲的小公主突然問道：

「爸爸，媽媽呢？」

「誰知道她在哪裏？」

「媽媽爲什麼從來不給小潔洗澡？」

爲什麼？小公主對她母親有許多迷惑。不過，我發過誓不能告訴她眞相，永遠不能。

我又翻了相簿的另一頁，那是一張泛黃的老照片，兩個牽著手的孩童，女孩的臉酷似前一張照片裏的小公主，一看就知道是她母親，男孩是我。我們的關係是——表兄妹。

表妹在我家住到十八歲（她父母雙亡），當我到北部唸大學時，她失踪了一陣子。重新出現時，她完全變了一個人，沉默、拚命抽烟、極少有笑容，我們都不曉得發生了什麼事。爲了想獲得答案，我跟她大吵了一頓（我很後悔問她），後來便逐漸疏遠，然後，她又離家出走。到一九五六年的冬天我才看到她。那時候，我跟麗瓊——已經結婚了三年。

那一天，我記得很清楚，天氣很冷，路面凍得乾硬，我一下課，便縮著脖子快速趕回家。我想，那時候我對「家」這種東西充滿了甜蜜的憧憬，我結婚不久，我太太，不！應該說那個賤女人，比我年輕六歲，（她曾當過餐廳女侍，我是在一家專門包辦學校會餐的餐廳認識她的，起因於一場頑皮學生用火柴點燃瓦斯爐時出的意外。）而且也尚未露出狐狸尾巴。總之，那個家表面上看起來是不錯的。當街道逐漸被夜幕吞噬，我拖著疲乏的步子，腋下夾著一袋考卷，匆匆穿過稚暉公園前的馬路，再轉入義行街的一條巷子，那個窗口洩露出金黃色光芒的家，看來多麼溫暖，多麼吸引人。也就是說，在麗瓊尚未由太太變成婊子前，我所過的生活絕不會比其他的丈夫差，正如曼娜小姐心目中那個可敬老師的全家福。

話又說回來，若華，小公主的母親、我的表妹，突然駕臨的那一天，是我生命中一個極為正常，可以說應該滿足的一天，(雖有暗流，愚蠢的我也無從察覺。) 當天的情形是這樣的：我坐在客廳，燈開得很亮，電視機也打開，和窗外北風籠罩下的陰暗街道形成兩個世界。我舒服地坐在一張軟塑膠皮沙發上，膝上置放著今天的日報，一面和麗瓊談論著學校發生的一兩件事。(老實說，麗瓊對我呆板的學校生活不很感興趣，不過她倒是滿能忍耐的，但這也應驗了這麼一句俗話：會咬人的狗不叫。) 而就在這個時候，表妹敲開了我家的門。

後來發生的事，我記得非常清楚，且隨著歲月的流逝，這幕景象愈來愈清晰，就像電視台播映的老片子。有些時候，突然地、毫無預兆地出現在眼前。

她垂著頭站在我面前，身上披一件男用風衣，脖子上繫著一條髒髒的灰色圍巾，下半身則陷入門後的陰影裏。

「哥哥！」她輕叫一聲，然後緩緩抬起臉來。

她美麗的臉龐輪廓如故，但有些東西變了，不僅僅由於眼圈下一團烏黑，蒼白的雙唇，臉頰像塗了一層薄灰。而是，我立刻意識到，一定有什麼不幸的事情發生了。

「哥哥，」她又輕呼一聲，淚水在她的眼眶中打轉。

「外面風大，妳快進來。」

她注視了我一會兒，然後彎下腰自腳旁拾起一包東西。

「哥，請你幫我最後一次忙。」她低聲說，臉上卻一片堅毅之色。

那一包東西，就是我的小公主。她被一條毛毯包裹住，睡得很香，小小臉頰紅通通的。

我對自己的記憶感到驚訝，不過，都是些痛苦的、齷齪的回憶！我深鎖在腦海中的愉快往事，除了和若華共度的童年，便數和小公主共度的那一段時光——她是我最後一個親人，她長得和她母親一模一樣，而且她叫我——爸爸。

爸爸、爸爸、爸爸。

我呻吟了一聲，闔起相簿。我還有要事，很重要的事，是的，小公主，這件事與妳有關，與我們有關，與這該死的、齷齪的世界有關。

三

於是，我又重新振作起來（我每天要振作好幾次），我從床底上拖出一堆畫，畫中景物不外是些河流、山、太陽，假兮兮的。我有時候不免心生懷疑，是什麼樣的人買這種畫，白癡嗎？不過聽說銷路還挺不錯的，秦老頭手下有七、八個像我這一類的快手，不過十有九個是聾啞學校畢業生，「那些啞巴色感有問題，」秦老有一次對我說，「老是畫得陰陰暗暗的，你是我的台柱，只要不那麼懶的話……。」據說這一行競爭頗為激烈。

我數一數，有十一張畫，每張三百五十塊錢，一共三千八百五十塊錢，連同白天弄來一百多塊，總共四千塊錢，一筆大錢哩！我把這批畫捆起來，夾在腋下，鎖上門。門外已經昏黑一片，但是天氣悶熱，空氣中有一股淡淡的焦味，垃圾焚燒的氣味，堆積場的上方映著一閃一閃的火光，我希望那是所謂的「天降大火」，把「狗窩」燒得一乾二淨，這樣我就不必付欠跛脚的兩個月房租了。

老秦的藝品店（有一個極噁心的店名──大師藝品中心）夾在一排賣二手貨家具的店鋪間。這些店鋪有個很好聽的通稱──中古家具市場。沙發、衣櫃、冰箱、床這類東西不比一般貨品，是很佔地方的，因此老闆們把看得到、想得到的地方都利用了。走廊，哪有什麼走廊？連人行道都被佔據了，這些家具發出刺鼻的松節油氣味，彷彿只要一塗上這個東西，顧客就分不清新舊了。我推開一羣交頭接耳的鄉巴佬，走進老秦的店裏。

「老天！你搬這麼多來，」老秦一見面便嚷了起來，「我往哪兒擺？」

「我缺錢用。」

「你什麼時候不缺錢。」

我白了他一眼，我們是多年老友了。我倆是在一九六一年北區中等學校劍道比賽認識的，當時用日本話在劍道場中「哇啦」、「哇啦」叫的秦家和一度後來當上了協會的裁判，並且靠著從會員身上賺來的一筆錢（他從日本進口一批劍道器材），開一家專賣仿冒藝術品的小店。

「就等你算今天的工錢，」我回答，接著一屁股坐在籐椅上，這張椅子價值兩百塊錢，也是他從隔壁批來的，「天氣這麼熱，來罐汽水怎麼樣？」

「有冰啤酒。」

「快拿出來，我渴死了。」

平常時候我是很少跟秦家和喝酒的，三杯下肚，他就會把整本英雄史搬出來（他去過一趟日本，拿過一次業餘組季軍），談到一半，他還會順著故事的高潮隨手比劃起來，同時冷不防砍你一下脖子，或是用筷子戳你小腹。這是我不跟他喝酒的原因之一。原因之二，我習慣獨酌，酒精能刺激我的想像力，潤飾我的復仇手段。啊！那美麗的仇恨火焰！那報復的樂趣！我的臉上適時展現出邪惡的獰笑，握住酒杯的手興奮地發著抖，愉悅的笑聲撞擊著四壁。我怎能與人共享這一刻？

雖說如此，在這麼個熱死人的夜晚，誰能抵抗冰啤酒的誘惑？我讓這些奢侈的液體征服飢渴的喉嚨。眞好、眞好、眞好，第三罐下肚，這個狗屎地方也變得順眼起來，老秦的模樣也不再那麼可鄙，他額頭冒著汗光，兩隻小眼睛瞇在一起，多肉的下巴溼潤一片，鬚根也沾滿酒漬，他伸出舌頭舔了一下，翻了個白眼，說：

「你好像滿腹心事？」

「有一筆大生意。」

「哦。」他露出警覺的模樣，隨即裝出感興趣的表情。

「我不是來求助的，」這頭老狐狸，我試探著，「你以前幫助過我。」

他放高利貸、賣假畫、剝削啞巴，不過憑良心說，他的確幫助過我，在我窮極潦倒的時候，他是唯一、對我伸出援手的人。

「好說、好說，誰叫我們一見如故，」他眼睛瞇得更厲害了，「當年在全國劍道升段賽，我把你趕得滿場子跑……。」

習慣性地，他又把老故事從頭說了一遍，好像他一直是個被埋沒了的運動天才，我不置可否地聽著。

「我說老友，當年我還眞搞不清楚你是哪一個流派的……。」

「一刀流。」

「不是吧，大家都說，說、哈哈哈……，」酒從他的嘴裏噴出來，「像是、是、關老爺的大刀流……。」

我陪著笑了一陣，同時作出一副樂不可支的樣子。這一招果然有效，老秦突然止住笑聲，一臉難以置信的表情。

「哈、哈、哈，」我不理他，繼續捧腹大笑著，「哈、哈、哈、笑死人，關公舞大刀，笑死人、笑死人……。」

「停——。」老秦大吼一聲。

所有聲音一起消失，我們靜靜地互視著。

「眞有你的，」過了好一會兒，他才開口，「談正事吧！」

我坐正姿勢，淸了淸喉嚨，「我有名學生，是個富婆，開一間舞蹈教室……。」

「等一等，富婆，多少錢的富婆？」

「至少有個五百萬。」我隨便設了個數字。

「不算多，不過可以了。」

「弄個幾十萬沒問題。」

「說說看。」

「唐曼娜很喜歡我，她會相信我說的每一句話。你這個地方只要借我幾天，替我說些好話，譬如我們是合夥人，我在藝壇小有地位什麼的，還有再替我開個小小的畫展。」

「說得容易。」

「事成之後，我們五五分帳。」

「六、四。」

「他媽的！我要冒坐牢的危險呢。」

「六、四。」

「好吧，一言為定，你先給我一點錢。」

「我只給你畫款，其他等我見過那個姓唐的再說。」

目標確定之後，做起事來就起勁多了。

一個禮拜之內，我拜訪了唐曼娜三次，一次還帶老秦一道。我們先在教室裏坐了一會兒，觀賞學生們為電視台排演的「荷葉上的露珠」，據唐曼娜說，此種舞蹈混合了芭蕾與廸斯可，且有幾種舞步是她自創的，我除了不停地讚美外，還把手掌拍紅了。然後秦家和提議到鋼琴酒吧，那個地方照例擠滿了被熱氣所迫的半調子藝術家，我們的話題是從一個專畫女人乳房的怪物開始的。

「再過一會兒，張姐就來了。」

「他很有名嗎？」唐曼娜問。

「他是此地的焦點。」

「怎麼說？」為了提高大家的興趣，我也加入了談話。

「他專門畫女人的乳房。」老秦說。

「他爲什麼那樣做?」唐曼娜問。

「變態罷,」老秦回答,「他還是個同性戀。」

這當兒,張姐進來了,我們停止說話把視線移向他。張姐身穿紫色絲質襯衫,脖子上繫一條同色絲巾,動作扭扭揑揑,在曖昧的燈光下,看不出他眞正的年紀。

因爲此人的出現,我們談話的主題便轉向藝術。

「所有類型藝術的目的都是一樣的,」我說,「表現自我的極致,曼娜,妳在起舞的時候,一定有這種感覺,妳突然和某種東西合而爲一了,是不是?」

「舞蹈之神。」唐曼娜受暗示地回答,老秦則在桌下踢了我一脚。

「就像古人常說的『天人合一』,」我繼續說,「曼娜,妳的成就是老師的驕傲。」

「哪裏,」唐曼娜有點不好意思地說,「老師在藝術上的成就,才是我們學生的驕傲。」

老秦咳了兩聲,那是種假裝的咳嗽,他在警告我不該把話題扯得太遠。

「沒有的事,興趣罷了。」

「宋兄的作品在畫壇頗受重視,」老秦說,「他的畫展每次都博得好評。」

「秦先生的宣傳作得好。」

「作品不好,再大的宣傳也不管用,唐小姐妳說是不是?」

「我絕對同意，老師最近的畫展什麼時候？」

「正在籌備中，」我說，「還要有幾幅畫。」

老秦又踢了我一下。

「曼娜，妳比較喜歡哪一位西方畫家？」我必須確定這件事，免得牛皮吹大了。

「對不起，老師，這方面我比較欠學。」

「總有妳喜歡的畫家吧？」

「畢卡索。」

我鬆了一口氣，畢卡索是所有門外漢的擋箭牌。

「敬畢卡索！」老秦舉杯。

「敬畢卡索！」唐曼娜高興地說。

「敬畢卡索，」我說，「敬所有藝術之神、音樂之神、舞蹈之神……。」

四

重新贏得別人尊敬是件多麼奇怪的事。經過這些年，像條老狗般苟延殘喘之後，還能坦然接受這一切。使我覺得驚訝，是否我本身具有一種自己都不了解的美德或所謂稟賦諸如此類的事，我不確知。然而老秦的評語——「裝得可真像」與事實必定有所出入，我相信這是出於嫉妒心。

總之，也可以這麼說，我說服了唐曼娜，唐曼娜說服了老秦，老秦說服了自己。到末了，我不僅從這位一向吝嗇的朋友得到了精神的鼓舞，同時也獲得物質的支援。

夏天過一大半時，我搬離了「狗窩」，和秦家和住一起。他的房子大而窄，有五個房間，我倆各住一頭，中間三個房間，裝滿了畫和裱畫工具，而在這堆東西中勉強擠出的一小塊空地，架著一張行軍床，這張行軍床原本擺在我房間給一個裱畫的學徒睡，這是個反應遲鈍的小伙子，說句話要費半天的功夫，「你睡、睡我的房間——，」他結結巴巴地說，「我沒、沒話說，不過——，」「不過什麼？」我問。「你不、不要動我的東——東西。」

因此，我搬進新房間的第一個晚上，就開始檢查他的「東西」，沒什麼値錢的東西。過了兩天，安頓好了後，我將畫架搬到唐曼娜的舞蹈教室。我說，我打算畫些特嘉那樣的作品，特嘉是誰呢？我告訴她，特嘉是位熱衷於畫芭蕾舞女的法國名畫家。

「他爲什麼那樣喜歡芭蕾舞女？」曼娜問。

「大概像我一樣被絢爛的舞蹈世界所吸引吧。」

我的回答使她十分高興。

於是，我便開始裝模作樣地畫起來，起初包括我自己，所有人都有點不自在，過了幾天，藝術還是居了上風，藝術在任何場合都很容易居上風。在每一支舞蹈的間隙，便有好事者圍上來，稱我老師。

「老師，你畫得眞好。」

「哪裏，才畫了幾根線條。」

「這些線條眞是好看！」說話的女郎是韻律舞蹈下午班的學生，晚上在一家酒廊上班（我從她和同學的談話中猜到她的職業），大約是職業的影響，運動時身上也灑滿了香水。她彎下腰看我作畫，半露的一只大奶子輕觸我的肩頭，我覺得不舒服。

「老師應該開個繪畫班。」另一個女郎說。

「妳們願意當我學生嗎？」

「願意，」香噴噴的女郎說，「我還可以幫老師拉些學生。」

開家繪畫班，專敎風塵女郎畫畫，在職業約會的空檔給客人速寫。這個主意眞不賴！不過老秦會反對的，我敢賭他一定會反對。這牽涉到他的利益，他是那種一碰到錢就會聳然一驚的人，這年頭誰又不是？我每天都要報告事情的進展。

唐曼娜分開學生。

「後天同一時間不要忘了來上課，」她拍著雙手，「現在下課，祝大家週末愉快！」然後轉向我，「老師，我請你吃飯。」

秦家和坐在客廳等我，表情有點不悅。

「事情進行得怎麼樣？」

「按照進度。」

「我聽到車聲，計程車，你坐計程車回來對不對？」

「我先送唐小姐回家，」我沒好氣地說：「天氣眞熱，老秦，你該買台冷氣了。」

「姓宋的！」老秦從沙發上跳起來，一把抓住我的領口，「你給我弄清楚，誰聽誰的。」

我把他留在客廳，回來時發現他餘怒未息。

「唐曼娜請我吃晚飯。」我說。

「不關我的事。」

「去一個很高級的地方，來來飯店，你猜誰付的賬？」

「是你，一定是你，」老秦著急起來，「我的錢……。」

「我那麼笨嗎？」我哼了一聲，「她打開皮包付賬被我偷瞄到，滿滿一皮包鈔票，仟元大鈔。」

「有多少？」

「總有個好幾萬，」我說，「眞不知道唐曼娜隨身攜帶這麼一大筆錢幹嘛？」

我把這個問題留給他，站起來，走回自己房間。

「多聊一會兒，瑞德。」老秦從背後說。

「我回房看書去。」

我眞的是回房看書，拜唐曼娜之賜，（感謝這條富裕的母狗！）我又恢復了讀書的習慣，由是，我慢慢憶起從前讀的那些書，大多屬於文史之類，我當時還作了眉批，抄下警句，甚至反映到黑板。好個蠢貨！

我現在讀的是藝術概論、近代繪畫之看法、天才的悲劇等等。如果「吃苦難的麵包」這樣的句子對唐曼娜的人格與財富能產生影響，那麼「梵谷割耳」這一類藝壇軼聞必定能使她樂不可支。

藉工作的掩護，我可以毫無顧忌打量這些跳舞女郎，觀察她們每一個細小動作，這些動作充滿了卡通化的趣味。從我的角落，透過壁鏡的反射效果，我甚而看到了她們胸口上的汗珠。唉！我希望能將這些畫下來，題目就叫「舞蹈教室的汗珠」吧。

那麼宋瑞德為了扮好畫家的角色，且由於作得過了火，竟自居藝術家了。不！不是的，這些都是假相，這間舞蹈教室乃是宋瑞德施展魔法的舞台，他的目標永不改變，他是個邪惡的人，他要作邪惡的事，他要教訓這個世界！

學生走後，唐曼娜第一次邀請我去她的住處。

「現在一個人住，」她說，「我男朋友回新加坡了。」

「什麼時候回來？」她有男朋友雖屬意料之事，但我還是有點失望。

「不一定，他在那邊有事業。」

她住在碧麗宮大厦十一層，這是一棟頗為高級的建築，門警穿著制服。電梯裏我們沉默下來，唐曼娜察覺到客人的不安。她輕拉一下我的衣袖。

「他不會突然衝回來，就是撞見我們也不要緊，我不是沒在家裏招待過朋友。」

「誰？他是誰？」

我們相視大笑起來。

唐曼娜打開冷氣，吹著口哨到厨房準備冰水。我則站在客廳的落地窗前瞧著脚下的城市。在迷離搖曳的燈光中，我不自禁地泛起了一種虛假的感覺，好像這一切都不是眞的，好像所有發生在我身上的事都依從某個虛構故事中的情節進行。突然之間，我發覺自己竟聳立在半空中。直到唐曼娜從背後叫我。

「老師，景色不錯吧。」

「住這裏的人，心境一定很平和。」

「知足常樂，今天這個樣子我已經很滿足了。」她遞給我一杯可樂，站到我身邊。

「妳說妳吃過苦？」

「比老師想像的可怕，」她捲起衣袖，指著手臂上的疤痕，「這是刀子劃的，不過我今天不想談它。」

「我同意，這麼美的夜晚，我們不要提那些混帳事。」

「下個月，老師跟我們一塊去電視台。」

「好啊，唐曼娜舞蹈教室的招牌一定打響。」

「那可不一定囉，這一行競爭得很厲害。」

「妳們很傑出，我觀察過妳們練習。」

「有幾個舞蹈班老師號稱從美國留學回來。」

「那是唬人的。」

「我想也是，老師你們呢？」

「一樣，競爭激烈，有些人不擇手段，專拿外國人的東西唬人。」

「藝術家很可憐。」

「不可憐，」我說，「只要他們意志堅定。」

「吃苦難的麵包。」

「吃苦難的麵包。」

「我們回客廳坐好嗎?」

「好，我們好好喝一杯。」

五

我應該對自己坦白嗎?我應該坦承受到唐曼娜年輕軀體的迷惑嗎?啊!我要作的這件事似乎愈來愈複雜了。自從麗瓊那賤人跑掉後，我對女人再也沒發生過興趣。沒有人明白，我這麼作並非出於對女人的恐懼，而是對她們徹底了解後自然產生的一種「厭惡」。

我討厭這些雌性的動物，我鄙視她們。穿過喧鬧的市場或廣場，我儘量避開她們的碰觸，在公車上或擁擠的人行道，我不得不以極大的耐心去忍受她們的無禮。此外，我絕對禁止自己踏入游泳池或海灘，這些個女性競相裸露自身的場所。我對那些刻意地強調性、暗示肉體歡娛的所謂「新女性」(這是企圖蠢化男人的一個新名詞)雖沒有到深惡痛絕的地步，但也絕無好感。

但是唐曼娜，我鍾愛的學生，因我的教誨而得救的學生，跟這些女人不一樣，完全不一樣，她的身上有種乾淨、熟悉的味道，對了!就像我的小公主，她們都有相同的味道。

許久許久以前，在金山街的某棟小閣樓裏，有個叫宋瑞德的小男孩，和她表妹蜷縮在一張小床上，寒冷的冬天使他們倆緊緊擁抱在一起，宋瑞德愉快地嗅著小女孩身上的氣味。

廿年後，小女孩長大了，厄運卻沒有忘掉她，在一個淒冷的夜晚，把親生女兒交給宋瑞德，然後吞下一整瓶農藥，那個東西把她整個食道燒爛了，在痛苦中，她猛力地抓著四周，牆壁上因此滿是一道道駭人的血痕。宋瑞德發誓要竭盡心力照顧小公主。

找到了唐曼娜與我複雜關係的原始成因後，我變得堅定而沉默，換句話說，對於老秦「癩蛤蟆想吃天鵝肉」、「老牛吃嫩草」、「作白日夢」等諸如此類的冷言冷語，我都能以一種同情他的無知的心理淡然處之。

「我出去一下。」

「去哪裏？」秦家和發出一種窒息的聲音。

「還會去哪裏，當然是舞蹈教室。」

「不要忘記你是去幹什麼的，你這個騙子！」

「你怎麼亂罵人！」

「我罵你？我提醒你！我們要的是唐曼娜的錢，不是人。」

「胡說八道！」

我轉身離開，老秦還在背後咕嚕著。

黃昏的街道，洋溢著假日氣息，大概是天熱的緣故，什麼人都跑出來了。跳上一輛巴士，車上很擁擠，沒有人讓位給我，我很高興。

巴士經過的站牌名字，我都背下來了。在舞蹈教室的前一站我下了車。

我站在花店和麵包店前猶疑不決，學電影裏買束討好佳人的玫瑰花，還是一盒裝飾著緞帶花的小蛋糕呢？

最後的決定是花店老闆奇異的眼光促成的，我選擇了小蛋糕。

唐曼娜尚有一堂課，我在畫架前假裝地畫了幾筆，正常的情形是，我應該在白天作這件事。但第一個理由是，晚上作畫能讓我有機會送唐曼娜回家。第二個理由聽起來可笑，卻也是實情；夜晚我額上的皺紋比較不明顯。

畫了幾根線條後，很快地又到了三支曲子後短暫的「休息」時間。女郎們突然散開，去喘口氣、喝杯水，或站在壁鏡前呆呆地瞧著自己（這副模樣說有多蠢就有多蠢），不過，總有幾個會踱到我作畫的角落，遠離門口夾在兩片鏡子間的三角地帶。

同樣的事情又發生了，那位甚具攻擊性的江小姐彎下腰，胸部壓到我肩上，這當兒，我聽到唐曼娜擠過來的聲音。

「抱歉，老師，我們打擾你作畫。」

「那裏，是我打擾妳們。」

說完，唐曼娜拍著雙掌對她的學生下命令：

「同學們，上課了！」

音樂響起，那些不可理喻的軀體再度在我眼前飛舞起來。從一塊塊裸露的肌肉間，傳出一種氣味，一種逼人的色慾的氣味，我呻吟一聲，藉著挪動身體驅除不安。

我應該衝動的，是的，在這種情形下，一個正常的男人在心理或生理上都應該「勃起」。

我的惶恐變成了憤怒，壁鏡裏反射出千百個舞女的影像，在眼前交替旋轉，把我包圍在無數的粉臂雪股間。一個有尊嚴的男人能忽視這些嗎？

我壓抑住不安，強裝輕鬆表情，走向洗手間。在水槽前，我端詳著鏡中蒼白的臉，這張臉滿布驚恐之色。然後，我打開水龍頭，將臉湊進水裏。

「你究竟打算怎麼樣？」我這麼自問。

但答案老早預定了。

「你眞是個卑鄙的傢伙！」

就在這一瞬間，我恍然大悟，我終於明白了，我感到一陣狂喜。不錯！眞的不錯，答案就在此：「我是個卑鄙的傢伙、天生的壞胚子。」我即將完成的這件事再也不那麼複雜了。它只不過是個卑鄙傢伙作的一件齷齪事罷了，沒什麼好驚訝的。

多日來的苦惱（一說良心的不安）獲得解脫後，我的臉上布滿了笑意，我來來回回地在浴室裏走著，無聲地大笑起來。

這是個燠熱的夜晚，我建議到紀念堂走走，因爲這是附近唯一有許多樹的地方，樹越來越難看到了。我告訴唐曼娜我喜歡樹林、河流以及曼妙的音樂，如「藍色多瑙河」這一類的音樂。音樂、舞蹈、繪畫，人不能欣賞這三樣東西，簡直不能算人。唐曼娜點頭同意。

「同時，妳還得是個實用主義者。」

「爲什麼？」

「實用主義是針對夢想家說的。」

「我想我應該也算是個實用主義者吧。」

「妳一定是，」我說「要不然，妳去報名那個電視節目幹什麼。」

「我有點擔心……。」

我們走進廣場，廣場裏人影幢幢，大多是些睡不著覺的情侶。我很得意把話題引導至藝術層面上，對舞蹈我雖一無所知，但所有的藝術形式和人性都有共通的地方。只要我能把握住這點，我就能進入唐曼娜的內心世界以及她的——保險箱。

我們找了一張長椅坐下，唐曼娜環視了四周一眼，伸出手扯一下裙子，我察覺到這些小動作顯示了她某種程度的不安——和一位年紀足可作她父親的男人，併肩坐在公園長椅上，——我內心突然泛起想跳離唐曼娜和宋瑞德的衝動，這兩個人看起來是不是很可笑？然而「逃」的念頭僅僅維持了一秒鐘，便立刻被幾個卑鄙的念頭所取代。歸根究柢，這個社會對我不公，我無須以正人君子的態度去回報它。

「同學們怎麼樣？」

「沒幾個有才氣……，」她搖搖頭（但明顯地臉上不安的表情消失了），「跳舞不光是靠肢體擺動而已，還得要有頭腦。」

「哦，」我考慮著抓住她小手的時機，「這話對極了，舞蹈本來就是人生的縮影，那個電視節目重要嗎？」

「非常重要，那節目專教婦女韻律操，前三名和電視台簽約，作半年秀，想想看，曼娜舞蹈教室，半年免費廣告。」

一大筆錢哪！我在心裏說，曼娜小姐預祝妳成爲韻律舞蹈女王，同時賺進大把鈔票。

「不要擔心，妳一定會成功。」

該是抓住她小手的時候了。

宋瑞德啊！宋瑞德！抓住這隻小手、抓住這隻賺錢的小手、抓住你的狗運！

於是，我伸出手抓住這歷史性的一刻。

「不要擔心，」我喃喃地說，「不要擔心……」

唐曼娜靜靜地聽著。

六

秋天來臨時，我已經完成了兩幅畫，這兩幅背景都是舞蹈教室，第一幅畫了十幾位翩翩起舞的女郎，第二幅以唐曼娜爲主題，其中她的臉部特寫及飄動的長髮充滿了生命力，我覺得頗有點「特嘉」的味道。唐曼娜十分喜歡。我假裝大方地把後一幅畫送給她，果如所料，第二天，我收到了一只信封，裏面裝了一張十萬塊錢的即期支票。

這筆錢使我自覺是個暴發戶，我作了套新西裝，換了眼鏡，把自己打扮得像個大學教授。

「看樣子，我們得改變一下計畫，」秦家和說，「想不到唐曼娜這樣慷慨。」

「什麼計畫？」

「本來只要讓她買幾張假畫，」他呵呵地笑著，像個剛搶到糖吃的小男孩，「現在想辦法拉她入夥。」

我才沒那麼傻呢，何況唐曼娜正在忙著舞蹈比賽的事。

我每個星期到舞蹈教室三天或四天，下課後往往陪她聊到深夜。我們的話題老是繞著舞蹈、學生、教室、繪畫打轉（對我來說情況毫無進展，愛神丘比特只不過朝我射了一個泡沫），偶爾也有幾位所謂她的「熟識的朋友」加入談話，其中的某對夫妻令人印象深刻。這對夫婦經營珠寶生意，但穿著樸素，是唐曼娜多年的朋友。我經常豎起耳朵留意他們的談話，藉以更進一步了解她。

「曼娜是個好女孩，」有一回蔡先生對著廚房的方向說（兩位女士都在那裏）。

「絕對是。」我說。

「就是心腸太善良了。」蔡先生欲言又止。

「怎麼說？」我謹慎地問。

「她太相信別人。」

嚇了我一跳！我藉著起身找煙灰缸的動作，掩飾內心的不安。

「這年頭嘛——人心險惡。」我說。

「她有個男友，交往了七年，一直嚷著要跟她結婚。」

「啊——。」

兩位女士的出現打斷了他的話，我也不好意思追問。但這回的談話使我餘悸猶存，我擔心他們對我起了疑心。

適應了新西裝和較具水準的飲食習慣後，我變得更有信心，腦袋也開始靈光起來。經過幾天的思考後，我擬了兩個計畫。第一個計畫：搬離老秦的房子。第二個計畫：開一間繪畫教室，專教一些沒事幹的濶太太畫花鳥。後者是唐曼娜建議的，她也有一個大計畫，她希望擴大舞蹈教室爲婦女才藝中心，增加繪畫班、插花班、烹飪班等，換句話說，這是一種多角化經營的概念，靈感可能來自「成功的經營者」或是「你自己可以動手做」這一類書。

著實費了一番唇舌才說服老秦，我搬離他的住所不是因爲「有錢」的緣故。我搬離的原因是，爲了我們大家，爲了「合夥事業」，爲了讓唐曼娜更尊敬她的老師，她的藝術家老師可不能住在地下工廠一樣的地方。

新家在泰順街，離舞蹈教室十五分鐘步程，面對一座小型社區公園。黃昏時候，無數孩童和他們的母親在人造草皮上追逐，嬉鬧聲便肆無忌憚地飄進我的窗口。自然如此窗景會被房東加入房租裏，因之我租的這層廿坪小公寓每月租金便要六千五百塊錢——和「狗窩」比較，這算是天堂了——說老實話，每月付出這麼一大筆錢，任何人都要替我捏把冷汗。不過，誰叫它是我「大計畫」的一部分！我不得不用這種方式把自己推往「歷史的盡頭」。

家具是老秦從他熟識的「中古家具店」挑來的，又亂眞又便宜；沙發雖屬假皮卻有股眞皮味，某種藥水的效果，地毯是某家大飯店汰舊換新時剪下來的，書桌和書櫃則爲某家倒閉公司的剩餘物，一些陶瓷瓶罐是瑕疵貨中的上品，當然最主要的還是畫，我告訴老秦屋子裏要掛滿畫，各種尺寸的畫。「沒問題，」他說，「要多少，有多少。」

一切就緒後，我在「藝術家雅舍」——這是唐曼娜取的名字——開了個小小的慶祝會。賓客計有：唐曼娜和她的助教——藍小姐，秦家和以及一位叫卡西歐的藝術界朋友。特別値得一提的是卡西歐，此人十分有趣，留著絡腮鬍子，說話的時候，那撮鬍子顯出驚人的效果，卡西歐是他在晚報寫藝評的筆名。

「敬台灣的特嘉」卡西歐說了個法國字，接著舉杯將手上的酒一飲而盡，我注意到老秦露出痛苦的表情，這瓶白蘭地花了他一千一百塊錢，卡西歐拿它當水喝。

「謝謝各位光臨。」我舉杯說。

「今天像宋老這樣淡泊名利的藝術家越來越少了，」卡西歐說，「我認識的藝術家沒有不把名利看得比生命還重的。」

「老師準備辦一所繪畫教室呢。」唐曼娜湊趣地說。

「敬我們偉大的教育家！」卡西歐說。

「哪裏、哪裏，還早得很，」我揮著手，「還早得很。」

「是曼娜的主意，」老秦說，「曼娜是瑞德的後台老闆。」

這句話似乎暗示了所有的事情，唐曼娜的臉紅了一下，老秦的嘴角微微牽動著，這是種不懷好意的笑，此外，我發現卡西歐的眼睛亮了起來。

「眞正懂藝術、肯支持藝術家的人愈來愈少了，」卡西歐猛搖著頭。

於是大家便繞著這個主題七嘴八舌起來。半由於酒意，半由於對唐曼娜的尊敬，卡西歐開了一張名單，列名其上的「藝術慈善家」我百分之九十九不認識。

當然，最後的結論是唐曼娜名列這羣人之首，她高興地格格笑了起來。

我從桌子下輕輕握住她的手。

「謝謝妳。」我溫柔地說。

我必須想個辦法擺脫老秦，原因很簡單：這傢伙終將成爲大禍害，看看我家請客那天他那副德性，他一定以爲唐曼娜是座金礦，不！他根本就確定。因此，他迫不急待地打算把髒手伸進來，介紹卡西歐那種粗胚給唐曼娜一定也不單純，卡西歐基本上是名藝術婊子正好和老秦相映成趣。老秦本質上更是個壞透了的混蛋，此點我早年在劍道協會時就看穿了，他用竹劍狠擊我的頭部，同時嘲笑我「關公舞大刀」，他一邊嘲笑一邊還要我感激他。這些年來，他對我的態度一直沒變，他買我的畫表面上是幫助我，骨子裏是剝削，如若不是被唐曼娜的錢包打動，他才不會對我伸出一根指頭。現在這個自私自利、喪心病狂的傢伙居然還想利用我替他騙錢。

我苦思了幾天，沒有什麼大進展，老秦是個很難對付的人——直到卡西歐主動來找我，他在電話中邀請我去看他一個朋友的畫展，我答應了，爲什麼不？

卡西歐猛烈地搖著我的手，彷彿我認購了牆上所有的作品，接著他的畫家朋友也過來握我的手。齊亞民，這是他的名字，一位臉色蒼白的長髮青年，有點畏縮的樣子，卡西歐急於推介這位小伙子的態度，使人起疑心，難道他是個同性戀者不成？這年頭搞藝術的時興這一套，我倒沒什麼意見，畢竟這些人並未干擾到我，也沒當我的面互相撫摸。

齊亞民的畫，嚴格來講不能算畫，可能那是一種觀念藝術吧（我最近讀的一些藝術理論總算派上用場了），一些磚頭和木屑堆成的作品前，卡西歐蹲了下來，同時在地上畫了一道線，預備解釋整幅作品的涵意。就在這時，我看到了卡西歐頭顱中央的禿頂，立刻我對他的戒心消失了，有這麼個禿頂的人，絕非什麼聰明絕頂的人物。

後來我們去喝咖啡，在第一口咖啡下喉嚨前，我就猜到了卡西歐的用意。果然不錯，他期望我能在唐曼娜面前美言幾句。

「你怎麼知道她會買畫？」

「老秦跟我說她是個千萬富婆。」

我在心裏冷笑一聲，姓秦的必定還告訴他我的底細。

「老秦還跟你說了些什麼？」

「說唐小姐打算跟他合夥作生意。」

「跟老秦合夥有什麼不好？」我直截了當地問。

卡西歐先是驚愕，繼而左右看了一眼，壓低聲音說：

「老秦是我的好朋友，不過藝術家和商人總是不一樣，宋老您是位眞正的藝術家，我尊敬這種人。跟老秦作生意會有點——有點冒險。」

「齊亞民很不錯，其中一幅顏色鮮豔，線條怪異，有一種壓迫感，我想唐小姐會喜歡。」

「『壓縮的舞衣』這幅我最喜歡，亞民是個非常有潛力的新秀。」

「也許，」我說，「就是台北藝術家太多了。」

「滿街都是，」卡西歐摸著鬍子說，「因此得有人棒，雄厚的財力支持，這年頭沒有錢什麼都幹不了。宋老，如果你是位藝術家，你就會知道。每天都有藝術家請我吃飯。」

「別人我不管，我自己還只算半個圈內人呢。」

「宋老說笑了，你只是與世無爭罷了，」卡西歐笑得很誠摯，但是我知道，這其實是所謂的乾笑，這個兔崽子！

「你怎能確定齊亞民有潛力？」

「我人格保證。」

我在心裏大笑起來，這傢伙的人格如果能保證的話，那我的人格可以拿去銀行貸款了。

卡西歐離開座位去接一通電話，回座時面有得色地告訴我報社總編輯有緊急事找他。他暗示我追問下去，我沒有，我說：

「我有什麼好處？」

卡西歐顯然被嚇了一跳，他的嘴角牽動了一下。

「這個——呵、呵、呵，宋老明白，我一直站在你這一邊，老秦就不一樣了，老秦——。」

我揮手阻止他說下去。

「過兩天，我帶唐小姐去看畫展。」我冷冷地說。

現在盤據我腦袋的，除了錢還有一些事——重要的、與錢有關的事，這個時代凡是牽涉到金錢的事情都變得重要起來。就在這一刻，我覺得自己也變得聰明起來，我的眼睛張開了，我看到了一個實實在在的世界，在這世界裏，人去除了所有的僞裝，以動物的本能互相撕咬。不錯！眞的不錯，當文明發展至極致時，人會恢復原始面貌，邪惡將取代歷史書上的德性，但這種邪惡也非教科書中針對善良說的邪惡，這是一種純淨的邪惡，是依存於本性但被教條與規範所壓抑的邪惡，這種邪惡是一種藝術一種美。

上古時代，穴居的原始人並不懂得「眞理」、「德性」、「淨化的心靈」這些名詞，他們按著本能生活，因此，他們的快樂與滿足是絕對絕對的眞實，後來文明進步，人發明了「快樂」、「滿足」、「幸福」這些字眼，於是快樂滿足變成一個抽象的東西。

邪惡也是如此，上古時代，人殺戮、生吃獸肉，或將同類推入山谷，都僅僅爲了一個單純的目的——生存。這種行爲的動機絕對是純潔的、高尙的，但今日則被視爲邪惡。

今日，美國總統與蘇俄總理在日內瓦舉行高峰會議，表面看來，兩人握手寒暄，一副異地老友重逢的親熱模樣，內心裏卻無不希望一舉把對方「幹掉」，這個「幹掉」不是將對方推下山谷，這個「幹掉」指的是億萬生靈的毀滅。然而對這兩位「元首」，絕沒有人會指責他們「邪惡」，爲什麼？原因很簡單，因爲此兩人都有一套完整的價值觀，儘管兩個觀點互相對立。所以「價值觀」顯然是超越「邪惡」以上的東西，價值觀是正確的東西，是極爲接近眞理的東西。有價值觀的人作任何事情都是有意義的，而只要有意義便不會被視爲邪惡。

因此，問題就很簡單。第一，即使我是邪惡的，也不是一般人認定的那種。第二，只要作的事情有意義就不是邪惡。第三，按照我剛剛的想法，沒有人不是邪惡的，也沒有人是邪惡的。

這麼想過之後，我就覺得很充實，再沒有心理負擔。於是事情便順利地進行起來，我安排唐曼娜和年輕的畫家見面，並且買下那幅「壓縮的舞衣」。

卡西歐的回報是：給我一個老秦的重大祕密。

老秦是個賊！

這頭卑鄙、惡毒的老狐狸居然是個賊，我先是驚訝，繼而覺得好笑，以他賣假畫，剝削啞巴的品性不偷東西才奇怪呢。許多跡象（我從前實在天眞得可以，住在他那裏好像瞎子一般。）顯示，他是個徹頭徹尾的賊。我現在又想起來了，有過好幾回，老秦神色倉皇地被我撞到，那個當兒，他的腋下總是挾著一包東西，或是只破舊紙盒子，眼睛露出驚恐的神色，像隻偷吃油的老鼠。這個賊！

「很難相信，老秦會——。」

「他偷博物館的骨董。」卡西歐說。

「我還是不相信，以他那副德性，走到博物館五十公尺外，人家就發覺了。」

「他可能跟工友勾結。」

「有點意思了，」我故意冷冷地說，「有什麼證據？」

「有一次被我逮個正著，大概上個月吧，我有事找他……。」

「什麼事？」

「有張票子要周轉，」卡西歐臉紅了一下，「朋友的支票，預先打電話一定被他拒絕，所以就直接上門。不巧被我撞見他正在把玩一只曾國藩的鼻煙壺，這個東西我知道是博物館的收藏，他一看到我，立刻收進懷裏。」

「你有沒有當場揭穿他？」

「唉呀！宋老，我是去向他借錢，怎好意思。」

卡西歐並不清楚，這個情報對我的重要。對他來說，老秦的祕密值個幾萬塊已經不錯了，更何況我應許他更多的好處；譬如唐曼娜介紹她的朋友買畫等等——一張未曾塡上金額的空白支票。但卡西歐已經很滿足了，同性戀者對任何事情都很容易滿足，這點頗令我驚訝。送走卡西歐後，我開始擬定一項計畫，讓那隻老狐狸永遠出局的計畫。

我用心回想和老秦同住的那一段日子，由於卡西歐的揭示，一些可疑的地方慢慢明朗起來。有過好幾次，老秦鬼鬼祟祟地從外面回來，但以我當時的情況，我是不可能對這類事情感到興趣的。還有一件事，老秦的地下室永遠上鎖，我曾漫不經心地提了一下，他支支吾吾地答了幾句，就對付過去了。這件事我也忘了，現在想起來，那間地下室一定是他收藏贓物的地方。

過了兩天，我打了個電話給秦家和，約他到酒廊喝酒。這家酒廊是卡西歐介紹的，據說裏面的小姐酒量很好，而且消費額不高。

「宜君園酒廊」位於林森北路，外觀不起眼，但內部裝潢令人吃驚。高背沙發和吧枱是想像得到的（第一次涉足此種場合，居然毫無罪惡感。）四壁掛滿發出刺目螢光的壁畫卻是匪夷所思。五顏六色的光芒、酒味、女人身上的香味以及充滿暗示的音樂，構成了一種色慾的氣氛。

我們一進門，便被兩位小姐抱住胳臂，老秦呵呵地笑了起來，好像精於此道的樣子。

「好地方，虧你想得出。」老秦嚷著。

「投其所好嘛。」我回答，一邊解下領帶，「到這種地方就得把俗事拋開。」

老秦狐疑地看了我一眼，我心跳了一下。

「純喝酒！」

這句話使他的表情放鬆許多，他拍拍我的肩膀說，「兄弟，我忘記你開始發了。」

「小莉，給秦先生添酒，他是海量，」我對緊挨著老秦身邊的陪酒小姐說。

我身旁的這位小姐叫「梅子」，大約不到廿歲的模樣，年輕的軀體加上濃郁的香水，使我立刻心猿意馬起來。可惜今天有要事待辦⋯⋯。我竭力抑住不斷上升的衝動（我想到每一分鐘都要花錢，就恨不得把手伸進她的裙子裏。）過了一會兒，一種「恨」的感覺開始泛上心頭。

「宋先生，你多喝一點。」梅子撒嬌地說。

「我胃不好，我隨意！妳乾杯。」

「佔人家便宜嘛。」

「妳們多敬秦總經理，他面子大，酒量也大。」

總經理的頭銜使老秦一杯又一杯地灌下肚子。

又過了一會兒，兩位小姐開始放肆起來。梅子不停地扭動，彷彿想將她的軀體塞進我的口袋裏。小莉則已坐進老秦的懷裏，她一手勾住他的脖子，另一手則不停地替他斟酒。

「小宋，你怎麼好像心不在焉。」我身上的梅子說。

我悚然一驚，「我被妳身上的香味薰昏了，哈哈。」

我把注意力重新集中在正進行的「事情」上，但突然間，一個意念襲上心頭——身上這個婊子要是換作唐曼娜該有多好。

唐曼娜、臭婊子，唐曼娜、臭婊子。

我內心裏禁不住泛起一陣痛楚，卻也同時更堅定了除去秦家和的決心。

「今天的重頭戲是秦總，」我跟梅子耳語，「妳多找幾位小姐來，我重重有賞。」梅子的眼睛亮了一下，經驗告訴她，這大概又是一次典型的商場交際，花錢的目的是把老秦擺平。於是，她朝我眨了一下眼睛，找了個藉口離開，幾分鐘後，她帶了另外兩位小姐過來。再下去的問題就簡單了，不是嗎？

過了似乎頗長的一段時間，對「等待」的人來說，時間永遠是難捱的。我不停地喝酒（淺嚐即止），腦袋卻越來越淸醒。

很明顯的，秦家和最終的下場是被徹底「解決」。我和小姐們將這具臃腫的屍體抬上計程車，這時候我才知道一個醉死的老廢物有多齷齪。

在計程車裏，藉著酒意，我前前後後摑了老傢伙數十個耳光，我一面發洩恨意一面說，「醒醒老秦、醒醒老秦。」之後，我和司機合力把他抬到門口。計程車離開後，我開始掏遍這條「死豬」的口袋。瞧我找到什麼！一只皮夾子（裏面裝了幾張鈔票和保險套），一張公車票，一個千暉打火機和一條髒兮兮的手帕。當然，還有一大串最重要的——鑰匙。

我將他平放在沙發上，脫掉他的皮鞋（好讓他一覺到天明），我細心地作這件事，但有那麼一陣子，我覺得自己像個殯儀館的化妝師。

再確定一次這傢伙的沉睡狀態後，我用那串鑰匙打開地下室。果如所料，地下室兩組貨架上擺滿了我要的「東西」。在這堆贓物中，有幾只基座上尚有「博物館收藏」幾個未刮除字跡的骨董。同時，我注意到躺在牆角的一具塑膠「充氣女郎」，是個外國貨，碧眼、金髮，但洩了一半的氣，使「她」看來像個老巫婆，噁心！噁心！我忍不住踢了「她」一腳，「她」的回應是一陣窸窸窣窣的嘈雜聲。我豎起耳朵，樓上仍無動靜。但就在這一瞬間，我發覺竟疏忽了一件事，很重要的一件事：正如一個不會游泳的傢伙下了水後，才猛然發現自己忘了帶救生圈。那就是——我該如何處理這些「罪證」呢？於是我又登上樓梯，在衣櫃裏找到一架「傻瓜」照相機，這種照相機只要有拇指的人都會使用，而且能把你要的東西拍清楚。於是我便像名特務，迅速地將情報一一攝入鏡頭，當然，我一直保持警覺，留心傾聽樓上的聲響，那頭豬十分合作地發出鼾聲，巨大的鼾聲，這聲音在空蕩的屋子裏造成愚蠢的回聲，使我想起西部電影中，圍著篷車喔喔叫的印地安人，至於為什麼會聯想到印地安人，那只有天曉得了。

用完所有底片，拍盡地下室每一吋地方，我有一種繼續拍下去的衝動，不過冷靜下來後，數一數我發現的證據已足夠了。我取出底片，把相機歸回原位，再走到客廳，低下頭注視著秦家和的臉。

幾分鐘後，我對著他的鼻頭說：

「豬！」

然後離開。

七

我將「證據」寄給博物館，不到一個星期老秦就被捕了。

唐曼娜很驚訝，

「老秦不像這種人？」

「知人知面不知心，」我頓了一下，接著加重語氣，「我從沒料到他會是個——賊——。」

「眞的想不到……。」

「理這種人幹嘛，」我說，「我們自己的事要緊。」

我這麼說自然有弦外之音，「我們兩個人的事」，唐曼娜聽得出來嗎？不！她聽不出來，這女人對我可能不存任何愛情的幻想，我們有的只是師生之間的感情。

「這個——，」我轉移話題，「比賽準備得怎麼樣了？」

「還好，有兩名學員退出，說是受不了比賽緊張的壓力，其實上電視滿好玩的，我很快就找了兩個遞補。」

隨後我們一道去看「排練」，第卅六次排練，九人一組，成一方陣，由唐曼娜親自指揮。樂聲響起，那些傷腦筋的腿便整齊地踢了起來。教人鍛鍊身材也能成爲賺大錢的行業，這個世界眞是奇怪，這些練好身材的女郎也能憑它賺男人的錢，這就叫「惡性循環」，我瞧了一會兒，找不到任何啓動靈感的東西，便離開舞蹈教室。

口袋裏有幾個臭錢在街上走和一文不名完全兩樣。我可以放肆地想像櫥窗裏衣物套在身上的模樣，或者乾脆進去試穿，享受一下「顧客」的選擇樂趣，而不會有任何罪惡感。

爲了令自己更愉快，我破例買了一包洋菸，英國三五牌，我吸第一口時嗆了一下，但隨即香味尼古丁使我飄飄然起來，我決定日後都抽這個牌子的香菸。

我在街上閒盪了一陣子，便回到舞蹈教室，這時候的情形是：教室裏的舞者個個滿頭大汗，當她們跳完最後一支曲子，開始拿出手帕揩汗時，一種忙亂的、放鬆的、可愛的氣氛，瀰漫於整間教室。不騙你，在這一瞬間我有種把這幅景象呈現在畫布上的衝動，不是隨便說的，是那種嚴肅的帶點痛楚的藝術衝動。不過，說來歸齊，還是等我把經濟情況改善後再說吧。

這個晚上，唯一的收穫是：我們確定了一件事，一等到唐曼娜拿回電視合同，便開始我倆合作的大計畫。

比賽日期越來越近，我們倆都很緊張，我當然有充分理由緊張，但是唐曼娜——我勸她這次比賽不必太在意，不過是個商業噱頭罷了。

「放輕鬆，電視台又不只這一家。」

「目前只有這個節目，我不能輸，」唐曼娜說，「第一，我準備了很久。第二，我不再年輕了，我打算藉這機會打開舞蹈教室的知名度，把棒子交給年輕人，然後再發展其他事業。」

「妳們不會輸，」我說，「何況卡西歐說他認得這個節目的製作人。」

「我們找他談一談。」

卡西歐張嘴講第一句話時，我就猜到他內心裏打什麼主意，他先繞了個彎子，說「健美時間」的節目製作人張海龍是他小學同學。暗示了他們的特殊關係後，卡西歐狡猾地移開話題，開始大談「現代舞」。

「我不喜歡古典芭蕾，那是貴族的玩意，專供有錢人欣賞，」他口沫橫飛地說，「現代舞就不一樣了，現代舞是平民的玩意，像唐小姐提倡的韻律舞，既可供人欣賞又能強身……。」

扯到哪裏去了。唐曼娜看了我一眼，我作了個莫可奈何的手勢。過了好一會兒，卡西歐離座去打一個重要電話（可能是個藉口），我立刻趁機建議唐曼娜先回去，讓我和卡西歐單獨討論這個「敏感」問題。

唐曼娜走後，我說：「卡西歐你在搞些什麼？」

「技術上的問題，我們事先沒聯繫好。」

「什麼技術上的問題，你介紹那位姓張的給我們認識不就得了。」

「唉呀，宋老，您說的可是外行話了。」

「我了解那一行，」我深深地看了他一眼，「作這種事總得謹愼，以免砸鍋。」

「你信不過我？」卡西歐搔著鬍子。

「嘿嘿，」我乾笑一聲，「話不能這麼說。」

「我直說好了，」他沉吟了幾秒鐘，「需要這個──錢。」

「錢沒問題，」我說，「我先要看到『人』。」

「說定了。」

「說定了。」我瞪著卡西歐，希望從他臉上發現一點端倪，但他臉無表情。

爲了確定我即將看到的是「張海龍」本人，我走進一家舊書攤翻過期的電視雜誌，果然在去年六月的一本雜誌上找到這傢伙，照片裏的張海龍正左擁右抱著兩個明星，胖胖的臉笑得像彌勒佛一樣，我立即將他歸類爲「笑裏藏刀」型人物，這種人比什麼都可怕。趁書店老闆不注意，我偷撕下這一頁，「張海龍」已在我口袋裏。

我給唐曼娜看她未來製作人的照片，她輕呼一聲：

「像個財神爺！」

「對！就是我們的財神爺！」我互擊一下雙掌，讚美她這一句即興的「吉祥話」。

這當兒，我們正在我新居裏喝下午茶。經常造訪的緣故，唐曼娜幾乎把此地當成她另一個家，除了我的臥室，其他房間她都很自然地進進出出，她偶爾也會在她的小畫架（我特地給她準備的）塗上幾筆，然後發出銀鈴般的笑聲，這種笑聲立即使得原來暮氣沉沉的地方，完全改觀。而爲了回報她，我在洗手間裝了清香劑，換上粉紅色的衛生紙，客廳裏也插上鮮花，某一天早晨，唐曼娜送來一盆蘭花，我們還在花盆上繫了一條鮮紅絲帶，「老師，你可以把它畫下來。」唐曼娜說。

「妳比花漂亮多了，」我回答，「倒不如畫妳。」

「眞的？」她高興地拍著小手，「我可以當老師模特兒嗎？」

「當然可以。」

於是，一個星期有兩個早上，她穿著緊身舞衣，露出誘人的大腿，讓我盡情的意淫。

我甚至試探地問她對「裸體模特兒」的看法。

「羞死人了，老師，」她嬌嗔著，「這輩子我絕對不讓人家這樣畫我。」

藝術與色情往往只有一線之隔，我想只要努力，唐曼娜遲早會改變她的看法。等到那一天——呵呵，我們慢慢等吧。

卡西歐隔了兩天才來電話，他很興奮地告訴我張製作人答應和我們作初步接觸，地點在電視公司的咖啡廳裏。在我們等待「財神爺」現身時，我留意到卡西歐緊張的神態，他用力搓著雙手，頻頻望向門口。不過話又說回來，碰到這種事誰不緊張，唐曼娜也顯出坐立不安的模樣。在咖啡廳裏的特殊氣氛下（這裏坐了不少怪人，有些還穿著戲服。），張海龍足足讓我們等了廿分鐘。

正如我所料，這位大製作實在是名副其實的老江湖，他連續說了幾聲抱歉，解釋遲到是因爲攝影棚臨時出了變故，一座布景倒塌什麼的。隨後便東拉西扯地聊些影劇圈的趣事，十分鐘後又以同樣的理由離開。但即使這麼虛應故事地「秀」一下，卡西歐已經很滿足了，他志得意滿的模樣就好像剛獲頒了一座金鐘獎。

「我告訴過兩位的，張製作是個大好人。」

「我們還沒進入情況呢？」我說。

「噓——」卡西歐作了個噤聲的手勢，「謹防隔牆有耳，」他壓低聲音，「人家肯出面就盡在不言中了。」

底下就是例行公事，晚上我們請卡西歐好好吃了一頓。微帶酒意的唐曼娜，看起來像粒多汁的水蜜桃，令人垂涎。容我描述一下她此刻的動人模樣：

一襲鑲小珍珠的黑緞緊身旗袍，勾勒出舞蹈教室磨練出來的魔鬼身材，修長的腿在高叉旗袍下隨著嬌笑時隱時現，細白脖子下微露的乳溝在嬌喘時簡直會坑死人。

我頻頻用視線讚美她，唐曼娜也感覺到了，一度她被卡西歐的笑話（關於某位導播的糗事）推倒在我的懷裏，我趁機揩了點油。

偉大的愛神在牆角處嗤嗤地偷笑。

我是一頭不小心掉入油碗中的老鼠。

感謝上帝！如果您眞的存在的話。也請賜給我年輕人的精力，以及無窮無盡的好運！

老秦從監獄寄給我一封信，請我抽空去看他。當我如期去「面會」時，沒想到他在電話中罵我「小人」並聲言出獄後要我好看，我回他一個冷笑。這個賊毫無洗面革心的意思，我想我們的獄政實在應該好好檢討一下。

與此同時，卡西歐向唐曼娜要了第一筆「打點費」五萬塊錢。付款時，張海龍並不在場，卡西歐的解釋是一句反問，「你不相信我嗎？」

一個星期後又付了十五萬塊，我得到的仍然是那句反問。

我不敢把自己的疑惑告訴唐曼娜，她正在熱頭上呢。還有十天就要舉行「韻律大賽」，舞蹈教室這當兒簡直變了樣，像兒童樂園裏的電動木馬場，香汗淋漓的女郎們不斷旋轉著、跳躍著，休息時就成大字形躺在地板上，十來個成大字形躺在地板上的女郎，實在是項奇觀。這使我想起古代的皇帝與女奴，不過我逐漸泛起了敬佩之心，這世上果然有所謂「榮譽」這種東西，這些女郎不比我們，她們完全沒有商業意圖，要是她們知道這次比賽已經打點過了，不曉得會有什麼反應。

我所能作的，只是替學員們加油，而由於舞蹈教室這段時間一片混亂，繪畫工作也暫時停了下來，通常我都在黃昏時候去教室，順便帶些運動飲料，然後坐在角落裏看她們練舞。唐曼娜因此戲稱我「助理教練」。

「嗨，助理教練，你覺得我們怎麼樣？」

「棒極了！」我豎起大拇指，「一流的水準。」

「沒有問題嗎？」

「絕對沒有。何況——。」然後我們彼此互眨眼睛。

一天下午，學員們走後，唐曼娜筋疲力盡地坐在地板上，兩手抱著膝蓋，微皺眉頭。

「怎麼了，曼娜？」

「小腿的神經抽痛了幾下。」

「妳運動過度了。」

機會來了，我對自己說，老狗，天大的機會來了。

我手持「擦勞滅」，跪在她身旁，嚴肅地（其實我的心七上八下地跳個不停。）脫下她的舞鞋，捲起褲管，啊！好一雙性感的小腿，又白又結實，脚趾頭還塗了蔻丹。

「躺下來，」我輕聲說，「儘量放鬆。」

「眞不好意思麻煩你，老師。」

「妳忘了，我現在是助理教練。」

這種感覺眞好、眞好，我多久沒有觸摸這樣的女人？總有十年來了吧，瞧我指尖的感覺！瞧我淫淫蕩笑的心！我輕輕揑著她的骨、她的筋，「擦勞滅」的刺鼻味道反而使我更加激動，她的鼻孔發出的微哼聲，就像小電影上那種毀人魂魄的嬌喘。啊！迷人的唐曼娜，妖精的唐曼娜，請妳可憐這個老頭子吧！請妳施捨這個老頭子吧。

我的太陽穴營營作響，手指微微顫抖，我渴望剝光她，渴望佔有她。但這僅是一場夢，一場春夢。我感覺到手中的軀體有了動作，唐曼娜兩手後撐坐了起來。

「老師，你怎麼了？」

「我有點不舒服，大概是擦勞滅的味道吧。」我只能這麼說。

「謝謝你呀！」唐曼娜似笑非笑地說。

詛咒這一切！

八

偉大的日子終於來臨。這是個週末，天空晴朗，街聲嘈雜。我們租了一部中型遊覽車，我這個「押車」的助理教練身負重大使命——照管女士們的皮包——整整十三只。一路上女郎們興奮異常、有說有笑，好像一羣郊遊的小學生。唯有唐曼娜，她臉色肅穆地坐在我身邊，低頭翻閱一疊表格，她的睫毛很長，當她低下眼睛時，便現出一種沉靜的、衷傷的表情。

可憐的宋瑞德，無用的宋瑞德，竟不知如何去幫助他的女神。

比賽場地借用一所小學的禮堂，龜裂的地板，白鐵椅子，簡陋的照明設備，一個工友模樣的男人在舞台上灑了些滑石粉，另一個戴墨鏡的年輕人正在調整一台伴唱機，發出刺耳的噪音。

很奇怪的，我看不到張製作人，甚至卡西歐也不見人影，這使我泛起了某種不祥感覺。但我不敢告訴唐曼娜，她正在熱頭上呢。

共有十二隊報名，禮堂裏面是擠滿了上百名著韻律裝的女郎，這麼多身材惹火的女郎我還是第一次看到。「曼娜隊」上台時，我站起來，把手掌都拍紅了。

樂聲揚起，「曼娜隊」開始了我熟悉的舞姿，翻騰、翻騰、再翻騰，簡直無懈可擊，簡直可以比美鄧肯！如果我是評審，一定毫無疑問地給她第一名。

想到這裏，我不禁觀察一下五位評審的反應，令我大惑不解的是，評審們顯得多麼漫不經心，有兩位還在交頭接耳。

果然我的猜疑沒錯，折騰了一個下午，到六點半時，主持人宣布成績，「主持人的身分是傳播公司副理）唐曼娜得到第四名，但電視台只錄取前三名。

那一大筆錢泡湯了！

我第一個反應是，上了卡西歐那狗雜種的惡當了。

唐曼娜表情木然，一語不發。

「就差一名。」我說，立刻後悔說了這麼一句廢話。

再來就是善後了，原來準備好的慶功宴不得不取消，遊覽車也打發了。女郎們各自默默地離開。

我扶著唐曼娜上計程車，她的臉色蒼白，四肢僵硬，有如行屍走肉一般。

回到她的住處後，我建議她先去洗個澡，她很順從但仍然一語不發。

我沒趣地坐在客廳翻報紙，但我不敢開電視看新聞，這麼作一定會刺激到我可憐的小曼娜，她現在保險恨電視恨透了。總之，我無聊地亂翻客廳的東西，同時豎起耳朵傾聽浴室的動靜。

萬一怎麼樣，我該像電影裏的男主角，衝進浴室，抱起赤裸裸的女主人嗎？想到她的裸體，就使我沒來由地亢奮起來。

你這個老色鬼！沒良心的老色鬼！我咒罵自己一聲，什麼時候了，還起這種淫念。唐曼娜受了這麼大的挫折，錢財損失是另外一回事，你應該安慰她，鼓勵她。

我竭力裝出一副悲憫的表情，但天知道我內心正在竊笑著。

這可給他們一個大教訓，有錢人以爲錢可以買到一切，榮譽、價值，和理想，哪有那麼簡單！卡西歐恐怕和我一樣，對唐曼娜又愛又恨。但他愛的是唐曼娜的錢，恨的是她的女人味；我正好相反，我恨她的錢。卡西歐啊卡西歐，你從她身上撈到的錢能夠支持你那個畫家男朋友幾個月的生活費。

爲了平衡我不斷起伏的思潮，我開始抽菸，順便把桌上那包洋菸塞進口袋。

洗完澡的唐曼娜，情緒稍微穩定，我建議我們吃點東西，她默默頷首。

我便客串起厨師來，讓她一個人坐在客廳裏反省。

我燒了幾道拿手菜，番茄炒蛋、韮菜肉絲、雞丁，煮了個康寶玉米濃湯。在爐子前，我專心工作著。

我開了一瓶洋酒，我想現在只有這個東西才能促進彼此的溝通。

唐曼娜一下乾了一杯，令我吃了一驚。

「不能這麼喝，曼娜。」

「不要管我，老師。」

「怎麼又叫我老師了。」

「我完蛋了，現在只有老師還支持我。」

「不要這麼說，小小的挫折有什麼打緊，明年再來。」

「完蛋就是完蛋。」她又乾了一杯，我慌忙地陪著，因爲不這樣這瓶酒可能被她一個人喝完。

「在我心目中，妳是今天的冠軍！」

「哈、哈、哈，」唐曼娜笑了幾聲，接著用奇怪的眼光看著我，「眞的嗎？」

「當然，」我說：「今天的前三名根本就是胡來。」

「我們錢給少了嗎？」

「可能。」

「敬你，老師。」唐曼娜舉杯。

「謝謝。」今晚上當老師當定了，我想。

臉色逐漸轉紅的她，已有幾分醉意。我看看酒瓶，已消耗了一大半。

「不能再喝了。」我說。

「我們換個地方喝。」唐曼娜說。

我把舞蹈教室所有的燈打開。

地板和壁鏡反射著明亮的燈光，我們兩人站在教室中央，像站在一只水晶球裏。

「恐怖、恐怖……。」唐曼娜喃喃地說。

「妳是指人性？」我輕聲問。

「恐怖、恐怖……。」她繼續重複這個可怕的字眼。

然後，我們坐下來，又開始喝酒。現在她的臉脹得通紅，眉梢間顯露出淫蕩的、空虛的、神秘的涵意，這種神情我第一次見到，因此我一時瞧呆了。

「宋瑞德，你看什麼！」

宋瑞德這三個字使我清醒過來，「沒什麼，妳是不是醉了？」眞不高明的問話。

「這點酒，」唐曼娜哼了一聲，「我當年可以喝兩瓶黑牌。」

「我已經不行了，我覺得我們現在回去好好睡個覺，明早起來努力把過去忘掉，重新開始。」

「重新開始，好一個重新開始，」唐曼娜互擊雙掌，「宋老頭，你這是第幾次重新開始？」

「曼娜——。」我聳然一驚。

「你認爲我是笨蛋嗎？大家都把我當笨蛋嗎？」

「沒有人這樣。」

「你來找我究竟爲了什麼？」

「妳寫信給我，我覺得妳需要幫助。」

唐曼娜沒有回答，她靜靜地看著我，企圖抓住我的視線。

過了半晌，她突然說。

「宋瑞德，你是個騙子！」

「妳是指我跟卡西歐，還有張海龍那幫人——。」

「不是這個，宋瑞德，你心裏有數。」

「曼娜——，」我假裝溫柔地說，「我知道妳受了委屈，可是想想我們大家，何嘗不是。而且這只不過是個小節目，犯不著——。」

她企圖站起來，但脚步不穩，一下坐倒在地板，我伸過手去扶她。

「拿開你的髒手！」她一下拍開。

髒手！這兩個字頓時使我張口結舌，眞正傷人的字眼，髒手——這是什麼意思。我下意識地攤開雙手，看看什麼地方髒了。但頃刻之間，我的怒氣爆發了。

這輩子我從來沒有被人這樣當面侮辱過。在我意識過來之前，我狠狠摑了她一耳光。

唐曼娜的反應先是驚愕，繼而憤怒。

「你打我!?姓宋的，你打我！」

「我不是打妳，我是打我的學生。」

「呸！你也配。」

「妳說什麼？」

「我說，你不配，我寫信給你沒錯，但你根本老早就失業了，你不過幫老秦畫假畫，老秦早把你的底細跟我說了，你這個無恥的老騙子！」

老秦——那頭下流的老狐狸，早把什麼事都告訴她了，恐怖、眞恐怖，我頹然坐倒。

「你沒話說了吧，你這個下賤的老烏龜，你既想騙我的錢又想騙我的人，」她伸出手指，用力戳我的額頭，「你萬萬料不到，老娘早就發覺了。」

「爲什麼？」我低聲說，「爲什麼妳要這樣？」

「『吃苦難的麵包，在逆境中勇敢迎上前，接受失敗本身就是一種勝利。』呸！騙人的話！」

「爲什麼？」爲了掩飾我的不安，我舉起酒杯一乾而盡，滾燙的烈酒流入喉嚨，使我咳嗽了一下。

「老騙棍，你醉死也改變不了事實。」唐曼娜也舉起杯子。

她不再說話，我們無聲地喝著酒。但這種沉寂卻更加深我內心的痛楚。唐曼娜惡毒的咒罵字眼突然把我辛苦經營的假相撕開，露出一堆惡臭的、不值錢的破爛。原來她早已知道實情，只不過爲了逗弄一條老狗的樂趣，花點小錢讓這幕滑稽戲繼續下去。

我內心痛苦地絞扭著，喉嚨發出微微的呻吟聲。

唐曼娜的臉色逐漸緩和，她瞪大眼睛望著我。

半由於酒意，半由於洶湧襲來的羞辱，我開始搖起頭來，然後越搖越猛，同時用力抓著頭髮。

過了好一陣子，某種奇異的感覺，使我停止自責的動作，我抬起頭，發現唐曼娜仍然一瞬不瞬地注視著我，但她的表情很奇特，她輕咬著嘴唇，眼睛放著光，好像、好像……

就在這一瞬間，我明白了，我明白了！

唐曼娜是個虐待狂！這條母狗，剛才那一番表演，那一堆辱罵我的話，無非是爲了此時此刻的享受。

瞧她這一副享受的模樣，瞧她這一副滿足的模樣！

幹！

我大叫一聲！我的怒氣眞正爆發了，有如火山，是的，我眞正生氣了！

我跳起來，一下把她按倒在地。

唐曼娜沒有絲毫抵抗，反而嘴角浮現出該死的笑意。

「臭婊子！」我左右給了她兩個耳光，「妳笑好了，儘管笑好了！」

我開始狂暴地剝她上衣，扣子被我一一拔下，但她仍無反應。

「臭婊子！看我怎麼整妳。」我邊罵邊解她的胸罩。

我簡直不敢相信自己的眼睛。

唐曼娜只有一只乳房。

我的手僵立在半空中。

唐曼娜把我推開，坐了起來，將整個胸部湊向我的臉，我慌忙地退開。

「哈、哈、哈……。」爆發一陣笑聲，同時引起那只可怕乳房的扭曲與起伏。

「怎麼了？害怕了？」她停止大笑，「來呀！沒用的東西。」

我已經震驚得說不出話來，哪裏還能有其他的動作。

「來呀！上來呀！你不是一直在打老娘主意。」

我用手撐地，往後移動。

「怎、怎麼會這樣？」

「割掉了、割掉了、割掉了……。」她喃喃地說。然後一邊說一邊站起身來。

「妳要幹什麼？」

她開始褪下身上所有衣物，在一片靜寂當中，只有絲織品與肌膚接觸發出的窸窸窣窣聲音，這種聲音原來充滿誘人的肉慾，但當我抬高眼睛，不調和的胸部及可怕的疤痕，把一切美好的想像都破壞了。

我別過頭去，壁鏡卻依然反射她赤裸的側面，不幸又是平板的另一邊胸部，我趕緊閉上雙眼。

對於美，在我這把年紀原來不必過於苛求，但我十幾年來未曾接觸過女性，在長期的意淫下，我不由自主地誇大了唐曼娜的缺陷。

雖然閉上雙眼，但剛剛奇異的、可怖的景像仍歷歷在目，就像看了一副變形的，所謂的「野獸派」繪畫。

過了半晌，一陣奇異的聲音使我睜開了眼睛。

她扭開了音響，是一首輕快的芭蕾舞曲。

更奇特的是，光著屁股的唐曼娜開始跳起舞來。

躍起、旋轉、後仰、彎曲、快速地扭動、交叉，唐曼娜隨著愈來愈快的節拍飛舞著，壁鏡裏一個潔白的軀體也作出同樣的動作。這一瞬間，我注意到她微瞇著雙眼，彷彿沉浸在舞蹈中。

節拍逐漸變緩，在最後一個拉長、低沉的音符後突然靜止。唐曼娜也同時半跪，一手撐地，一手上舉探向虛空，仰起的臉部眼光一片空洞，像極了一頭垂死的天鵝。

假如是平常時候，我一定會忘形鼓起掌來，但這個時候我只覺得一陣慘然。

唐曼娜微微睜開雙眼，眼眶出現淚珠。

「曼娜！」我低呼一聲。

突然地，毫無預兆地她開始號啕大哭起來。

過了好一會兒，她停止哭泣。

「抱我，老師。」

我關上燈，在黑暗中，我很快地脫掉衣服。

唐曼娜抓住我的手，放在她胸前。

「我好醜。」

「妳是我見過最美的女人。」我說。

「不騙我？」

「我發誓，」我發了個毒誓，「大胸脯沒什麼了不起。」

「可是我根本沒有。」

「我不在意，一點也不在意。」

「沒有胸部，我也能讓男人快樂。」

唐曼娜在我身上開始「工作」起來。

令我驚異的是，我竟然能夠「勃起」。在重振雄風的那一剎那，我記起前妻麗瓊對我惡毒的指控。

「沒男子氣概的傢伙！」

我們並排躺在教室中央，地板上鋪著衣物，但我的膝蓋仍隱隱作疼，我瞪著天花板，一盞小壁燈泛著迷迷濛濛的光芒，我的腦際盤旋著「酒、作愛、老骨頭」這些字眼，唐曼娜挪動了一下。

「瑞德，你醒來了。」

「嗯。」

「現在是什麼時候了。」

「午夜，」我說，「該起來了。」

「你搬過來跟我住好不好？」唐曼娜說，「我一個人好寂寞。」

「有沒有更好的理由？」

「兩個人住比較省。」

我們一起笑出聲來。

九

現在我和唐曼娜住在同一屋簷下，表面上生活品質提高了不少（漂亮的公寓、漂亮的家具，美麗的女主人開BMW車送我到任何地方。），但我的內心卻愈漸陰沉。我們假裝忘掉舞蹈比賽那晚上發生的事。但我的疑惑日漸加深。唐曼娜結束舞蹈課程，我也不能專心作畫（她拆穿我不過是個冒牌畫家，使我坐在畫架前便有一種可笑的感覺。），我們整天無所事事，好像等待著某個重要時刻的來臨。

白天我們逛街、看電影、選購小飾物，夜晚上了床我便呼呼大睡。所幸她對「性」的要求並不多，她看錄影帶到深夜，那些過時的文藝愛情片最能感動她。影片結束後，她常獨自一人坐在窗口，俯視街景。

一天晚上，我從一個惡夢中醒來，發現她不在身邊，便披衣而起。

唐曼娜手支著下頷，坐在窗口沉思。我拉了把椅子坐到她對面。

我等待著，這些日子以來我一直都在等待著她對我揭露眞相。

過了半晌，我終於忍不住了。我說：

「曼娜，很多事情我一直不了解。」

爲什麼她會接受一個說謊的老頭子，而且早就知道他在說謊，爲什麼這麼個獨立自主的女性，竟然受不了一次小比賽失敗的打擊，甚至關閉了舞蹈教室。爲什麼我們整日對坐，好像在等待某個人某件事情的降臨。

「嗯。」她輕哼了一聲，沒有回頭。

「妳把我從一個已經消逝的時代召回來，眞正的目的是什麼，請妳告訴我？」

唐曼娜緩緩轉過頭，她的眼光一片迷濛，好像正在經歷一場時光旅行。

「恨。」她說。

「把我找來就爲了——。」

「恨，」說第二遍時，她的臉色轉爲凝重，「我要看看當初對我撒下瞞天大謊的人現在究竟怎麼樣了。」

「那個人是我？」我驚異無比，「我對妳撒過瞞天大謊？我怎麼可能做這種事，我只不過是個單純的中學老師，我不記得我做過那種事。」

『吃苦難的麵包，在逆境中迎上前去，接受失敗的態度本身便是一種勝利。』我天天默念這句話，把它當成永遠的眞理。沒想到卻是天大的謊言。」

「妳不是說過，妳得到很大的幫助……。」

她揮手阻止我繼續說。

「有一陣子，我確實從這句話中獲得力量。但是我現在回想，如果不那麼堅持，當初找個老實可靠的男人嫁了，生兒育女，現在會生活得比較幸福。爲了證明這句話的神聖魔力，我咬牙承受任何折磨，爲了成爲一名成功者，我甚至去動手術隆乳，然後變成今天這副德性。」

「妳不能因爲技術上的一點小錯誤——。」

「它不只是技術錯誤，它揭穿了所有謊言。」

「我不懂。」我實在不懂，美容失敗的例子隨處可見，但也沒有像她這樣遷怒別人，否定一切。

「我說了你就懂，」唐曼娜咬牙切齒，「我原來有一位要好的男朋友，他是我這輩子眞正愛過的男人，我們已經論及婚嫁，未來充滿幸福。等我切掉半個胸部後，他不僅不同情我，反而罵我活該、下賤，說我這是從前墮落的報應……。」

「有這種事？」

「一天，他喝了酒，指著我的胸部說『看妳這個樣子，我就想吐！』果真跑到浴室去吐了起來。我叫他滾出去，他從此沒有再回來。」

我沉默起來，這眞是殘忍而又噁心的一幕。唐曼娜的憤恨是如此的眞實、如此有理。可是，我自己呢？

「我休養了好一陣子，才恢復正常，繼續教授舞蹈，這時候我想到當初撒這麼個大謊的你。起初我仍心存疑惑，你的情況看來不錯，好像個仁厚長者，後來老秦洩露你的秘密，我這才確定，我從頭到尾上了你的惡當，你教我你自己都做不到的人生觀，你要學生吃苦難的麵包，堅守人性的尊嚴，自己卻像小偷一般。等到我眞正了解人性的醜惡、社會的現實，要生存就不能太天眞，不能有理想，已經太遲了，如果我不是有一技之長，還有了點錢，我就是去賣身體也沒人要。宋瑞德你說是不是？」

「妳打算對我怎麼樣？」

「很簡單，你的身分是我養的一條老狗，從現在開始，你什麼都得聽我的。」

「老狗實在難聽，曼娜，妳不能這樣侮辱人。」

「好吧，在別人面前我不這麼稱呼你，這該滿足了吧，老狗，除了我沒有人會要你，對不對？」

我點點頭，除了點頭還能怎樣。

「如果你表現好，也許可以升一級，從老狗變成佣人。」

「如何表現？」

「報復。」

我們計畫報復的順序，表上的第一位自然是卡西歐，這傢伙不僅誆了我們一大筆錢，還把我們當傻瓜一樣耍。「不義的人有禍了！」舊約聖經裏好像經常強調這件事。卡西歐這類傢伙是社會的敗類、民族的殘渣，理應受到制裁。我對唐曼娜戲稱我們是「正義小組」，但她缺乏幽默感，臉色一天比一天陰沉。在這種情況下，我不得不檢視自己一番。當初單純的目的已經蕩然無存（在唐曼娜身上弄點錢），未來變得更為複雜、難以掌握。我的結論是：暫時順從她，替她辦完幾件事後，弄一大筆錢離開，至於離開後幹什麼，我沒去想，也許找個大樓管理員的差事，終了此生。

順便提一句，我心痛的毛病又復發了。有一回，我痛得在床上打滾，隨後昏了過去。醒來時，發現唐曼娜坐在床前，臉色慈和，像個溫柔妻子，我實在不了解這個女人。

心痛過後，我們便計畫報復事宜。我們坐在餐桌前討論，同時準備了筆記本，大概是氣氛過於嚴肅的關係，唐曼娜也開始抽起菸來。在煙霧中，她的臉色陰晴不定，聲音低得像來自另一個世界。

「壞人一定要受到報應。」

「是的！」我用堅定的聲音回答，「一定要受到報應。」

「這個世界上太多的壞人，我們如果每個人都從自己身邊開始淸除起，那麼遲早有一天，世界將完全改觀。」

「唉呀！這麼簡單的道理，怎麼從來沒有人想到過。」

「我也是剛剛想到的。」唐曼娜說。

開場白之後便進入正題，通常的情況是，我們不時離座在客廳裏踱來踱去。菸抽完了，咖啡喝完了，但是一道小障礙（譬如說卡西歐該受到什麼樣程度的懲罰）無法解決。唐曼娜便要求我們上床想辦法讓神經鬆弛下來。有一回，她請求我用皮帶抽她，我照作了，奇怪的是，她果然召來了靈感。我覺得我們實在有點瘋狂。

我們瘋了嗎？

「確定卡西歐是同性戀？」

「用屁股想就知道。」

「是不是我跟他買過畫的那個？」

「不錯。」

「我們就從這裏下手，」唐曼娜說，「瑞德，我有了個構想，你聽聽看——。」

這個構想是：散播卡西歐是同性戀者，同時得了愛滋病。

「曼娜，妳眞是個天才。」我讚美她，「這麼一來保險絕了那傢伙的後路。」

有事情做後，我們倆頓時精神起來。我負責到各個同性戀出沒的場合：酒吧、餐廳、俱樂部去散播「耳語」，唐曼娜則撰寫黑函，預備寄給衛生單位和傳播媒體。

我這輩子從來沒有見過這麼多「奇怪」的人，不過我也認識了幾個「不錯」的傢伙。他們衣著講究、談吐不俗，完全不似我想像中的「惡形惡狀」。而且還頗有同情心的樣子，他們大概覺得我這麼老還沒有伴實在可憐。聊天時，我趁機告訴他們，本來有個年輕的伴，但得了「那種病」，我不得不遠離他。

這幾個傢伙眼露憐憫之光，不過因爲我的年紀以及有過「那種病」的關係，沒有一個對我感興趣，謝謝天。

有兩回，我差一點撞上卡西歐，我從窗外看到他正口沫橫飛地大吹法螺，內心的恨意爲之加深。

三個星期後，黑函與謠言顯出了威力。一家《揭穿》雜誌率先響應。他們的標題作得不錯，「愛滋病入侵新聞界，某晚報影劇記者被衛生單位列爲重大嫌疑犯。」

在這個談「愛滋」色變的時代，有了愛滋嫌疑的人就像拿了一張「討厭鬼」的識別證，人人避之唯恐不及，誰還有那個閒功夫去替他辯白。

我們聽說，卡西歐的情況糟透了。當他出現在酒吧時，談話聲立即靜寂下來，人人用猜疑的眼光看著他。當他走進報社洗手間時，裏面所有人立即奪門而出。遭此打擊，卡西歐自然臉色日漸蒼白、精神日漸萎靡，卻反而加深他的「病情」嫌疑。

下一步就是大家採取行動了，果然，卡西歐被報社辭退了，從此下落不明。

我們開了個小型慶祝會，唐曼娜很高興，我則儘量隱藏內心的不安，畢竟卡西歐幫過我的忙，說好聽點是「共過患亂」，我在內心長歎一口氣，希望他能找到好歸宿。

「正義總算勝了一部分。」唐曼娜說。

「一部分？妳這是什麼意思？」

「還有人沒遭報應？」

「哪一位？」「廖世源，那個狼心狗肺的傢伙。」

我苦笑了一下，我想我眞正成了她的走狗。和她比起來，我差勁多了，對拋棄我的那個女人我以自虐作爲報復，一點也比不上她。那麼就讓我們爲報復而存在吧。

「你在想什麼？老頭。」

「我在想，復仇的滋味應該淺嚐即止。」

「你命好，沒有碰上這種事。」

「妳怎知我沒有？」

當下我把自己的遭遇一五一十地告訴她。唐曼娜摒息聽著。很奇怪的，在經歷了這些事後，我的恨意變得有些勉強起來，同時在述說的中途，我突然覺得那是發生在另外一個人身上的故事。

反倒是唐曼娜，她的表情逐漸顯現憤怒之色，當我提到小公主時，她的憤怒達到了頂點。

「可惡！眞可惡！你帶學生去旅行，她就逮住機會下毒手。」

「雖說是腦炎，如果不延誤治療，」我說，「想也不致送命。」

「根本就是有意的，趁你不在。」

「我始終不明白，」我歎了一口氣，「爲什麼會恨這麼可愛的小女孩。」

「天生的毒婦！」唐曼娜作了結論。

十

廖世源究竟是個什麼樣的人？我試著在腦子裏描繪這個人的模樣，唐曼娜給我的資料根本不夠，她似乎不大願意回憶跟那個人在一起的日子。她深深愛過他，他們有過快樂的時光，但一天之內就被一個態度破壞了，恨取代了一切，愛爲什麼這樣容易轉變成恨，難道愛的本質裏原來就埋藏有恨的成分嗎？

然而儘管我有這些疑問（最主要的一點是：我這把老骨頭還能派上用場嗎？更何況廖世源不比卡西歐，那傢伙身體健康，又有正當職業），我仍須聽命於這個女人，爲了鼓勵我，唐曼娜送了我一只亞米茄錶。

我挖空心思也想不出整廖世源的方法，他經營一家塑膠工廠，底下有三、四十名員工，不管他有多少員工，這年頭沒幾個工人願對老闆賣命，最大的問題是，敝人對「塑膠」這個東西根本一竅不通。

爲此，我買了一本《王永慶成功史》來看，但讀了兩遍，對塑膠仍舊一知半解，只曉得它是由石油提煉的。我跟唐曼娜研究這個問題。

「也許我們可以從股票下手？」

「它還不夠資格上市發行股票。」

「乾脆半夜裏我帶桶汽油去把他工廠燒掉。」

「你瘋了不成？」唐曼娜躺在床上，邊修指甲邊說，「老頭，鬧出人命來我們都得坐牢。」

她的好整以暇模樣使我氣得撲了過去。唐曼娜一把推開我，說，「事情沒有進展前不許你碰我。」

於是，爾後幾天，我便專程到土城「世源塑膠廠」門口徘徊找靈感，目睹街上三三五五靠勞力討生活的人們，我自問，假如自己也去應徵，工廠會要我嗎，答案是否定的，我頂多當個臨時警衛罷了。這個答案使我十分洩氣，我又想所以會提出這個問題，是不是潛意識裏我想跟唐曼娜分手了？

坦白說，這幾天我一直在思考自己的前途，並且也有了點反省的意思，但每當腦子裏似乎靈光將現時，我看到了腕上的新錶，它是唐曼娜肉體與金錢在我身上留下的表徵，我便打消了繼續反省的主意。

此刻，我坐在一家小吃店喝芭樂汁，一邊瞧著對街的塑膠工廠。

小吃店老闆投過來幾次詫異的眼光，後來他便不再這麼做了，他大概把我歸類為這條街上隨處可見、那羣常常坐在路邊或冷飲店瞪著空虛雙眼的傢伙。他們來來去去，打些零工，賺了點錢便又漫遊另一個工業區。

我記下廖世源出沒的時間，（很容易辨認出他，他開了一部富豪車，有別於工廠的幾輛老舊車子。）他常常逗留到工人下班之後，我猜他是個頗為敬業的人。

我曾經有過一次在非常短的距離觀察他的機會，他走進小吃店買一包菸。他大步跨過街，年輕的臉上有一種自信的、講究效率的表情。他簡短有力的說，「一包肯特」，然後轉過身回頭望他的工廠，他沒有留意小吃店的客人，不過我敢打賭在對街他已經清清楚楚了解店裏的情景，因為除了他沒有一個從外面進來的人不會被牆上歌舞團的招貼吸引視線，至少他們會瀏覽一遍。

他的身材不高，有點橫向發展，手指關節粗大，可能屬於那種「基層型」的老闆。我估量著那只拳頭的力量，唐曼娜挨過揍嗎？

又過了幾天，我看到富豪車下來一對母女，廖世源有老婆和小孩，唐曼娜竟沒告訴我。不過，這也無須大驚小怪，以廖世源這類精力充沛的男子，沒外遇是不可能的。我將新發現告訴她，她的反應有些避重就輕。

「他說過要離婚。」

我繼續追問，但她的嘴巴閉得緊緊的。

原來兩人交惡的原因並不單純，同時我懷疑唐曼娜的錢也許還是從廖世源那裏來的。就在這時，一語不發的唐曼娜突然生起氣來。

「去他媽的！」她咒罵一聲，站起來，點燃一根菸，再朝我臉上噴了一口，「你追根究柢作什麼？」

「狠心的人，騙妳要結婚，然後玩膩了便把你甩掉，這種沒心肝的男人該獲得報應！」

我審視曼娜臉上的反應。果然她受暗示地順著我的話說：「不錯……不錯……惡有惡報……報應……。」

她的臉布滿憤怒的紅暈。但是，我已經不再相信她了，其實可以這麼說，我已經不再在乎唐曼娜的恨與愛。那已經成了她的生活方式。不過當你了解一個人的生活方式後，你就可以由被動變爲主動，你就可以建立自己的生活方式，或者你可以依從她的生活方式但同時擁有自己的想法。

「他有沒有把柄在妳手上？」

「把柄？什麼？」她如夢初醒。

「譬如逃稅什麼的？」

「啊！沒有、沒有……。」

從今以後，我不再問她任何問題了，我想，我自己必須騰出一些時間來理清某些問題；譬如：我原來的目的不過是從她身上弄些錢，最後竟成爲她的復仇工具，我不知道，這中間到底何處出了錯。

於是我告訴她我按照原定計畫進行，至於什麼是原定計畫，我不知道，她也沒問。

我畫了一張工廠草圖，那座圍牆使我想起從前任教的中學。我甚至選了一個月黑風高的晚上試圖翻牆進去，圍牆雖不高，但我軟弱的雙臂卻不足以對付它，我奮鬥了一個鐘頭，最後藉了一只木箱的幫助，才勉強攀上了牆頭，我趴在牆頭，拿不定主意究竟要不要像〇〇七一樣躍進秘窟，完成任務。某個房間透出的燈光阻止了我的激進想法，我又回到木箱上，回家後畫了一張草圖聊以自慰。

自此而後，我和唐曼娜常常對坐陷入沉思之中，我們的生活變得沒趣又無聊。最後爲了突破這種沉悶的現狀，我忍不住採取行動。

十一

這是個陰雨的週末，我帶了雨衣和兩截可以結合的鋁管（是從一家汽車零件行買來的。）搭上往土城的客運車。

一路上，車窗外景物籠罩在一片昏頭昏腦的灰色之中，正如本人目前的寫照。無論如何，我對自己說，這大概是我此生最後一次出擊了，運氣好的話，我可以逮住那個傢伙，然後準確地打斷他的腿。

半小時前，唐曼娜斜倚在門邊看我收拾道具，我們卻沒話講，實際上這種情況已經持續了三、四天。

我做出彎腰的動作，同時抬頭向上望著她，我們對視了好幾分鐘，我沒告訴她什麼，但那截鋁管已經說明了一切。她再笨也應該知道。

我打包好了後，丟下了這麼一句話：

「吃苦難的麵包。」然後在她的目光下走進電梯。

我不知道爲什麼舌尖上突然吐出這麼一句話，但是我高興我這樣說了，我很高興。

爲了唐曼娜對我作過的一切，我必須這麼作。我下意識地握緊背包裏的鋁管。是的，那是個象徵，偉大的象徵。

它是那麼堅實有力！它是那麼具有男性氣概！它代表我最後英勇的一擊。

雨仍然下著，我下了車後套上雨衣，把兩截鋁管接上，挾在腋下，我裏著雨衣的右側硬梆梆的。我練習了一會兒，直到能熟練又迅速地從雨衣內取出「凶器」。

我逐漸變得亢奮起來，暴力啊、暴力，我想到強盜們在作案前的心理狀態，不！我跟他們不同，我是爲社會的公平與正義做的，因此，這不算暴力，這是一種正義的張力，我看到血會怎樣？會昏過去嗎？

我慢慢走著，走向工廠，我手心冒著汗，緊張、亢奮、恐懼諸種複雜情緒不斷交替，使我稍稍氣喘，我覺得有些虛弱。便停下脚步，在一家小香菸攤前買了一瓶提神的「口服液」。

「要不要檳榔？」小販說。

我搖搖頭。

我繼續走，在一個轉角處，一口氣喝掉那瓶口服液，我注意到握瓶子的手微微發著抖。

打斷他的狗腿，我想，打斷這個不義之人的狗腿，金屬管子碰到腿骨，發出「卡拉」一聲，不會是別的聲音，如果我力氣夠大的話，那麼只會有一點點聲音，就像風吹過蘆葦。我要從背後下手，讓他嚐嚐被「暗算」的滋味，然後他往前跪倒，他永遠沒有機會知道背後這個人是誰，因爲我會再在脖子上給他一棒，在他昏迷之際會聽到一個冷酷的、來自地獄的聲音說：「唐曼娜問候你！」

我繞著工廠轉了一圈，看到門口廖世源的車子，和警衛室裏警衛疲倦的臉！那是一張平凡的、黑色的老臉，但不是一張瞎子的臉，我當下決定翻牆進去。

雨勢突然加大，雖然增加了攀牆的困難度，但卻阻止了討厭的看門狗之流。我跳下牆時滑了一跤，我用雨水將臉上的泥巴洗掉，我想現在的模樣大概像電影中游擊隊隊員。

廠房裏洩露出昏黃的燈光，我探頭瞧了一下，沒有人。便閃身進去。

牆角的暗影與灰黑機器的微弱反光，使我覺得有點毛骨悚然。多糟糕的地方，我想，同時起了一種把大燈打開的衝動。

廠房後一個小房間裏，我靠著牆坐了下來。牆上掛著圖表，牆角置放了一台終端機，矮櫃上有一只獎杯，我看不清楚杯上的字。

我希望廖世源能一直走進來，毫無警覺地，然後腿部便挨上重重的一棒。一記悶棍打倒他，這是最理想的狀況。不過，要是他跟警衛一道進來呢？不只警衛還有那條大狼狗也一道進來呢？可怕的情況，不是嗎？

爲了避免繼續如此悲慘的想像，我站起身，準備找點事做。就在此時，我發現褲襠有點異樣，伸手一摸，原來竟尿在褲子上了。

你這個不中用的老傢伙！

然後我捧腹笑了起來，雖然我儘量抑制笑意，我瞪著驚恐的雙眼對著大門的方向，這樣的大笑難免會驚動什麼人。但這該死的笑聲就是沒辦法停止。

我想我就要瘋了。

發瘋的想法以及不斷增長的恐懼，使我越笑越大聲，同時抱著肚子在地上打起滾來。

突然傳來一陣狗吠聲止住了笑聲。他們終於來了，我撐起雙手，爬到牆邊，靠牆半躺著。那根鋁管靜靜躺在脚邊一公尺處。

我的手臂非常軟弱，我費盡全身之力才抓到那根鋁管，我大聲喘著氣坐回原處。這時脚步聲愈來愈近。

我舉起鋁管，對著門外伸進的人影。

我的手開始劇烈地抖動，太不中用了！

「誰、誰在裏面！」一隻脚隨著男人的吼聲跨了進來。我手上的鋁管也在同一瞬間掉落地上。

很羞恥的，我現在竟以一種跪伏的姿態蜷縮在這個人的脚跟前。（由發亮的皮鞋，我猜這個人就是廖世源。）

「廖先生，」另一個聲音說：「小心！」

接著，這雙脚把我踢翻了個身。我仰望廖世源年輕的臉，我對這張臉已經很熟悉了。

「你是幹什麼的？」廖世源說。

「小偷，」警衛撿起鋁管，「嘿！還他媽的帶武器呢，我去打電話。」

「等──等──一──下──。」我撐起上半身，說出了我練習很久的那句話，「廖世源，唐曼娜問候你。」

現在我坐在廖世源辦公室的沙發上。

「抽菸嗎？」他問。

「謝謝。」我站起來讓他替我點上菸。乍看之下我們像對老朋友，不過一等他轉過身，我便又開始算計他的後腦袋。

廖世源兩手交叉置放在辦公桌上，兩眼一瞬不瞬地注視著我，過了幾分鐘，好像等我舒服地吐了幾口菸圈之後，他才開口。

「先生，貴姓？」

「我姓朱。」我撒了謊。

「朱先生跟曼娜是——。」

「遠房親戚。」

「哦。」

沉默。

又過了一會兒，他站起來，背著雙手踱到窗口，出神地望向窗外。

我放棄了所有攻擊他的念頭，原因是我太虛弱了，加上那根要命的菸，使我完全癱瘓在沙發上。

「曼娜要你來——，」他背對著我說。

我沒有回答，我讓他自己回答。

「我愛曼娜，」廖世源喃喃地說，「但我不了解她，實在——也許——。」停頓了一下，他猛然轉過身，像作了一個重大的決定，坐回辦公桌前。

「說——，」他取出鋼筆，同時用鑰匙打開抽屜，取出一本支票薄，「她要多少？」

我嚇了一跳，著著實實嚇了一大跳。這傢伙搞錯了，從頭到尾搞錯了。

「什麼？」我立刻後悔說了這兩個字和臉上露出的驚異表情。

「難道不是——」廖世源也露出驚異的表情。

「當然不是，」我說，「你把我們當乞丐不成？」

「我沒有這個意思，我以為——。」

「你以為有錢就可以解決一切，你以為錢可以買到女人的感情，你以為花點錢就可以擺平自己的良心，」我越說越氣，「你這個混蛋、孬種、狼心狗肺、始亂終棄的惡棍！」

我的怒氣像山洪一樣爆發了，我一下衝到廖世源面前，狠狠地朝他的臉上打了一拳。

挨揍的廖世源臉先漲得通紅，之後，爆發一陣狂笑。這一笑立刻把我笑醒。

「對、對不起！」我腳步慢慢後移，準備奪門逃命，「這一拳是替曼娜打的。」

「打得好。」

「什麼？」我停止後退。

「打得好，」廖世源說，「打得好，我鼓勵她上進，她卻自暴自棄，我勸她不要去整容，她不聽，我說不在乎她的美醜，她也不相信。不過，這一切都怪我意志不堅，太早放棄，都怪我。」

「你是說，你沒有，沒有在開刀後當她的面嘔吐，你沒有？」

「怎麼可能，我廖世源是這種人嗎？」

我明白了，我總算明白了，唐曼娜自己編織了一套「恨」的故事，然後生活在無限的恨意裏，享受無上的樂趣，這個女人！

「把這個給她。」廖世源在支票上寫了個數目字。

「五十萬！」我驚叫一聲，眞是大手筆。

「請你告訴她，」廖世源眼眶溼潤，「告訴她，告訴她我很抱歉。」

我心裏有一種放鬆的感覺，同時也有一種罪惡的感覺。我決定告訴唐曼娜，這件事過後，我們就恩怨兩清，彼此互不相欠。我想像自己瀟灑的舉動，我把支票交給她，說，「我很抱歉」，然後轉身瀟灑地離開。

在暗暗的、沉靜的夜空下，我這麼想，在走進電梯前我也這麼想，但當我面對電梯裏光明的鏡子前，我就不這麼想了。鏡子裏那個人一點也不瀟灑，更不像能把「我很抱歉」這幾個字說得悅耳動聽的人。鏡子裏那個人像條從臭水溝被拖上來的老狗，帶著可怕的、整人的氣味。

唐曼娜用奇異的、夢遊般的神情迎接我。

「怎樣了？」她輕聲說。

我一言不發把支票交給她。

她接過支票，但沒有看上面的金額，反之作出一種心不在焉的姿態準備將它放進抽屜裏，就好像我給她的是一張撕下來的日曆，而那只抽屜就是字紙簍。

「妳仔細看一看。」我大聲說。

「哦。」她停止腳步，低下眼睛。

我緊張地留意她的反應。她果然很快轉過身，嘴巴無聲地張合了幾次，臉上混合著驚慌、不信，與恐懼的表情。

我想也許就是這副表情使我把謊話當禮物送給她，當然我也不忘送給自己同樣的一份禮物。

我說，不帶任何感情的。

「我打斷他的腿，我打斷廖世源的腿，同時我告訴他唐曼娜問候你，他以為我會要他的命，便跪著請我饒他一命……，」唐曼娜臉色一片蒼白，我繼續說：「我說我沒資格要他的命，他便立刻改口說唐曼娜請饒命，然後我逼他開了這張支票，作為精神賠償。」

我原先想法是唐曼娜會歡呼一聲撲上來，抱住我的脖子喊「幹得好、幹得好。」但是我等了幾分鐘，沒有動靜，反之她的臉色越來越灰白。

「你打斷他的腿，」她輕聲說，「你打斷他的腿了，」重複幾次後，音調轉趨高昂，最後爆發出一陣嘶喊、可怕的聲音，好像她正在撕裂自己的喉嚨，「死老頭！臭老頭！你打斷他的腿，打斷他的腿了！」

同時，她的尖尖的指甲在我臉上畫著，畫出血後，便改握拳，用指關節猛力敲擊我的胸膛。

我的臉和胸口一片火熱，但是我仍維持僵立不動的姿勢，我對自己說：「你活該！你活該！」

我是活該，不過我很高興我對她說了謊，因爲這個好的善意的謊言，使她露出了眞相，她是這麼愛著她的愛人，同時又是這麼虛僞。

我突然有了一種想笑的感覺，但僅僅是感覺而已，因爲唐曼娜此時突然鬆開我，取出那張支票，用力撕成碎片。

我永遠不能原諒自己不去阻止她，我目瞪口呆地看著那些價値上萬的碎紙片隨風飛舞，而竟能一聲不吭，我想我大概是被嚇壞了。

之後，唐曼娜撲進我的懷裏，聲嘶力竭地哭了起來。

十二

我們坐在車子裏，看著清贊中學下課的情景，自那個生氣勃勃、稚氣的臉上，勾引起不少從前的回憶。

我們就這樣靜靜坐著，直到我點燃起一根菸。

然後，我們把車子開到幾公里外的海邊。十多年前那裏還有房子和小漁船，但是現在海灘上只有垃圾和成堆的爛木頭。

我們走向沙灘，在一堵牆上坐了一會兒，其時已近黃昏，極目處一片紅霞，把平靜的海面染上了奇異的色彩。

「好美的風景，以前我常帶同學來寫生。」

「你沒帶我來過。」唐曼娜說。

「妳再仔細想想，妳還是全班畫得最好的一個呢。」

唐曼娜回過臉，對我眨眨眼睛，說，

「我想起來了，你還獎賞我一盒水彩。」

「那是應該的。」我說。同時也對她眨眨眼睛。

然後我們站起來，手牽著手，肩並著肩，走進重重夜幕，走進生命中最後的一段時光裏。

我想總有一天，我們還是會回到這裏來，蓋一間能看到海的屋子，唐曼娜無聊的時候可以教幾個小學生跳舞。我呢，我會在海邊支起畫架，不過，得先把這些礙眼的垃圾清理掉才行。

是的，在嚴肅地開始工作之前，我將會努力地把所有的垃圾清理掉。

——原載一九八七年六月十一日～七月三日《中國時報》

將軍之淚

我想我到得太早了，也許該先打幾個電話，看看以前的同袍們是否健在。我們這把年紀，誰也料不到下一刻究竟會發生什麼事。我掏著口袋時，侍者正好走過來，由於背著光，他整個人彷彿突然地陷入一片陰影裏。「一杯檸檬水。」我告訴他，一邊摘下鼻樑上的眼鏡。當那片陰影離開後，我閉上了眼睛。不知道爲什麼，我打消了聯絡老友的念頭。隨後我放鬆四肢，讓自己舒服地陷入沙發裏。雖然我有點疲倦，卻了無睡意，坐了三個小時的火車（沿途生氣盎然的田野，勾起了許多回憶）。最後在下午兩點鐘進入這個亂糟糟的城市。從緊閉的車窗內看著首都的形形色色，不覺使我興奮起來。記得臨出門時，倩玉——我的孫女，在我發黃的公事包裏塞了幾瓶藥，「爺爺，這一瓶是胃藥、這一瓶是感冒藥……。」藥罐子在她手上拋上拋下的情景，現在想起來都覺得好笑。

餐室裏冷清清的，用餐時間已過，除了我，只有兩個坐在角落抽菸的小伙子，我斷斷斷續續地聽到他們的談話聲——會議……一羣老傢伙……報導……。

我想我可能坐了一個鐘頭，我看看手錶，離報到時間還有廿分鐘。要是五年前，我還在部隊的時候，這樣無所事事的呆坐一、兩個鐘頭，我一定受不了。我會站起來，把帽子挾在腋下，找櫃枱小姐和服務生閒聊幾句，或是從公事包拿出一本筆記簿，記下「新進補給人員須知」的大綱，這本書是我在補給學校廿年的一個註脚。「馬冀啊，你總是閒不住。」由此，我想起了佩芬常說的一句話，「馬冀啊，你總是閒不住。」佩芬是我已過世的妻子，我可不能在這個時候想起她。

餐室裏又進來三個人，都身著西裝，手提公事包。爲首的那位，滿頭銀髮，但臉色紅潤一如孩童，我一眼就認出來，他是葛將軍，卅六年，曾是我的老長官戴漢民將軍麾下的一位副師長，後來這個師被調到徐子厚兵團。到今天，葛已昇中將，主管國防部的一個單位，我常在我們的內部刊物上見到他的照片。於是我迅速起立，用力行了個軍禮。「葛將軍好，」我挺起胸膛，佩芬那句話又在我耳邊響了起來，「我是馬冀，戴漢民將軍的副官。」

「馬冀，」葛將軍說：「我記起來了，戴司令官身邊那個帥帥的小伙子，你那雙馬靴擦得可眞亮。」

「我一有空就擦它，老長官常常笑我。」

「馬冀，這位是許將軍，這位是易將軍。」

我一一向他們敬了禮，這兩位將軍和我年紀差不多，如果老長官還健在……。

「你也來開這個會？」葛將軍問。

「有人找我來宣讀老長官的一篇文章，我退役了。」

「你退得早了，戴司令官如若健在，一定不容你輕易溜掉，馬冀，你退役時升了少將沒有？」

「沒有，我一直是個上校，在補給學校當人事官。」

「哦，」他移開視線，「卅六年，我在戴兵團當副師長，老司令官待我不薄，他是位好將領。」

「戴兵團的地位，軍事史上尚未確定，」許將軍說，「不過戴漢民將軍倒是位實力派的將領。」

「實力派這句話說得好，現在的年輕軍官，書讀得不少，就是沒上過戰場，」易將軍說，「戴兵團的的地位究竟是怎麼回事？」

「那是軍事史家的事，」葛將軍說，「馬冀，你那篇文章寫些什麼？」

「是老長官四十三年口述的一篇文章——『慶城之圍』。」

「戴將軍生平最得意的一場戰役，應該提出來討論一下，」葛將軍說，「煥華，你覺得我那篇『抗戰末期國防經費的籌措與運用』有沒有問題?」

「怎麼會有問題?」許將軍回答,「葛老不用擔心,這篇文章保險震驚那些外國學者。」

「話雖如此,我不免有點擔心,某些人可能認爲我批評到現在的國防政策。」

「國防政策本來就該批評,我們要做的事情那麼多,想想看六十萬部隊,那些文人懂什麼?滿腦子只想刪減這個,刪減那個。」

當他們大談國防政策時,我覺得該是告辭的時候了。於是我站起來,向將軍們一一敬禮,葛將軍伸出手讓我握了一下,說:「馬冀,有什麼事到國防部來找我。」

我穿過亂哄哄的馬路,到對街新近完工的「抗日英雄館」,當門口憲兵檢視我的證件時(遊客則需購票進場),我瀏覽了一下這棟建築物的外觀。偉大的建築物在第一眼時,常使我不自禁地用力靠攏兩膝,像司令官校閱時,經過我面前。但是鬧區中的這棟英雄館並沒有使我有肅然的感覺,它大概出自那些缺乏任何抗日體驗,甫自歐美學成歸國的年輕藝術家的手筆,他們對這個世界的看法,使我記起了老長官戴漢民將軍常對我說的一句話——

「馬冀啊,一切爲了軍事。」

會場裏已經坐了不少人,氣氛融洽而愉悅(冷氣孔送出陣陣茉莉花的香味),講壇上布置了領袖的肖像、國旗、黨旗和一盆盆巴掌大的黃菊，多年的習慣使我面向講壇行了幾秒鐘的注目禮。隨後我環目四顧，看看能否找到幾張熟面孔，結果卻令人失望。在閃亮的肩章、榮耀的勛章和莊嚴的領帶間，夾雜著幾張外國臉，這些龐大、線條突出的臉，增加了這次會議的學術味。我閉上眼睛，在心裏溫習著我打算宣讀的那份文件。當一陣悠揚的軍樂聲響起時，我不由得睜開眼睛，這麼多年了，雄壯的進行曲仍使我精神振奮，不過，美中不足的是，這首軍樂帶了點娘娘腔，難道沒人告訴那些新進作曲家們，鐃鈸的效果要比小提琴好得多？「十萬青年十萬軍」、「抗日一條心」、「奮起罷，祖國！」這些老唱片我仍然保存得很好。有時候，在房間裏，半躺在沙發上，於是忽然間，我彷彿置身於黃沙滾滾的戰場上，我的耳邊響起了曠野的回聲、馬羣的嘶喊以及時代的怒吼。

「馬冀，」指揮車上的司令官對我說：「你聽多嘹亮的歌聲，這樣的部隊怎麼不打勝仗？」

部隊綿延數里，沿隴海鐵路開向黃口，從山坡下望，像一條彎彎曲曲的灰線。指揮車經過行進中的連隊，在一個步兵連旁，司令官跳下車子，走進隊伍裏。我緊跟著也下了車，指揮車減低速度，緩緩地走在隊伍後。但在這個時候，遠遠的地平線飄來一片烏雲，它越跑越快，不一會兒，就在我們頭上下起雨來，雨使得士兵們嘴巴，輕機槍手把機槍從肩上放下，讓槍管朝下背著，再披上雨衣，龐大的槍身使雨衣鼓起了一塊，槍管則從雨衣下襬露了出來。我替司令官披上雨衣，他的棉布軍服已經溼了一片，雨水從他的帽沿一直流進胸口，我擔心他會受涼，但病菌和日本人一樣嚇不倒他。部隊繼續前進，司令官拍著身邊士兵的肩膀和他們說著話，在雨裏我聽不出那是什麼。過一會兒，雨幕中傳出一陣洪亮的歌聲，那是司令官的聲音，立刻整個隊伍跟著唱了起來。

——我們是英勇的陸軍，長官部屬一條心，爲了國家，爲了民族，我們離鄉背井……——

「爺爺，你把電唱機關小一點好不好？」從另一個房間傳來倩玉的聲音，「我明天要考試。」

倩玉喜歡聽時下流行的「熱門音樂」，我也常常要求她把收音機的音量減低，我不大了解這一代的年輕人。不過，這一點並不重要，重要的是我們彼此關心，倩玉幼年失母，我和佩芬費了不少心血，將她撫養成人。有時候我們覺得她更像女兒，我們沒有女兒，小學放學時，我會騎著脚踏車去接她，但自她進國中後，就不再麻煩我了。「第一，爺爺的年紀大了，」倩玉說，「第二，我年紀也大了。」她父親現在在沙烏地阿拉伯，大概幫那些包頭巾的回教徒修築公路什麼的。那個地方，我很難想像，倩玉有一次畫了一幅阿拉伯的風景畫，畫面上滿是椰子樹，「這是大王椰、這是酒瓶椰、這是棍棒椰。」倩玉告訴我。此外，她還說她長大了要當個建築師，這個我也不大了解。

軍樂已經停止，有一個人上了講台，對著麥克風試了一下聲音，然後宣布大會立刻開始。過一會兒，葛中將也進來了，他坐在最前排，遠遠地朝我點了一下頭，他眞是位和氣的長官，司令官也稱讚過他，說他「頭腦精明，是個了不得的後勤人才。」我在補給學校時，也常常引用他的話。哦，那所漂亮的學校，修剪整齊的草地，校舍是淡綠色的，又清爽又好看，圍牆上爬著蔓藤。即使退役後，我偶爾還會駐足於校門口，看進學校裏，有時候，碰到一些老同事，我們便邊走邊聊著從前的一些趣事，和交換著諸如此類的問題：某某人調到經理學校、某某人參加了採購團、餐廳又擴建了、理髮廳裝了冷氣、行政大樓置放了兩台飲水機，等等……。唯一不變的，好像只有學生，他們來來去去的，從一個衣食不缺的毛頭小伙子，到成長爲深懂「無中生有」個中三昧的補給人才。

等候第一位高級長官上台致詞的當兒，我翻開手上的程序表，一本薄薄的、燙金封面，像西餐廳菜單的小册子——「抗日史料研究討會第五次會議」。（我是第一次參加，不是會員，我想大概是所謂的「資料提供者」）手册上列了我的名字，底下則是一行英文字。看到自己名字的英文翻譯，使我有種奇怪的感覺。我再翻到另一頁，那些個外國人的名字出現在眼前：詹姆斯庫利、湯姆亞當、大衛格勞弗和一位漢斯阿利克，這些名字唸來繞口卻頗有趣。那位漢斯先生是柏林大學教授，我不清楚德國人怎麼對我們的八年抗戰發生興趣。當老長官陞任兵團司令時，總部派來一位美籍顧問史密斯先生，是位坦克專家，留著一撮小鬍子，人很風趣，隨身攜帶一把風琴，夜裏他的歌聲會傳遍整個司令部，後來不知為什麼，他開始傳起教來，（不是衛理會就是浸信會，我忘了。）而且組織了一個唱詩班。「馬上尉，」有一次史密斯叫住我，「要不要來參加我們的聚會？」我驚愕地看了他一眼，然後不加思索地回絕了他。我想一定有點傷心了他的心，不過說老實話，他是我所見過心地最善良的外國人，對於這麼乾脆地回絕了他，我一直耿耿於懷，我祝福他和在美國的教會諸事順利。

部長致詞完畢，預祝大會成功後，美國人詹姆斯上台宣讀一篇〈陳納德將軍和中國空軍〉的論文。詹姆斯的中國話講得很好，該捲舌的地方都捲舌了，我奇怪他從哪裏學到這些？我那個在阿拉伯的兒子也是個語言天才，他在出國前曾受了三個月的訓練，三個月後，我和倩玉送他到機場，倩玉哭得很傷心，他們父女難得見面，這次竟跟生離死別一般，我望著他英姿煥發的背影，禁不住也老淚縱橫起來。

很抱歉，我實在無法專心在美國人的演說上。我知道開會很重要，在司令部和補給學校也是會議不斷。不過我有溜出會場的癖好。總部的會議更令人印象深刻，司機、侍衛、副官們聚在一起，嘰嘰喳喳的像一羣小麻雀，有一回司機們爭吵了起來，幾至動武。在補給學校開的會就沒這麼熱鬧了，那是些又冗長又沉悶的會議，半個鐘頭後，我就坐立不安起來。爲什麼我年輕時的毛躁脾氣一直改不過來？「馬糞，」司令官夫人喜歡這樣說我，「你脚上是不是套了彈簧？」夫人慈祥可親，一點架子也沒有，不像其他的將軍夫人，她常說她也是貧苦人家出身。可惜他們沒有兒女，只有一個姪兒，這個傢伙藉司令官的名義在外頭騙吃騙喝，後來變節投共，文化大革命的時候，聽說他也被鬥得體無完膚。司令官休假回重慶時，我也隨侍在旁，那時部隊進駐泌陽，防患日軍西進和北犯，當時日軍的目標在南方，因此沒有太大的會戰，只有小規模的零星戰役，部隊在這個時候是一方面作戰，一方面輪流整訓。司令官和我從洛陽上火車，到了寶雞換上飛機（這是我第一次搭飛機，緊張得很，司令官則安坐一旁，閉目養神，現在想起來都還覺得有點慚愧），不到兩小時，就到了重慶，這個城市給我的第一眼印象是充滿了戰鬥氣息，司令官寓所在陸軍大學附近，老太太和夫人住在一起，房子在一座小山上，花木扶疏，清雅幽靜。每逢司令官和夫人散步，我便在十公尺外跟著（他們從不把我當外人看），有一回，門房跑來告訴我，蕭作義將軍來訪，我要門房把他阻擋在會客室裏（這是個反覆無常的傢伙，我很討厭他），過了半個鐘頭，我才向司令官報告蕭的來訪，我看見司令官皺了皺眉頭，再過一會兒，司令官叫我送客，那位將軍一臉諂媚、失望的表情令人稱快。後來我聽說他到處說司令官壞話，「驕狂自大」、「不可一世」這樣莫名其妙的話都出來了。司令官聽到了也只露齒一笑，「等勝利後再說，」司令官說：「現在對付日本人要緊。」

後來共產黨在背後挑撥他和中央的感情，他也這麼說，我實在不了解。

詹姆斯大概說完了罷，因爲聽衆都開始鼓起掌來，掌聲頗爲熱烈，不曉得我上台是不是也能博得一些掌聲，不過，管他的！（看看程序表，今天還輪不到我。）我來是爲了讓老長官的地下英靈高興一下，雖然他已經遠離了讒言、毀謗、嫉妒、誣蔑，這些亂世中的暢銷品。「慶城之圍」並不是他最得意的一場戰役。「我十八歲從軍，經歷過的大小戰役也不少，」老長官曾經說，「勝利永遠是指揮官追逐的目標，因此，勝利並不值得驕傲。值得驕傲的應該是在挫敗中仍能保持堅定的信心。如果有我能夠自豪的戰役，大概是，當師長時，在居庸關，我受到東北軍五個師的包圍，那時候瀋陽兵工廠已能造坦克，當時叫鐵甲車，還有小飛機轟炸，戰況之慘烈可以想見。上面並未要求我死守，能牽制多久就多久。這一戰足足打了三個月，到我奉命突圍時，全師官兵只剩下一百廿人。在這三個月裏我是靠堅強的意志力和必死的信念支撐的，這次戰事使我領悟到勝利無非是一種成功的姿態，眞正的勝利應屬於那些能堅持到最後一秒鐘的人。」

那一年冬天，我們兵團接到中央的指令，說突出於前線的慶城即將陷落，那裏駐有兩個步兵師和一個騎兵旅，正遭受到日軍四個師團的圍攻，已經到了彈盡援絕的地步，而由於該城地位突出，援軍必須繞過布置成一線的日軍防線，事實上這等於不可能，因爲戰況正烈，要抽出一個師都很困難，何況天正下著大雪，機動部隊也派不上用場，根據情報單位的估計，行動正確的話，繞過日軍防線到慶城至少要十天，到那個時候，可能於事無補了。因此中央並不勉強，命令只說「視機行事」，但司令官怎能眼睜睜地坐視兩個精銳師被敵軍吞掉。於是漏夜召開會議，「即使不可能，我也要辦到！」他給參謀們下了命令，要他們即刻擬出完整的「解圍計畫」。第二天，司令官親率兩個師，馳往慶城。這眞是我此生經歷過最痛苦的一次急行軍，沿途大雪紛飛，極目處一片白色，拖著重砲的騾馬呼著白氣，在泥濘不堪的路面上，軍官和士兵們大聲吆喝著。一次砲車陷入泥坑裏，司令官親自下馬，幫著推那砲車，泥雪濺滿了他的衣襟，帽沿和眉尖也全是雪。雪繼續下著，部隊翻山越嶺，經過凍得僵硬的溪澗和河流，沿途十室九空，老百姓自斷垣殘壁後偷窺著我們，戰爭摧毀了一切。六天後，我們終於抵達慶城外圍，驚惶的日軍對我們的出現瞠目結舌、不知所措。這眞是一場漂亮的勝仗，司令官和我自山頭俯視倉皇潰退的日本人，和傾城而出的守軍，他們瘋狂地衝進敵陣裏，發洩了多日的積忿。好一場漂亮的勝仗！我們痛快地「蹂躪」了敵軍。日本人引以爲豪的「近衛師團」，在這一役中潰不成軍，我們俘虜了一千三百人和無數的槍砲。當地軍民感戴之情溢於言表，在慶功宴上，合送了一塊匾額，上面寫著「再造慶城」四個字，因爲援軍要是遲到兩天的話，守軍就準備上刺刀出城和敵人決一死戰了。

這就是軍事史家電視的「慶城之圍」，當然戰事沒這麼簡單，司令官的戰術和毅力在這一戰中發揮得淋漓盡致。也爲了這一戰，司令官獲頒了「國家最高勛章」。當我隨侍司令官至重慶受勛時，我簡直比他還高興，我成了人人恭維和羨慕的對象，好像個「明星副官」，但司令官婉拒了可以排列一個月後的大小宴會，準備第二天一早飛回戰區，當天晚上，離開委員長官邸後，在座車裏，司令官含笑看著我一臉不高興的表情，便拍拍我的肩膀說：「馬冀啊，一切爲了軍事。」

我開始覺得有點疲倦，台上的演講者上上下下，掌聲也愈來愈稀落。當葛中將上台時，我終於忍不住打起盹來，（對不起，長官。）我模模糊糊地聽到他說，「預算……武器採購……美國軍事擾華政策……。」然後我就睡著了。

我做了一個奇怪的夢，夢見太太和孫女倩玉跟我一塊上了戰場，我們坐在指揮車上，穿過敵我倆軍的陣地，很奇怪的，沒有人向我們開火，而且也聽不到任何槍砲聲。但是雙方的交戰動作依舊進行著，我看到砲手迅速地裝卸砲彈，機槍手扣著板機，另一手持著彈帶，彈殼像雨點般掉落地上。在一處掩體下，一名軍官蹲在地上搖著無線電話機，額上滿佈汗珠，一臉焦急的表情。隨後我們經過一處陣地，肉搏戰業已展開，刀刃和槍尖在陽光下閃閃發光，士兵奔跑著，厮殺著，相互用刀尖戮進對方軀體，血花飛舞、肚腸外流，一具具開膛破肚的屍體掛在樹叢和岩石上，兩個猶在撕咬的頭顱滾進壕溝裏。

緊跟著一個無頭的日本兵向我們走來，胸前插著一柄刺刀，他搖搖晃晃地走著，卻沒發出一點聲音，整個戰場也是一片寂靜、嚎叫、嘶喊、頻死的呻吟，彷彿被凍結進一塊冰塊裏。我偏過頭，看看佩芬和倩玉，但他們臉上也沒有悚然的表情，不！沒有任何表情，好像觀賞著玩具兵的表演。情況太可怕了，我非離開戰場不可，於是指揮車繼續前行，最後停在一處樹蔭下。樹下架著一張行軍床，一名軍官坐於床沿，正低下頭擦拭著他的馬靴，那馬靴又乾淨又漂亮，大概整個前線找不到第二雙了。我跳下車子走向他，打算問一下路。當他抬起頭，用狐疑的眼光打量著我時，我嚇得尖聲叫了起來，令人難以置信的，這名軍官就是我自己——馬冀。

醒來時，葛中將已經不在台上，此時講話的是位很老很老的退役將領。可能有九十歲了罷，他的聲音和他的皺紋糾結在一起，不過可以感覺得到他說話的態度非常的誠懇。我掏出手帕揩著額上的汗珠，這個夢境深深地困擾著我，不曉得爲什麼要做這樣的夢？

我已經打完了自己的那一份戰爭，在安詳與和平中靜度餘生，然而卅年來，我不時地憶起老長官戴漢民將軍和他眼裏那個受苦受難的中國，我隨侍著他老人家，在南征北伐中，幾乎踏遍了半壁河山（我對中國的認識不是現今一般淺薄頭腦、標準化的年輕學者所能了解）。在烽火中，我看到了我貧苦的同胞們在逆境中所堅持的尊嚴與勇氣，我聽到了來自他們內心深處爲求自由與平等的吶喊，我感受到他們的愛、痛苦、挫折，與希望，即使在最絕望的時刻，希望之花仍在淚水的滋潤下，靜待春天的來臨。

我永遠忘不了那一天，我們收復桑市的情景，那座城市已經成了人間地獄。部隊進城時，沿途傳來士兵們抑制不住的啜泣聲，我想歷史上再沒有比這更悲慘的景象了。那時候，已是初夏，炙熱的陽光使屍體膨脹得很厲害，內臟都崩裂開來，空氣中瀰漫著濃厚的腐臭味，連醫官都忍不住嘔吐起來。樹上和電線上吊著無數的屍體，有的已經成了灰黑色，四周飛舞著蒼蠅，蛆蟲則從屍體的嘴中爬出，有幾具乳房被割除的女人屍體，肉色可辨，大概是才掛上不久。在警察局前廣場的鐵絲網上也掛著一些穿制服的屍體，他們顯然是在鐵絲網裏被日本人像狗一樣的射殺，有一具屍體倒吊在網上，一隻脚則伸出網外，鐵刺穿透他的手掌，我們費了不少力氣才把他解下來。在一座半塌的寺廟裏，一百多個婦孺跪著被槍殺，有的懷中緊抱著一尊鍍金的小佛像，那些佛像都很慈悲地微笑著。在一堵貼滿了日軍布告的圍牆上，我們看到一團血跡和牆下一具稀爛的嬰兒屍體，很明顯的，他是被人用力擲到牆上的。那個人的力氣很大，牆上緊緊黏著一些碎肉，遠遠看來，就像寫了幾個紅色大字。

司令官帶著醫護隊穿在大街小巷，但沒能發現一個活人，這眞是一次徹底的屠殺。後來我們找到了幾處掩埋場，這是守軍臨時挖掘的戰壕，在城脚下，日軍命他們成排跪於壕溝邊，被處決的屍體一滾滾進溝裏，這些屍體大多無頭，是日本武士刀的傑作。我們無法將他們一一歸位，只得挖了一個大塚，再在上面立了塊石碑，寫著——桑市守軍千人塚。

當天黃昏時，司令官背著手，站在城牆上，眺望城外的山脊和田野。我站在他身後，聽到他喃喃說了「百姓何辜」這幾個字，不由得感到一陣慘然，「報告司令官，」我恨恨地說：「我們要血債血還。」然後司令官轉過身來，他的臉上交織著痛苦、仇恨和悲憫的表情。

這是一次後代難以詳述的戰爭，無數血淚的控訴最後成了幾頁史學家的統計數字，在這些裝訂精美的書頁間既聽不到民族的哀號，也見不到百姓的悲泣。歷史啊！歷史！我們這些人坐在有香味的冷氣裏；藉著麥克風、打字機和爲數龐大的經費，企圖從歷史中挖掘出一點什麼，但那是些什麼？是智慧呢？是使戰爭更有效率、理由更堂皇的智慧嗎？在布置高雅、氣氛優美的講壇上，我彷彿看到了萬千死者的魅影，他們在沈克仁博士的「南京大屠殺眞象」的陳述中，默然地列隊通過，沈的演說清晰，明朗，而爲了使報告更具學術性，他列舉了日方和我方對受害人數不同的統計，並引用了美國人和德國人的論點，最後駁斥了日方過低的掩飾性的估計。「眞象比什麼都重要，」他說：「在這次舉世震驚的瘋狂行爲中，毫無疑問的，日軍高級將領需要負絕對的責任。然而去年東京舉行的一場「二次大戰研討會」上，佐藤教授在論文中指出，這是一種突發性的戰爭歇斯底里症，在德國戰場和越南戰場都能見到，並非蓄意的集體謀殺行爲。我現在要駁斥佐藤的說法，因爲種種跡象顯示，其時日軍的軍紀並未廢弛，例如，此期間，從一份日軍憲兵隊的資料報告中，有三個士兵因醉酒和長官爭吵，被以犯上罪逮捕……。」

沈博士報告博得不少掌聲，隨後主席宣布今天議程告一段落。會場裏開始喧嘩起來，我繞了一圈後，離開會場（途中和籌備會的王先生聊了幾句，他禮貌地稱我將軍，我立即予以糾正），我是想加入那羣專家們的談話，但自知插不上嘴，等明天我上台宣讀老長官的文章後，也許有人會私下向我討教一番。

我下了樓，在門口張望一下，此際玻璃門外，熱氣仍滯留於黃昏的街道上，匆促急行的車輛和行人們盡情地渲洩著他們的生命力；在喧嘩聲中，許多事情正往前進行著。但在我背後，則是一個截然不同的世界，光可鑑人的地板、老式的吊燈和壁上的鑲畫，使人很容易就滑進逝去的歲月裏。離酒會還有兩個鐘頭，我可以利用這段時間到附近百貨公司去給倩玉買點東西，但買些什麼呢？「爺爺，你的會議比較重要，」倩玉扶著我出門時說：「台北的售貨員很厲害，你會上當，」要是佩芬在世，她就會一家接一家地買個不停，女裝部門的穿衣鏡裏顯出了我提著大包小包的模樣，這會使我想起我的「副官生涯」，而佩芬購物時的果決神態也使我想起了戰場上的那些年輕指揮官。

一定有什麼力量驅使我回到那個時代，我轉過身走進陳列館。在柔和燈光下，珍貴的史料和圖片訴說著一個個感人的故事，這些故事攸關著民族的尊嚴與存亡，不過館裏只有寥寥幾個人，一個拄著拐杖的老先生，站在一幅巨大的圖片前，那是幅日軍進入山海關的放大照片，得意忘形的日本臉孔清晰可見。老人專注的神情顯示他已深深陷入往事的回憶裏，過一會兒，我看到他長長吸一口氣，拐杖在地上用力敲了一下，轉身走向大門，他佝僂的背影飽孕了憤怒之氣。哦，這可憐的老人，大概是廿九軍的人罷，廿九軍的大刀隊曾經使日本人聞風喪膽，老長官和西北軍人有很深的交情，不過這些事我不清楚，戰前全國軍隊又多又複雜，常常互相攻打，但抗戰使大家捐棄成見、一致對外，我隨司令官轉戰南北時，也曾碰到一些從前和他敵對過的將領，他們彼此談笑風生的樣子，好像從來就沒有什麼事情發生過。有一次，我聽到魏雄將軍對司令官說，「老戴，我那一師廿二年被你打敗，我氣不過，便徵召了九名特務，要他們去把戴漢民的人頭拎回來，結果一去音訊全無，你抓到他們了吧？」

「沒有呀，」司令官想了一下說：「我記不起有這回事，大概他們拿了你的錢跑掉了。」

魏將軍呵呵笑了起來，我現在仍記得他的模樣，他的身材魁梧高大，笑聲如洪鐘。那一晚他們喝醉了，我聽到內室裏傳出來宏亮的歌聲，魏將軍哼著河南小調，司令官用筷子敲碗和著。半夜裏，我進去收拾。看到兩位赫赫有名的將領醉成一團，我替他們蓋上被子。

我在幾個著名的戰役中流連了一會兒（看到一些我叫得出名字的將領們的英姿），心裏想著日本這麼個瘋狂的小國家，現在竟儼然是個經濟大國了。頭戴小圓帽、西裝上衣、短褲、襪子拉到小腿肚的日本觀光客，背著照相機出沒在世界各地，豐田車、新力錄影機取代了武士刀和三八步槍，但瘋狂心態一如往昔。我從來就不曾喜歡過日本人。有一回，在南京，我的姪兒問我，為什麼日本要侵略我國？我當時愣了一下，仇恨使人們不再去深究他們的動機，仇恨使人無暇去問為什麼。我當時的回答是，日本人天生是個侵略的民族，換作今天，我想我會這麼說，日本和德國一樣，都認為自己是世界上最優秀的民族，夠資格當其他民族的主人了。太平洋戰爭爆發以後，日軍敗象已呈，戰場上再也看不到服裝考究、神態倨傲的日軍俘虜了。我隨著司令官重臨被敵人蹂躪的國土（豈是淒慘兩個字可以形容的）。但不死的記憶，使我受盡折磨的同胞們堅強地從斷垣殘壁之中，從荒蕪的田園裏站了起來，朝我們部隊揮手，臉上滿佈欣喜之情，歡呼之聲，響徹雲霄。我們勝利了，終於勝利了。

對我們來說，勝利來臨得並不突然，但對全國同胞來說，日本無條件投降不啻解除了一場惡夢，從陳列館的圖片上可以看到當時全國同胞的歡欣之情。我繼續瀏覽著這些照片，在一幅遣送日俘回國的圖片下，我沉思了一會兒，我試著去捕捉那些敗將殘兵的形像；但一個更強烈的影像襲上了心頭，那是司令官，我敬愛的司令官，在勝利日的晚上，在街上喧天的鑼鼓和鞭炮聲中，司令官憂心忡忡地在辦公室裏踱著方步，我則垂手立於窗口，一邊偷偷地瞧向鬧區的方向，心裏後悔著，爲什麼剛才沒跟維持治安的憲兵隊出去逛逛。

「馬冀！」司令官低沉有力的聲音嚇了我一跳。

「有！」

「戰爭並沒有結束。」

戰爭並沒結束，戰爭永遠不會結束。

勝利的鞭炮聲猶在耳畔迴響時，烽火卻已四起，這一次跟日本人扯不上關係了。這是中國歷史上最悲痛的內戰，因爲使用的都是自動武器。國民政府在種種原因下，被迫遷至台灣。這些原因很複雜，不是我可以說明白的，但我們的教科書上卻只用了短短幾個字就解決了，「共匪竊據大陸」，爲什麼共匪這麼容易就竊據大陸了呢？身爲職業軍人，我想我沒有必要去深究這個問題。當司令官告訴我戰爭並未結束時，我感到驚異，十分驚異。我是廿八年才開始就任的，我的主要職責是盡力讓司令官維持最良好的指揮狀況（時下一些電影和電視劇喜歡將副官描繪成一副小丑模樣，根本就是外行人的膚淺看法），對戰前各方將領們的恩恩怨怨，雖有所聞，但不清楚。進出司令官的多是方面大員或戰區指揮官，他們也都是司令官的舊識。然而到了勝利後，訪客中出現了一批所謂的「政治說客」，我不喜歡這些傢伙，他們把權謀、矛盾、利害關係這些政治技倆帶進單純的部隊裏（我多麼懷念抗戰期間那些個意氣風發、滿腔熱血的軍人）。哦，部隊不再單純了，指揮官們也不再單純了。

陳列館的資料和圖片沒有辦法顯示其時的混亂狀況。我們兵團也處於各種奇怪的壓力下，司令官夜裏常常不能成眠，有一次他歎了一口氣，對我說：「我情願跟日本人作戰。」使他傷腦筋的是這些來自共軍特務、左傾人士、記者和投機者的謠言，那些人千方百計地想影響司令官。劉兵團的一位軍長叛變時，總部很緊張，那天晚上，參謀長率了一批人突然蒞臨司令部視察，但我們司令部毫無異狀，一切如常。次日，司令官召集了營長級以上講話，我記得他說的是，現在局勢混亂，謠言四起，部隊軍心動搖，處此激變之中，軍官一定要有信心，要對中央有信仰，要對國家民族負責任。但厄運這才正開始。

此刻，莊嚴、肅穆的陳列室裏似乎籠罩了一層蒼白的氣息，窗外夜幕已經低垂，對街的十二層辦公室大樓，則一片漆黑，大概裏面沒什麼人了吧，這些冷酷、僵硬的建築物，好像不是用來住人的。我不喜歡高樓大廈，它們肆無忌憚地壓迫著你，當戰爭或災難降臨時，這些大樓便立即成了一個個致命的陷阱。我環目四顧，發現大廳裏空蕩蕩的，遊客都走光了，只有牆角一張椅子上坐著一位穿中山裝的中年男子，正用一雙狐疑的眼光打量著我（開完會後，我將識別證放進口袋裏）。對不起，管理員先生，我不會帶走此地任何東西的，我的腦子裏已經裝滿了許許多多的回憶。我離開陳列館，進入另一間「抗日名將塑像館」。

塑像館內將星熠熠（肩章上的星星是眞品），我垂手在門口站立了一會兒，即令這些偉大將領業已作古，但赫赫軍威仍不免令人肅然起敬。這位是邱將軍、這位是蔡將軍、這位是壯烈成仁的秦士豪將軍（他出殯那天，全軍官兵無不慟哭出聲）。還有和司令官交相莫逆的凌克強將軍，他長得溫文爾雅，而且彈得一手好古箏，他在總部一場同樂會上表演了一首「十面埋伏」，我把手掌都拍紅了。這位是六十八軍的指揮官石將軍、這位是七十二軍、這是冀北游擊部隊、這是七七事變、這是張家口之役、這是台兒莊會戰、這是……，從塑像間和戰蹟表中彷彿傳出了隆隆的槍砲聲。

在這些著名將領間，在可歌可泣的史蹟中，再一次的，我又陷入回憶裏。卅年、卅一年、卅二年……我隨著司令官，經歷過不下百場戰役，我也負過傷，但那只是一點皮肉之傷，不像司令官，他背負了無數軍民同胞的傷痛，他懷著哀矜之心，駐留在野戰醫院裏，在草草搭成的急救站裏，在沾滿血跡的擔架台，那些病黃的臉孔，那些受苦受難的神情，那些被灼傷的軀體、破碎的四肢、那些嚎叫的心靈、那些咬牙切齒的恨意。一個人怎能承受這麼多？在無數個滿布死亡氣息的病床邊，我聽到不止一次司令官用哄小孩的聲音說：「不要緊、不要緊……會復原的……你會見到你母親的……我知道……你已經盡了力……你對得起國家……我們最後一定勝利……你要安心靜養……不要怕……不要怕……你不會死的……我們有最好的藥……醫官馬上給你注射止痛劑……。」有幾次，司令官還沒有說完，傷患就斷了氣，他輕輕地拉上床單，蓋住死者的臉，然後緩緩站起來，當他轉過身時，臉上悲憫之情已一掃而空，代之以堅毅之色，他知道他必須去面對另一場更兇惡、死傷更多的戰鬥，我目送著他走出醫院的偉岸背影，看著他以堅定不移的步伐，勇敢地邁入歷史的洪流裏。

現在司令官的塑像正孤零零地佇立在角落，這是個會令大部分遊客忽略的位置，遊客在進入塑像館之前，總會在心裏背誦著幾位教科書中大篇幅描述的將領的名字，而一個普通人的腦袋能記上十個將領的名字就已經不錯了。何況我的司令官在字字珠璣的歷史書中只出現了一次，他的名字夾在十四位將領之中，而且是在文章後的附註裏，如同塑像館內隱藏在牆裏的燈光，在牆角所形成的這一片陰影。這陰影也使得司令官的面容更加憂鬱，彷彿他生來就註定是位憂鬱的將領。此外他的銅釦、肩章和勛章可能半因光線或管理員的疏忽，看起來好像蒙上了一層灰塵。我站在塑像下，抬眼望著他，他在陰影的臉，默默地顯露出一種痛苦的、深思的表情。啊！他的眼神。他的眼神專注地朝遠方凝視著，好像他仍置身於戰場的指揮車上，瞧著撤退中的兵團。

卅七年底，杜、邱兵團損失後，南京也傳出總統考慮引退的消息。這時候人心士氣消沉到了極點，我們部隊奉令向江北轉進，經過的城市，大多荒涼破敗，即令安徽省政府所在地的合肥也十室九空，成了一座空城。老百姓跟著部隊，道路上壅塞著倉皇的人羣，砲車、坦克間夾雜著平民的騾子和馬匹，面露恐懼的婦孺，在凍得僵硬的路面上，拖曳而行，緊跟著軍隊似乎是他們唯一的希望，但我們不得不超越他們，指揮車在難民中穿進穿出，司令官臉色凝重地注視著前方，他必須把全副精神集中在眼前的艱鉅任務——「長江守備」上，於是，浩浩蕩蕩的江流便在我們面前展開，兵團沿線布置著，防線長達百里。我們不停地擊潰共軍試探性的小規模騷擾，與此同時，南京的政客們正在試行和談的可能性，但大戰一觸即發。春天來臨時，大戰爆發了，硝煙和砲火籠罩了江面，破壞了岸邊的動人春景。當長江的海軍叛變後，防線跟著崩潰，我們奉令向南方轉進，我們邊退邊打，每逢山路或渡河的時候就遭到共軍襲擊。公路上更是一片混亂，路上滿是形形色色、大大小小的部隊，友軍、師團管區、訓練機關、兵站單位、地方團隊、游擊單位等不下廿單位，全都往南走，紛歧錯雜、爭先恐後，像熱鍋上的螞蟻。司令官臉色越來越沉重，他急著和總部聯絡，但不知爲什麼無線電總是呼叫不出（後來連無線電台也被破壞了）。加上共軍四處散布的謠言（一份過期的日報居然刊出了戴兵團已經投共的新聞）。部隊的士氣已經低落到了極點，司令官馬不停蹄地穿梭在各個連隊間，不斷地替官兵打氣，我想這一段日子，他是靠意志力才支撐下來的，（有兩個副師長變節了，帶走了幾千人）一天下午，司令官忍痛地批示了三名士兵的槍決案，只因他們在一家雨傘店拿了三把傘不給錢。那時雨下得很大，到處一片泥濘，樹幹上、村屋壁上也是一片泥痕，部隊經過時，住屋和店家的門窗都緊閉著，指揮車靜靜地在雨幕中行駛，司令官面容嚴肅，逐漸逼近的槍砲聲使他緊皺著眉頭，共軍和叛軍好像從各個地方鑽出來，老鼠一樣撕咬著部隊的側翼和尾部，在一處小城我們受到僞裝成警察身分的特務和共軍的夾擊，部隊損失了足足有一師人。

「報告司令官，怎麼到處是敵人？」我問：「我們要去哪裏？」

「繼續往南走，」司令官目注前方，「也許事情尙有可爲。」

但南方也是一片混亂，第二線兵團和撤退的第一線部隊糾纏在一起，防線迅速向南移動。有時候共軍居然跑到我們前面了，我們在謠言和身分不明的敵人間兩面作戰。到了秋天，我們終於看到了海，但兵團已經消耗得差不多了。

面對著司令官的塑像，我竭力召回當時的感覺，我的司令官臉上再無赫赫神采，他的兩頰消瘦，兩鬢微微斑白。我注視著塑像的臉孔（這些沒有任何抗日體驗的雕塑家），發現他臉上慢慢地浮現了哀戚之色。

唉，司令官，我好難過，真的好難過。

在岸邊海軍艦艇上，司令官站在甲板，面對著他所鍾愛的祖國領土。美如圖畫的海岸線和光亮奪目的沙灘，正揮手向他道別，陣陣浪濤敲擊著船舷，同時也敲擊著他的內心。而此刻，蒼翠的羣山後依舊傳來斷斷續續的槍聲，但最後決戰已經過去了。沙灘上遺留著來不及帶走的受損的重武器、卡車、坦克、一個半卸的軍用急救站、空的彈藥箱、無數捲成一團的綁腿、帶著血跡的紗布，碎紙片則漂浮在岸邊的水面上，一隻海鳥在漂浮物上停留了一會兒，然後受驚似的直衝雲霄。艦上起錨的汽笛聲開始響了起來。

「報告司令官，」我替他披上大衣，「海面風大，您請回房安歇。」

我永遠忘不了這一刻，我的司令官轉過身來，眼眶蘊滿了晶瑩的淚水。

「馬冀，」他沙啞地說，「我們還要回來。」

是的、是的、是的，司令官，我敬愛的司令官，我們一定回去，不管要花多少時間，我和我的子孫們一定會回去。

我感覺到有人走過來，跟著一個聲音從我肩後說：

「這位老先生，」是那個管理員，「請問你在幹什麼？」

我不好意思地把手帕放回口袋裏。

「將軍臉上好像有點灰塵，」我低聲說，「我把它揩掉。」

——原載《聯合報》

晚間的娛樂

蘇恆此刻規規矩矩地站在聖壇前，張著嘴巴，視線靜止在神父胸口上的銀十字架上，那個十字架在神父晃動時閃爍了一下。蘇恆因此瞇起眼睛，同時感覺到一片麵餅滑進舌頭裏，一個低低的聲音在他身邊說：「基督聖體。」，後面排隊的那個男人輕輕推了他一下。基督聖體！這塊麵餅快速在嘴裏溶成一塊糊狀物後，蘇恆低著頭，望向腳尖，走回祈禱座。

聖堂內混雜的燈光和燭光，隨著唱詩班尖銳的歌聲，穿透七巧板圖案的彩色玻璃窗，一起投進窗外無邊的黑暗裏。神父緩緩地劃了個大十字，便轉過身，走向聖壇，寬大潔白的聖袍，在他移動時，隱隱露出袍內的麻布襯衣。天氣悶熱，窗子卻都緊閉著，牆上聖安東尼、聖方濟、聖若瑟浮雕間掛著四下轉動的電扇，蘇恆抬起手，壓住被風吹起的書頁，彌撒就要結束了，他瞄了一眼書頁上的幾個字——天下萬國、普世權威、一切榮耀、永歸於你——一邊看著神父垂下頭，讓墊起腳跟的輔祭擦拭額上的汗珠。歌聲終於靜止後，神父提高聲音說：「願主降福給世人，」他又開始流汗，「也降福給我們大家。」

最後，每個人都跪下來祈禱。蘇恆閉起眼睛，兩手互握置於下巴。但他感覺到這個姿勢有些不對，於是扭動著身軀，幾秒鐘後，重心降到了兩膝下適當的部位，他放鬆地舒了一口氣。

我在天上的父，他在心裏說，我在天上的父，我今天很虔誠，眞的很虔誠，昨天卻很難說，昨天一整天我都沒想起天國、聖寵這些事，昨天我忙著，忙著做什麼並不重要，基督聖母瑪利亞，我做的那些事，一點都不重要，我現在也想不起來，可是我有點小事求你們，我知道求這件事很不好意思，我的運氣一直不太好，大概往後也差不多。親愛的基督，我不能求你這件事，老是求你這種事，使我很慚愧。我昨天並沒有求你，昨天做的事，我現在記不太清楚，不過一定不會是什麼重要的事。親愛的聖母，今天以前，我根本沒做什麼事，也沒有祈禱，不！這樣說不對，我一直在祈禱，卻沒求你什麼事。親愛的耶穌基督聖母瑪利亞，我不能光祈禱而不求你什麼。我希望你讓我求你一些事。譬如：我的太太莉莉會變得比較虔誠。哦，這個不太可能，我也求過你許多次，也許我根本就不希望她變得虔誠，她變得虔誠會很可怕，因爲你是我一個人的基督，啊，不對，你是所有人的基督，我求你使我太太變得虔誠，任何人都變得虔誠，我一直在求你同樣一件事，我今天不求你這件事，我很慚愧。親愛的、親愛的耶穌基督，天氣這麼熱，教堂要是裝了冷氣，我求你使教堂裝上冷氣，不！不，我不能向你求這件事，我今天不能向你求任何事。我很慚愧，我只能祈禱，若是你願意，你可以使天氣變得涼快一點，或是叫什麼人捐贈一部冷氣機，有了冷氣機我太太也許會喜歡上教堂。若是你願意，我不開口，你都會答應。親愛的、親愛的聖母瑪利亞，你可千萬不要隨便答應什麼人的祈禱，你也不要答應我，讓我的仇敵屁股生瘡，一跤跌入水溝這一類的事，我不能求你這種事，你可以覺察到我的善良和好心腸，你不需要覺察，你本來就知道，不論誰虧待我你都知道，你根本不必使他們怎麼樣，他們就會怎麼樣。親愛的基督，耶穌基督，我現在沒有求你任何事，你知道我只是在祈禱，我很虔誠，也很快樂、很滿足、很高興，耶穌基督、聖母瑪利亞、聖父、聖子、聖靈；及各位聖人，謝謝你們傾聽我的祈禱，謝謝，非常謝謝，阿們。

蘇恆自祈禱座起身四周望了一下。聖堂裏除了那位義大利修女還跪著外，其他人都離開了。義大利修女每回都是這個樣子，她大概有五十歲，但是你很難猜測一位修女的年紀，也許她們根本沒有年紀這回事，也沒有人知道義大利修女什麼時候離開祈禱座。有一晚，他在神父的辦公室和幾位教友聊著聖伯納多和聖方濟的一些奇蹟，聊了一會兒，聖堂的燈就熄滅了，他們看到神父出現在門口，但是看不到修女，她大概在黑暗中祈禱，他不知道在漆黑的聖堂裏祈禱是什麼樣子，也許效果會比較好，不！不能說效果，神父人很和氣，他也是義大利人，還會說中國話，但他對修女可能不太好，他們好像很少說話，不過神父喜歡小孩，修女尤其喜歡，她常常塞給他們一些糖果，有一次，她也給蘇恆一顆巧克力糖，他搖搖頭拒絕了，修女於是抬起臉，說了一聲，「沒關係。」這句話的腔調很奇怪，他幾乎笑了起來，修女看著這個男人忍住笑的表情，跟著她也笑了起來，並且一直說：「沒關係、沒關係、沒關係……。」

聖堂門口站著神父和幾位教友，涼爽的夜風使他們談得更起勁，剛才聖壇前那位一臉嚴肅的輔祭，這當兒身著便服走上前，抓住正和神父說著話的中年人手臂，神父伸出手摸著孩子的頭，那孩子一臉頑皮的表情。

「神父，再見！」蘇恆經過他們身旁時說。

「再見。」

一個長長扭曲的影子出現在牆上，當街燈的亮光逐漸使這個影子溶化時，蘇恆正走到巷子的盡頭。一輛小卡車迎面馳過，揚起的灰塵和空氣中的震動，使他意識到他正面對那條十公尺寬的主要公路，他小心地踏上公路。

蘇恆放慢腳步，讓微微起伏的胸口平息下來。從另一條巷子裏快步走出來五、六個附近紡織廠的女孩，她們在他身後分開，超越之後重又聚集一起。蘇恆瞧著她們凌亂的背影，聽到其中一個人說：

「眞無聊、眞無聊……。」

「妳怎麼了？」另外一個說：「是妳提議要出來的。」

「我沒想到這麼糟糕，眞是沒意思。」

「我無所謂，一點都無所謂。」

她們越走越遠，最後消失在一堵牆的陰影裏。

蘇恆繼續走，經過一排裸露出鷹架的房子，吊在木梯上的一盞小燈泡，現出了一小堆一小堆砂石、磚塊、鐵條和工人留下來的工具。他小心地跨過一道小坑，當路燈的光幕重新湧來時，他知道他的家到了。

這是一排十幾間連在一起的兩層樓房，巷底連接了一片漆黑的稻田，也許不久以後，這裏便會爭先恐後地蓋起房子來，都市人口慢慢向城郊移動，白天時候，突然會有幾輛轎車停在這片稻田前，蘇恆從窗口望著車上下來的幾個男人，其中的胖子是個熟面孔，有一回，這個胖子居然走到他家門前，站在那裏側著頭，躊躇了幾秒鐘，蘇恆拉下窗簾，他知道這個人想幹什麼，他等著他按門鈴。

他的太太開了門，小小的院子裏坐了五六個人，看到出現在門口的蘇恆，一個搖扇子的女人站起來說。

「蘇太太，我們該回去了。」

「他回來有什麼關係？」莉莉說，「再坐一會兒。」

「我那個死鬼也該回來了，他帶小孩去看電影。」另一個女人側耳假裝聽到什麼聲音，「我好像聽到他的摩托車聲。」

莉莉怒視了她先生一眼，便不再堅持。她從籐椅上起身的動作緩慢而且有些誇張，寬大的家居服遮掩不住年輕的軀體，頭髮用橡皮筋在頭後綁了一個髻，但是臉上還留著憤怒的稚氣。她搖搖頭，小聲和身邊的女人說了句話，同時斜著眼睛瞧著站在門邊、垂著手和客人們點頭道再見的蘇恆。隨後，他關上門，院子裏凌亂地擺了幾張桌椅，他呼了一口氣，走上前，一手挾了一張籐椅，用腳尖勾開紗門，他太太從背後叫了一聲，「小心點。」

「還用妳說，」他回過頭，「妳應該上教堂，白天妳們聊得還不夠。」

跟著蘇恆坐在客廳裏，蹺著腿抽菸，他太太也點起一根菸，他們默默地抽著菸，等另一個人先開口。

「每回你從教堂回來，就變成另外一個人，」他太太最後說：「白天你還好好的。」

沒有得到回答。她注視著他，注視著那張在煙霧後的臉，那張臉在他皺起眉頭時，就出現淺淺的眼角紋。他現在和他們剛結婚時完全不一樣了。他說話的口氣，他不說話時的手勢,他的一舉一動都和從前不一樣了。她最近開始注意到他一些奇怪的小動作（爲什麼最近才注意到），諸如：他每天刮鬍子、頭上抹大量的髮蠟、擔心襯衫上的汚跡，並且不時強調「聖潔」、「乾淨」、「寧靜」這樣的字眼。還有，他花許多時間閱讀聖經，他甚至特別爲此配了一副眼鏡。她現在注視著他，想到教堂裏的情景，不！她不應該想到這件事，她很久不到那個地方去了，她有許多理由，她有許許多多的家事可做，男人不用做家事，神父不用做家事，修女也不用做家事。她從前是個好教徒，她一度非常喜歡上教堂，她對那些儀式感到敬畏，神父沉有力的聲音、福音書、美麗的壁畫，甚而告解室都很可愛。她記得第一次告解的情景，她羞紅著臉，她告訴躲在黑暗中的神父，她說……她說的是……但是她現在仍不能想起這件事。她現在不一樣了，她無法專心在任何一種儀式上，也許生活本身就是唯一的儀式。

她繼續注視他，直到他抽完菸。

「我們去睡覺好了，」他揮手驅散煙霧，「明天我得早點到學校去。」

他提到「學校」這兩個字時，音調稍微升高了點，她因此想到他學校中的模樣。她有兩次去他上課的教室，她站在窗外，瞧著黑板前顯得弱小無助的他和彷彿心不在焉的學生們。一個坐在窗下的男孩，用眼角使勁的瞄著她，使她離開站著的地方。她現在記不得爲了什麼事到學校去，但是她淸楚記得那間教室的樣子，和黑板前他的背影。

「莉莉，妳怎麼了？」

「沒什麼，」她移開視線，小聲說：「你先進去，我把客廳收拾一下。」

壁上掛著的聖母像，正垂著眼看著坐在沙發上的蘇太太，當從房間傳來一陣咳嗽聲時，她皺了皺眉，跟著攤開報紙，報上的新聞她今天都看過了，她從社會版一直翻到廣告版，無意識地注視著一格一格的廣告欄。當「聖經」這兩個字出現時，她愣了一下，過了一分鐘，她才讀到底下那些字「聖經出版社徵求以下人才……。」

聖經出版社徵求人才……她站起身，腦子裏重複著這幾個字，接著她用力地丟下手上的報紙，這個動作使她意識到自己，然後，她微泛怒意地走進房間。

蘇恆躺在床上，注視著天花板下的日光燈，在燈罩後有一塊橢圓形的奇怪陰影，他想像它是一片正在逐漸擴大的草原，直到它成了一座叢林，他才閉上眼睛，傾聽著牆另一邊的動靜，不！毫無動靜，莉莉也許正靠窗站著，屏息地瞧著窗外。窗外馬路的一邊，一隻狗叫了起來，這是隻毛色灰黃的老狗，眼光陰險，大部分的時間，它都躺在雜貨店的走廊下，你走過它身邊，它動都不動，但是你可以感覺到那雙眼睛正在窺伺著你。現在，這隻狗停止了叫聲，過一會兒，他聽到椅子移動的輕微響聲，她站起來了，她站起來了，她走向這裏，走向這裏，於是他張開眼睛，朝門口的方向望去。

她臉無表情地走進來，經過他躺著的床，走向窗台，輕輕拉下窗簾，她覺得嘴唇張合了幾次，但沒有發出聲音，她知道心裏正在說：「你從來不知道睡覺時應該拉下窗簾，你……。」這句話在心裏重複了幾遍後，她的怒氣慢慢消失。

「把燈關掉。」躺在床上的蘇恆說。

「什麼？」

「關掉燈。」

「等一下，我要試穿一件衣服。」

她背向他，開始褪下衣服。

「把燈關掉好嗎？」

「急什麼？」她說：「你看我胖了沒有。」

她突然轉過身，一絲不掛。

「我今天有點累！」蘇恆說：「明天還得提早到學校。」

她手插著腰，光著屁股，學著時裝展覽會的模特兒姿勢，在床頭走了兩圈，吊在天花板下的日光燈，使她潔白的肌膚微微泛出光芒。

「你看我胖了沒有？」

「沒有，妳應該多吃點東西，」他歎了一口氣，「妳一點都不胖。」

「隔壁的王太太，已經減肥了三個星期，看不出什麼效果。」她彎下腰，讓手指尖碰觸到地板，然後放鬆地呼了一口氣。蘇恆躺在床上，無可奈何地瞧著她。

「我不需要減肥，我看我到卅歲都還會是這個樣子。」

「妳不會發胖，」他說，「妳每天跳土風舞，怎麼會發胖。」

她終於關上燈，光著身子躺過來，他感到一股力量，使他浮起來一下，然後彈簧床恢復原狀。

「你不喜歡我參加土風舞俱樂部是不是？」

「我沒有這樣說，妳高興參加什麼就參加什麼。」

蘇恆閉上眼睛，黑暗的降臨，使他既覺舒暢又有些惱怒。

「你應該跟我去跳土風舞，好熱鬧的地方，很多人都問我，爲什麼看不到妳先生？」

「妳怎麼說？」

「我說他忙著上教堂。」

他感覺到一隻脚壓上他的大腿，同時聽到她一聲清脆的笑聲。

「我並沒有天天上教堂，我一個星期去兩次。」

「兩次、兩次。」她抱住他的脖子，嘴唇湊近他耳邊說：「兩次、兩次。」

「神父說上教堂的人越來越少了，終有一天，人們會習慣坐在螢光幕前望彌撒。」

「那多好，你知不知道，你不上教堂的時候，就不曉得兩手往那兒擺。」她說，「從前，你不是這個樣子的，至少在婚前，你不是這個樣子的。記不記得，你常在星期天帶我看電影，你帶我上街時，還吹口哨叫計程車。」

她吹了一聲口哨。

「這麼晚了，妳吹什麼口哨？」

她又吹了聲口哨，比剛剛那一聲還響，同時一個翻身坐到他身上。

「妳幹什麼？」

她沒有回答，她睜大眼睛望著他的臉。

「妳到底想幹什麼？」

蘇恆張開眼睛。

「不要鬧了，」他說，「莉莉，妳今天怎麼回事？」

「我要——」她小聲的說。

「什麼？」

「你從不在這一天『幹』我？』

這個字使兩個人都嚇了一跳，蘇恆以為自己聽錯了。

「妳哪裏學來這種話？」

「不要管我哪裏學來，」她大聲的說，「你從來不在這一天——。」

他們是在教堂認識的，那一天，她穿了一套白色鑲花邊的洋裝，站在聖壇前讀經。她的音調抑揚有致，充滿歡欣，表情既端莊又可愛。整個教堂裏靜悄悄地，彷彿全沉醉在她的聲音裏。蘇恆的視線無法自她身上移開，他注意著她的每個動作，他注意到她舉起手來，擦了一下額頭，那隻手在空中劃出一道優美的弧線，這是多麼可愛的動作。他一瞬不停地瞧著她，完全不知道經文的內容。他根本不能專心在任何事上，當她手劃十字，唸完最後一句經文，回到原座後，蘇恆對著空蕩蕩的聖壇，悵然若有所失。

「妳爲什麼不同我一道上教堂，」他說，「妳可以找到一些……一些意義，記得妳從前常常上台讀經，神父說，如果你願意虔誠，你就會變得虔誠，有什麼問題，妳也可以去告解。」

「告解」這兩個字，使他沉默下來，在晚間彌撒過後，他的平靜、滿足、充滿宗教氣息的情緒，可以一直維持到入睡的前一刻，他從不在這個晚上作惡夢，有一次，莉莉還說他睡覺都發出笑聲。哦，這是種多麼神奇的轉變，他在大學時，曾認爲基督教只是種舶來的宗教，中國人信奉黃頭髮、藍眼睛的外國神，實在沒什麼道理。

莉莉並沒有注意聽他說話，她迷惘了一陣，便重又在他身上工作起來，她開始脫他的睡衣。

「莉莉，妳有沒有在聽我說話？」

她沒有回答。

她的熱情，使他驚訝，結婚幾年，她從來沒這樣過，也許是跳土風舞，或許是那些太太們的緣故。

他的思緒離開了一陣，當他重新回到這件事上時，他發覺自己正在「勃起」。

「啊！莉莉！」

「你覺得我怎麼樣？」

「妳從哪兒學來的？」

「王太太家有錄影機。」她輕咬著他的耳朵，「我們白天就在她家……。」

「妳們跳完土風舞就……。」

將來人們在看完「望彌撒」的節目，立刻就能接收下一個「性交」的節目，將來人們只要一伸手，就能聽到一篇性靈的大道理，只要一伸手就能學習一整套「性交」的姿勢。「性」，教會很小心地規避這個字，但是「靈」，神父每天要提上幾十次。天主造了亞當之後，又造了夏娃，而夏娃是亞當的一根肋骨變的，啊！一根肋骨，他現在在心理上覺得有點不妥，他才從一個充滿性靈、高超氣息的教堂回來，但是在生理上……。

「哦，哦，」莉莉呻吟著，「不要說話。」

她的動作越來越粗野，她像狗一樣舔著他身上敏感的部位，他忍不住笑出聲來。

「用力打我，好不好？用力打我。」

「我打妳幹什麼？」他忍住笑，「妳爲什麼要我打妳？」

他試著推開她，但沒有用。

「喔、喔、」她緊握著他脖子，愈來愈用力，「打我、打我……。」

「不行，」他叫了一聲，「放手，莉莉，妳弄痛我了。」

「偏不，你從來不在這一天。」

半由於脖子傳來的痛楚，半由於她重新提醒他對今天的記憶，他的慾念迅速地消退。他終於推開她，他出了一身汗，從浴室回來後，他看到莉莉坐在床角，懷抱著枕頭，用奇異的眼神望著他。

「今晚鬧夠了，」他溫柔地說，「莉莉，乖莉莉，我們睡覺好不好？」

沒有回答。她回不回答都沒關係，他想。隨後，他背對著她，閉上眼睛。

我明天還得早起，他繼續想，臨睡前我還得唸上一遍玫瑰經，沒有什麼比這件事更重要了。但是一陣輕微的啜泣聲，使他張開眼睛。

「怎麼回事？」他轉過身說。

莉莉越哭越大聲。

「我的天，」他說，「我的天、我的天……。」

過一會兒，哭聲靜止下來，她重又露出空洞、奇異的眼神。

「妳眞要我打妳，我用什麼打妳？」

「皮帶，你的皮帶。」她低聲說。「好罷，就這麼一次，然後妳給我乖乖睡覺。」

最初的一下，皮帶發出淸脆「啪」的一聲，她的白皙、渾圓的臀部隨聲顫動著。

這陣震顫由把手傳到他的指尖，再穿過他的手背、他的脖子、他的腦袋，啊！整個房間都顫動起來，整個世界都顫動起來。

這是原始的肉慾之聲，他想，基督聖母瑪利亞，原始的肉慾之聲，哦、哦、原始的肉慾之聲，你使得一個剛消過毒的靈魂躍躍欲試，你使得一個不上敎堂的女人突然變成了婊子，你使得這個睪丸般的地球不安地跳來跳去。

「你發什麼呆！繼續打我呀？」

「我說過就這麼一次。」

「再來一次，」莉莉翻過身，兩脚張開，兩隻小腿在空中踢著，「沒有男人不打老婆的。」

「妳究竟要我怎麼樣？」

「我要你繼續用那根皮帶抽我，如果你不願意，」她指著自己的下部，「那就用你的嘴巴……。」

「什麼！」

他嘴巴張得大大的，手上抓著那根可笑的皮帶，無助地站在床頭。

「有什麼好大驚小怪的，」莉莉說，「張太太、陳太太，她們的先生都這樣做過。」

「我——不——要。」他結結巴巴地說。

「那你就打我。」

莉莉換了個半跪的姿勢，臉孔貼著枕頭，眼睛從下面望著他先生。

「來嘛、來嘛、來嘛，」她晃動著臀部，「給你可愛的太太這邊一下。」

對著個圓圓的東西，他用力把皮帶摔在床上。

「這簡直是胡鬧，莉莉。」他堅定地說，「胡鬧！」

「你沒種！」

「妳說什麼？」

「沒種、沒種，」保持原來姿勢的莉莉說，「你根本不是個男人，溫溫吞吞，畏畏縮縮，老是怕這個怕那個，你知道學生們在背後怎麼稱呼你嗎？」

「怎麼稱呼？」

「老鼠，」莉莉說，「不要裝作你不知道。」

「就爲了我不想學小電影的噁心動作，妳就這樣攻擊我？」

「老鼠，」莉莉說，「跟那個無關，你難道沒注意到你進門時，那些太太們看你的眼光，我實在受不了。」

「我上教堂，然後回自己的家，有什麼不對？」

「不對，你要恭敬天主，在心裏頭就行了。」

「這是什麼話，莉莉，妳這樣說，只是想激怒我，要我動手，我不上這個當。」

「笑話，我現在一點心情都沒有了，我要睡覺，」她伸直了身軀，「你去唸你的經，不要再煩我。」

一股羞怒的感覺，慢慢泛上蘇恆的心頭，他終於明白了，他在太太心目中是個懦夫，缺乏男子氣慨，更正確地說，他是頭老鼠，當那些太太們用恥笑的眼光迎接他時，他是多麼的謙卑，多麼的可笑，他垂著手，像個受委屈的小男孩，站在門邊和她們一一道再見，一個受委屈的小男孩，他怎麼是這個樣子，這些無聊、不敬神的女人，他應該大聲叫她們滾蛋，滾得遠遠的。

「我不是懦夫，更不是老鼠。」他把憤怒的眼光投向床上的莉莉。

「唸你的經去罷，不要吵我。」

「告訴你，我不是。」

「萬福瑪利亞，滿被聖寵者……。」

「不准妳唸這個。」

「笑話，我唸段經文來催眠自己有什麼不對了。你這是宗教迫害。」

「不要，莉莉，請妳不要激怒我。」

「我剛剛不是告訴過你，我才沒那個興趣呢。」

「妳不配提到瑪利亞的名字。」

「爲什麼？我得罪她了？」

「不錯，妳得罪她了。」

「笑話，你以爲耶穌是你一個人的。我才不吃這一套，你以爲我忘了祈禱文，我唸一段天主經給你聽，我在天上的父，願你的名受顯揚，願你的國來臨……。」

「不要唸了，莉莉。」

「我偏要、偏要……。」

他有責任制止她。當他從地上拾起皮帶時，莉莉閉上嘴了，驚異地看著他。

「你要幹什麼？」

「這是你要的，」他冷冷地說：「妳不是要我用這個抽妳嗎？這會帶給妳快樂，帶給妳一些意義。」

於是他開始揮動他的皮帶，像牧羊人揮舞著他的拐杖，他使勁地鞭打著他太太，完全無視於她所發出的痛苦求饒聲。

——原載一九八二年十二月《美洲中國時報》

台灣社會運作形式的省思

——黃凡作品論

朱雙一

任何關注八〇年代台灣文學的人，都不會忽略這一個名字——黃凡。這不僅因爲他是一個嚴肅、多產的年輕作家，更重要的是他常能道人之所未道，觸及社會敏感問題，以自己獨到的觀察和思索，帶給讀者一次又一次的心靈震撼。在八〇年代新興的文學潮流，如新政治小說的崛起、都市文學的繁盛、後現代文學的萌發中，黃凡或開風氣之先，或獨樹一幟，或統領風騷，總是扮演一個引人注目的角色，由此奠定他在八〇年代台灣文學中無可否認的重要地位。

一

幾乎可以說，政治小說是黃凡進入文壇的「入場券」。一九七九年十月，黃凡以他第一篇小說〈賴索〉震動文壇，同時標誌著一種嶄新、獨特視角的政治小說的出現。

台灣八〇年代崛起的新一輪政治小說（包括具有較多政治內容的類政治小說），與曾泛濫一時的反共政治小說已有截然不同的面貌，形成了反帝、反官僚壓迫，爭取民主和人權的主潮；而在有些作品注目於緩和浪潮中的海峽情結時，另有些作品却反映出台灣意識的增強或建立台灣「獨立國」的迷思。這些作品千差萬別，却有一點相同，都具有鮮明的政治立場或明確的政治訴求。黃凡政治小說不同之處在於，它有意避開具體的政治立場和意識形態的糾結，轉而注重於政治的運作形式——台灣政治機器運行的特點、它對社會生活發生作用的方式及其利弊得失等。顯然，這是一種嶄新、獨特的觀照角度。

政治運作中人的作用和地位，是黃凡特別關注的問題之一。〈賴索〉、〈示威〉、〈一個乾淨的地方〉等篇，描寫的是「小人物」。這些人有意無意地被捲入政治漩渦中，或在飽嘗囹圄之苦後，又因政治偶像的破滅而遭精神上的凌遲，或渾渾噩噩地被一小撮政客玩弄於股掌之中，淪爲被人利用的可憐蟲，或在污泥濁水的選戰鬧劇中爲各種非正當因素所支配而遭慘敗。〈將軍之淚〉、〈自由鬥士〉、〈夢斷亞美尼加〉等篇則寫中、高層政治人物，這些人仍逃脫不了被政治機器碾碎的命運。有的雖顯赫一時，但最後不免應了「帝王將相今何在，荒塚一堆草沒了」的悲劇；有的恪守著一個意識型態的迷夢而注定要面臨迷夢無法實現的絕望；有的則在歷經人生滄桑後，徹悟自己淪爲政治工具的可悲地位，在放縱地享受人生樂趣後自殺。這些作品要表現的，是政治的無常和虛僞，固守某種意識型態的荒謬和可笑，人在政治運作中的渺小、被動、無力和無助等。

政治與社會其他部門的關係是黃凡所注重的另一個問題。長篇小說《反對者》對此作了深入的刻劃。一方面，台灣社會存在著嚴重的泛政治現象，政治無孔不入地滲透到社會其他部門，干擾了這些部門的正常運行。書生氣十足的大學教師羅秋南之所以突然被校方以風化罪名加以審查，與其曾身居要職的岳母乃至高層權力鬥爭有緊密的關係。另一方面，政治也受到社會其他因素的制約。羅秋南的哥哥就憑其強大的財力及各種複雜的社會關係將此事擺平。小說終於沒有解開羅秋南是否有越軌行爲之謎，就因爲作者無意於對人物作出道德的評判，而是傾全力解剖政治運作的各種複雜社會關係。另一部長篇小說《傷心城》涉及了上述黃凡所注重的兩個問題。所謂「泛華文化基金會」實際上是政、經勢力相結合入侵文化界的代表。范錫華遽起急落的政治生涯，完全操縱於其岳父、財勢兩全的陶慶甫手中。當他懷抱著自己的政治理想越出早已被規定好的軌道時，立刻從政治的巔峰跌入谷底，落個客死他鄉的悲慘下場。

黃凡雖然避開具體政治立場的糾結，但無意也無法排除對台灣政治生活的廣泛反映。從現實政治中各派別的各種醜陋行爲、羣衆運動中的非理性傾向，直至中國傳統政治文化問題，均有觀照和針砭。不過黃凡總是保持著一種超然的態度，並不偏袒某一方，也未必對某一方加以特別沉重的鞭笞。這種意識形態的中立立場，使黃凡的政治小說似乎在批判著什麼，但批判的具體對象却是模糊、閃爍的。台灣評論家早就看出了這一點，並稱之為「曖昧的戰鬥」〔參見高天生著《曖昧的戰鬥》〕。其實，這是黃凡有意使然。黃凡曾有感於某些作家依權附勢而斲傷了創作的生機，呼籲作家獨立於權力團體之外，超越政治和所有各種干擾，立志成為時代的良知〔參見葉樺《黃凡眼中的世界》〕。顯然，黃凡認為文學應具有更廣大、普遍的關懷，因此將具體的意識形態的是非評判，轉為對當前台灣政治運作形式的考察和批判。在他心目中，這種運作形式顯然極不完善，甚至是荒謬、畸型的，而孕育了這種弊端百出的政治運作形式的，正是台灣長期專制政治本身。這就是黃凡政治小說最主要的批判鋒芒指向，也是黃凡表面看來已經消失了的「立場」所在。

黃凡這種嶄新角度的政治小說的特殊意義，就在於它反映和代表著相當一部分台灣人民的一種特殊政治心態——對於政治極端厭倦，希望遠離政治的是非之地，避開各種意識形態的紛爭和干擾。這種心態顯然源自政治運作的種種弊端，是對長期專制政治的一種反彈。對此黃凡曾反覆加以描寫。如《傷心城》中葉欣那與生俱來的對政治的「厭倦」乃源自他父親——一個陷入政治漩渦中，飽嘗鐵窗風味，給自己和家庭帶來重大傷害的賴索式人物——的歷史傷痕。須指出，近年不少新世代作家的政治小說均具有這種新的觀照角度，甚至興趣於更為抽象的政治常見基本格局或權力分配方式的影射和描寫。黃凡只不過是這羣作家的傑出代表之一。

二

都市文學在八〇年代的台灣逐步取代鄉土文學而成文壇主流。作爲緊扣時代脈搏的前衛作家，黃凡自然將都市文學作爲最主要的經營領域。黃凡寫作最早的短篇小說〈人人需要秦德夫〉就已切入都市文學的核心。系列短篇小說集《都市生活》、幽默小小說集《東區連環泡》、長篇近著《財閥》等，更是全面刻劃都市景觀和都市精神，堪稱都市文學的典範之作。

在中外文學中，都市文學由來已久，歷代的都市文學呈現不盡相同的面貌。黃凡對都市文學的新開拓體現於某些不同於前人的獨特個性。這種個性包括特殊地域、時代、文化背景的投射，也包括作家本人對都市現象的獨特觀照，即把關注的焦點放在都市社會運作形式的整體考察上，而不停留於一般內容或某個細部的刻劃。這一點，與政治小說頗爲相似。其實，政治運作就是整個都市運作的縮影和分支。黃凡的政治小說，也應算作他對都市運作形式考察的一個重要組成部分。

黃凡代表作之一的《都市生活》中的八個短篇，各自以商業生活、藝術生活、道德生活、政治生活、宗教生活以及都市生活的幼年期、少年期、成年期爲副題，充分顯示作者的整體考察企圖。作者不僅展現出都市生活的各個側面及其演變過程，同時揭示了它如何構成一個多重關係相互糾纏盤結、各部門相互滲透制約的大系統。書中「少年期」一篇即以〈系統的多重關係〉爲題。所謂「少年期」，正是猛然頓悟生活眞諦、了然社會眞相的年齡，顯示作者對這一命題的重視；而這一命題，正是貫穿全書的綱領和主線。作者著力揭示，田園社會的純樸和單調已不復存在，都市社會的所有生活領域，都難找到一塊純潔清白，不被滲透、汚染的淨土。〈正直的范樞銘〉中總經理一天的商業活動就與藝術、政治、道德生活混雜在一起而顯得頭緒萬般，他貴賤分明的待客態度使他的所謂「正直」成爲一種反諷。〈角色的選擇〉中編劇導演們的藝術理想，既因人的私慾而搖搖欲墜，更因商業法則而徹底破碎。〈晚間的娛樂〉中蘇恆虔誠的宗教信仰，在受墮落風氣影響而變態爲色欲狂和被虐狂的太太面前，完全失去了聖潔的光環。

在這都市社會多重關係的複雜糾結中，必有某些因素起著關鍵的支配作用。只有認眞釐清種種主從關係，才能眞正切入都市生活的核心。長篇傑作《財閥》（原名《賴樸恩的小朝廷》）就以揭示這種支配因素及其作用方式爲重要主題。黃凡顯然認爲，當代台灣都市運作首要的支配因素是經濟，或者說財力、金錢。小說中的賴樸恩，其實就是錢財的化身。一方面，他自己時刻受著金錢的支配，追求錢財是他的人生目的，爲了資產，他費盡心血，不擇手段，甚至安排自己的情人與別人結婚；反過來，他又善於運用金錢來支配別人，小至擺平家庭糾紛，大至影響政府部門決策，駕馭整個社會。小說中無時不感受到賴樸恩無所不在的強大支配力。他就像坐在金字塔尖，緊握一根根繩子操縱著無數傀儡。而賴樸恩作爲大財團的代表，他的支配力就是大財團對於都市生活的支配力、錢財的支配力。除了經濟因素外，在都市運作中另一起較重要作用的是政治因素，而這是由台灣社會特點所決定的。正如台灣另一著名作家吳錦發所指出的：台灣資本主義形態融合了第三世界政權常有的「買辦型經濟」以及傳統中國的「封建型經濟」，在相當大的部分是和統治者利益結合在一起的（吳錦發《八十年代台灣文學》）。黃凡對政治和經濟相互滲透、制約，政府和財團相互依賴、利用狀況甚爲著力的描寫，可說是對這一論斷的形象驗證。

然而文學畢竟是人學。在這種以經濟爲首要支配因素、政治與經濟緊密結合爲重要特徵的都市運作系統下，人們必然產生種種新的行爲模式和思考方式，只有對此作全面的呈現，才能更具體表現都市運作的本質和都市精神，也才能揭示運作系統中其他因素，如道德、藝術、宗教等所起的作用。

求強求勝，勇於競爭是黃凡著意刻劃的某些都市人的行爲模式之一。從早期的著名人物典型秦德夫到〈往事〉中的華琳、《都市生活》中的范樞銘、〈聰明人〉中的楊台生，再到《財閥》中的賴樸恩，我們看到了一個一脈相承的都市強人形象系列。一方面，這些人充滿活力，勇於進取，精明幹練，掌握現代經營手段，對於都市複雜的多重關係網絡，不僅能避其束縛，還反將它轉化爲發揮才幹、施展謀略的場所。秦德夫朝氣蓬勃的生命活力，范樞銘能伸能屈、善於外理各種關係的管理才能，賴樸恩運籌帷幄、縱橫捭闔、不貪小利、高效決斷的企業家氣魄和瘋子般的工作熱情，均使人印象深刻。另一方面，這些人崇尙實力、強權，恪守恃強凌弱、爾虞我詐的資本主義法則。賴樸恩最不能忍受兒子的頹廢無爲，要他們像他一樣擁有「拳頭」——強有力的性格和手段；而在驅逐農民、收買整個溪頭鎭的計劃中，充分暴露其圈地式資本積累的殘酷本質。此外，如秦德夫的隨地吐痰、賴樸恩的大講粗話等，顯示這類人野性未脫的反文明傾向。顯然，這些人並不是傳統道德規範中的正經人，但都市中那股粗糙、強烈的生命力就部分地來自他們身上，他們的財富和成功爲人所稱羨，他們的行爲自然也爲人所崇尙和仿效。從這個意義上說，他們是都市人的精神代表和行爲典範。正如〈天國之門〉中那充滿市儈氣的，在道高一尺、魔高一丈的競爭環境中一敗塗地的小老板柯立所感嘆：「這些人比我更有資格活在這個世界上。」

作爲上述都市強人鮮明對照的是都市生活的失敗者或叛逆者。優柔寡斷、懦弱退縮是這些人共同的性格特徵。他們的心靈是孤寂、焦慮的，人際關係是疏離、隔絕的。〈守衛者〉、〈紅燈焦慮狂〉、〈憤怒的葉子〉等篇描寫了廣大都市上班族體力上從事著單調、機械的工作，精神上卻需應付多重關係盤纏交錯的的複雜局面所產生的嚴重精神危機。

〈雨夜〉中詹布麥幫助喪母小孩的善行引來醫生、警察、家長的誤會和斥責；〈國際機場〉中高思對酒廊侍女依萍的同情最先也被疑爲居心不良。〈曼娜舞蹈教室〉中的唐曼娜對自己的愛人都缺乏信任，想像出一套被拋棄的「故事」自欺欺人，並進一步惡化爲被虐狂和報復狂。《慈悲的滋味》中老太太遺贈房產的善舉引起受益房客之間新一輪的角鬥傾軋。這種做好事被人誤解或後果不佳的現象充分說明，所謂人道、愛心、互助等已經與都市人的一般行爲和思路相違拗，在都市社會中成爲稀罕怪異之物。「這個時代已經沒有聖人了，就算有，他們在台北也找不到停車位」（《財閥》）。

若干自我意識較強的都市人（常是知識分子），他們的焦慮、孤寂和苦悶就更爲深沉和粗重。他們有的執著於自己的一塊精神領地，如〈往事〉中的秦書培、〈人人需要秦德夫〉中的何律師都執迷於愛情及正常的家庭生活，難於忍受妻子變節的事實而倍受煎熬；有的因盤雜交錯多重關係致使生存空間更形狹小而深感焦慮，如《反對者》中的羅秋南、《財閥》中的何瑞卿，都因本屬自己的空間被外來因素所侵佔，急切地想逃離台北到鄉村享受片刻無憂無慮的生活，顯示了奪回生存空間的苦心和努力。他們還都因爲自覺受支配卻難於解脫而痛苦萬分，並萌發了叛逆意識。羅秋南終於領悟到自己的尊嚴和價值被所有人漠視的事實，而決心爲個人名譽而戰。何瑞卿雖然身爲賴樸恩的私生子，受到照顧和重用，但他發覺無論怎麼努力，總是無法擺脫受人擺佈的處境，遂決定以沉溺聲色犬馬之中作爲對賴樸恩的反抗。殊不知這一舉動却隱約透露出都市精神由現代向後現代發展的方向。

這樣，黃凡以他的部分作品爲我們展現一幅工業社會都市運作的藍圖。他關於台灣都市社會是一個多重關係的複雜系統的考察，一反台灣作家拘囿於較單純關係描寫的習慣模式，以巨視的眼光對當代都市生活作深中肯綮的反映，不啻是台灣文學的一大突破。他關於經濟和政治勢力相結合主宰台灣社會的描寫，反映出獨特的地域和時代的色彩。圍繞著資本主義的核心事物——金錢，黃凡從巴爾扎克式的側重道德反省轉到對都市運作形式的省察，揭示它如何成爲支配社會的首要因素，深具原創性。此外，黃凡對於都市精神的捕捉，對於都市人行爲模式、思考方式和精神狀態的刻劃，也處處反映出台灣都市運作形式的特點。因此我們可以說，黃凡以他嶄新的觀照角度，顯示了對都市文學的新開拓。

三

然而上述內容還未能囊括黃凡都市文學的所有特點，及其爲文壇提供的所有新鮮經驗，上面這幅藍圖也不能說已對台灣當代都市社會作了完整全面、淋漓盡致的掃描。這是由於台灣都市社會具有不同於一般資本主義社會的特殊複雜性。就生產力發展水平及社會主要運作形式而言，台灣目前尙屬一般資本主義的工業文明階段，但由於服務、消費行業的勃興，及電子工業的繁榮所帶動的信息事業的發達，台灣社會在某些方面或層面，超前地進入後工業文明狀態。這種發展不平衡性必然造成種種矛盾交叉現象。都市社會頂端那多重關係相互糾結的龐大封閉系統容或還未根本動搖，但屬於後工業文明的種種社會現象却從金字塔底層大量湧現，浸透在人們日常行爲和觀念中。黃凡敏銳、準確地把握這一特點，努力對後工業文明現象加以捕捉和刻劃，形成其都市文學又一新穎獨特的觀照角度。

信息科技的高度發達及大衆的消費導向，是後工業文明的兩個主要標誌。信息的普及使政、經聯盟的支配權受到嚴重挑戰，信息資源不再爲少數統治者所控制或獨享，從而增加了普通人在社會生活中的自主性和選擇權，致使社會趨向多元無序狀態。這種狀態爲黃凡所重筆描繪，如《東區連環泡》一書中就勾勒了一幅幅紛亂、雜沓的現代都市怪世相。而在其名作〈房地產銷售史〉中，對於去中心的多元論建築觀念，也有生動的形象詮釋。黃凡說得乾脆：「我們這個時代，是歷來所有思想觀念的大雜燴。」（黃凡〈黃凡頻道·自序〉）在這裡，「政治、經濟、是非、恩怨、眞理、謊言、個人的意志、時代的夢想、永恒的嘆息，一切都攪成一團，像天堂花園裏的一塊泥巴」（《反對者》）。

隨着大衆消費導向的發展，社會趨於虛浮和無根。這是黃凡着力描繪的又一個重點。

工業文明狀態中，都市強人那種求強求勝的競爭性，和咄咄逼人的生命活力已逐漸消失，代之以猥瑣、膚淺、碌碌無爲、得過且過的社會風尚。以前人羣中彌漫的孤獨感和焦慮感，也爲現世享受的「歡樂」所取代。在黃凡小說中，像何瑞卿、羅秋南這樣自覺被支配的處境並力求擺脫的人，其實並不多見，更多的是對此毫無知覺，或者心甘情願接受支配，隨遇而安、知足常樂的人。這包括何瑞卿名義上的父親何海元及情婦傅雅萍。有些人心靈的猥瑣、自信的缺乏令人震驚。〈房地產銷售史〉中卓耀宗等人需靠怪異的建築來化解自卑感，而小小說〈戒煙〉中戒煙者，竟需懇求醫生將他嘴上的煙打掉。黃凡筆下常見的「自殺者」形象也染有類似的性格色彩。這些人大多「自殺」而未死，究其原因，在於性格趨向懦弱，缺乏自殺所必需的勇氣，同時也由於悲劇意識和理想主義的消失，類似殉情的事難於再發生，致使一幕幕悲劇演變爲「喜劇」。〈置之死地而後快〉中的一對男女就是如此。〈鳥人〉中腋下長出翼毛的青年更因跳樓而發現自己能飛行的特異功能，遂拋棄無謂的「自尊」，自得其樂地利用這一功能爲自己謀幸福。卡夫卡〈變形記〉、吳錦發〈消失的男性〉、〈烏龜族〉中那社會重壓下無人理解的孤獨和苦悶，在這裡化解爲極易滿足的豁達和樂觀。此外，商業邏輯的入侵，致使「文化」也成了消費品，摧毀了理想主義的最後堡壘。〈娛樂界的損失〉中年輕歌手姬國瑞的走紅和沒落，完全受制於市場價値和大衆流行口味的需要；〈小說實驗〉中，出現書店招徠顧客的各種荒誕不經的廣告手段，以及顧客對感官刺激趨之若鶩的現象。〈求職記〉、〈不願畢業的大學生〉、〈飛越斑馬綫〉等幽默小小說中的大學生或知識分子，有的爭相應徵「墓地推銷」等職業，有的挖空心思爭取留級以便長期在校園內經商，有的拋棄教職當高收入的馬路護行員。顯然，這裏的人們沒有歷史，沒有未來，沒有生活目標和生活意義，追求的只是短期利益和現時享受。

黃凡還用《都市生活》中描寫都市幼年期、少年期和成年期的三篇小說，象徵性地展示了由工業文明向後工業文明狀況轉變中人們的心靈歷程。〈不斷上升的泡沫〉和其他兒童題材的作品（如〈空中樓閣〉）類似，在刻劃小孩子幼稚、好奇、純眞的同時，展示工業文明狀態的心靈特徵——孤寂、焦慮以及自我意識的萌發。〈系統的多重關係〉則描寫過渡中的心靈。複雜的社會成爲主人翁心態成長的最佳背景，涉世未深的少年經過一番洗禮得到啓蒙，頓悟權威可以權宜化的生活「要義」，由此變得世故。〈如何測量水溝的寬度〉中的成年人則由世故趨於猥瑣，顯出精神官能症候。他神經過敏地自置於核戰爭的陰影下，因此想測量水溝的寬度以備不時之需。不管此舉是否有意地玩笑人生，都顯示其無聊與無奈。最後對於兒時遊戲的眞眞假假的陳述，也許本身就是一場對充滿假冒僞造的社會加以戲謔的以毒攻毒式的兒戲。這是後工業文明中人的心靈狀態的典型寫照。在另一個短篇〈你只能活兩次〉中，作者運用不同次元時空的科幻設計，使一對自殺的男女在另一個世界又活了一次，兩個世界成爲鮮明對比，第一個世界殘酷無情、重利輕義，使主人翁憤而棄世；另一個世界無拘無束，不受支配，可隨心所欲享受豐富物質生活，然而却使人生意義蕩然無存，同樣無法令人滿意。前後兩個世界也約略可作爲工業文明和後工業文明狀態的象徵。這樣，黃凡就從不同角度、用不同方法對台灣都市社會作了全面、詳盡、立體的描述，尤其是對都市運作的特點作了有效的把握。

與所反映的內容相適應，黃凡的文學表現也呈交叉並行的特點。如果說對於工業文明現象的文學表現大多屬於現實主義或現代主義的，那對於後工業文明現象的文學表現則大多帶有後現代的特徵。

多元開放觀念，可說是後現代的靈魂。從外部特徵看，黃凡的許多作品，本身就是一個開放系統。它們並不拘泥於結構嚴密、線索清晰的傳統寫作觀念，而是常「節外生枝」地揷入大量情節外內容。這正與廣泛反映後工業文明紛雜多變社會現象的需要相適應。從文學視野看，信息傳播的快捷縮小了世界的距離，促使作家萌發星球意識，其眼光不再拘囿於本島本土，而是擴展到「地球村」乃至「太陽鄉」、「銀河國」。科幻小說《零》和《上帝的耳目》就較集中地體現了黃凡對世界事務的關心和全人類命運的思索。在對待筆下人物的態度上，黃凡取較爲寬容和體諒的姿態，認可人物性格的複雜性，從不簡單地用「善」或「惡」來截然劃分，對於人物的缺陷，勿寧以平常心待之，承認其某種合理性，謔而不虐的嘲諷多於嚴厲苛責。特別値得一提的是黃凡對後現代「多元平面拼貼法」和「分解和重組功能」的採用和發揮。正如羅靑所言：「(後現代) 藝術家不再以『反叛』來求新求變，他們只要把傳統與現在的各種資訊單元，加以絕對化的重組，便可產生無數新的創造來。」在集後現代之大成的科幻巨著《上帝的耳目》中，黃凡就有意將古今中外各種文學傳統和因素加以吸收和混雜，融爲一個新的文學世界。小說中可以明顯地覺察到中國古典小說《鏡花緣》、《西遊記》等的投影。小說主角葉雲喬的宇宙浪漫遊看來像是《鏡花緣》式的海外搜奇獵怪的擴展；而他歷盡磨難最終進入高次元宇宙，則如唐三藏上西天取經終獲正果一樣。《西遊記》只不過將儒釋道三教合流。《上帝的耳目》却將基督教、回教等也進入其內：如來佛、聖母瑪麗亞和穆罕默德，上帝和魔鬼，伊甸園和十八層地獄等，均在小說中出現，甚至出現羅漢、太上老君、關公、聖方濟、聖女貞德、愛神丘比特等共聚一堂的局面。作者有關「大轉輪」的刻意描寫，顯然源於佛教輪迴轉世、喝孟婆湯的說法，同時與外國古典名著：但丁的《神曲》、外國科幻小說：羅伯特・葛洛斯拔的《死者乘着 UFO 到來》等似乎也有關係。

多元開放觀念和社會消費取向的雙重作用，促使後現代文學向大衆化、通俗化的道路邁進。文學因素的分解和重組也具有大衆化、通俗化的作用，但更主要的是「享樂策略」(借用詹宏志《閱讀的反叛》中的概念) 的遵循。黃凡首先注意採用一些爲大衆所喜聞樂見的內容與形式。如《東區連環泡》，即借用深爲大衆歡迎的華視節目《連環泡》的名目，寓批判於一連串的幽默小品中，使人笑口常開。在《上帝的耳目》等科幻小說中，作者放任地馳騁想像力而不願做太多的約束和雕琢，使作品流轉通暢、波瀾起伏，險情迭出，充滿刺激，符合大衆口味。在〈鳥人〉中，描寫一個具有特異功能的俠客式人物，其爲大衆所喜愛，當是必然。此外，小說的內容和氛圍不斷趨於輕鬆和歡快，顯示黃凡對「享樂策略」的與日俱增的注重。孤獨、焦慮的人物越來越爲知足者常樂的人物所取代，作品減少了沉悶和壓抑。對於人物的寬容、豁達、戲謔態度，也使黃凡與現代主義作家常有的嚴肅使命感和嚴厲的批判面目判然有別。作家對於都市由批判的立場轉向批判和擁抱兼而有之。〈梧州街〉描寫了爲奪回生存空間的一次較成功的努力。年邁的婦女通過愛心和健康的商業經營，使周圍的色情行業自行退却，幾乎淪爲風化區的地帶獲得新生。前期作品中常見的人道情懷不爲人所理解的苦悶，已不復存在。《零》和《上帝的耳目》均表現某種神秘力量主宰世界的主題。這是人類面臨機械文明的強大異化力量而萌發的噩夢般的想像；前期的《零》中籠罩着永遠無法逃脫主宰者支配的悲觀、絕望氣氛，而在近期的《上帝的耳目》中，這個主宰只存在於高次元宇宙中，而在正常的宇宙空間，却總是善戰勝惡，正義戰勝不義。這使小說洋溢着較爲輕鬆、歡快的氣氛。

除了大衆化傾向外，對文學（特別是語言）本身的反省，是後現代文學另一個最重要的特徵。弗·杰姆遜曾有過這樣的論述：「今天如果你要攻擊某個人，你並不指責他的思想錯了，因爲今天已不再有什麼思想。你只是批評他的文字錯了，表述有問題，然後你再用自己的文本代替他的文本。由此，當代理論論爭的主要焦點不再是關於任何思想，而是關於語言的論爭，關於語言的表述，關於文本的論爭。」（弗·杰姆遜《後現代主義與文化理論》）從總體上看，黃凡的作品具有注重反映社會運作形式而不願對某一具體的思想觀念、道德規範、行爲模式或性格類型細加臧否的傾向。這正與上述後現代精神若合符節。在幾篇後設小說裏，黃凡更直接切入後現代美學的核心——瓦解語言反映眞相的神話。在傳統的邏各斯中心論的影響下，無論現實主義還是現代主義，都堅信必可找到某一精確語言以窮盡事物的眞相。後現代則對此產生根本的質疑。一方面，它力圖破除對語言文字描象表情達意功能的盲信。由於作者有意佈置的若干破綻，〈如何測量水溝的寬度〉中敍述者「我」最後認定的往事的「眞相」是否屬實，仍大可懷疑。由此揭示，經過陳述中介（常有言不及意、記憶錯誤，甚至有意歪曲等現象），語言與眞相之間產生了差異。另一方面，它力圖揭示，語言文字具有建構性、能產性以及對人的思維的某種支配性。〈小說實驗〉中凶殺案案情與作家的閉門構思吻合，似乎不可思議，其實可理解爲諸如通俗偵探小說之類千篇一律的情節左右了人們的思惟和行爲。眞相既爲「語言」所界定，其可靠性同樣令人懷疑。

實際上，後現代的這種語言哲學有其現實原因，同時又反作用於現實。它與信息社會的複製和傳播功能不無關係。現實社會本來就存在許多虛假之事，如何瑞卿的身世及其父母發迹的眞相就被長期隱瞞或美化；而「形象」（大多來自電視）的泛濫更使人時刻懷疑自己面對的是一個虛假的世界（「中東大戰」中有人斷言電視上的兩伊戰爭是油商用來提高油價的廣告即一顯例）。因此對傳播媒介（包括語言文字）的質疑成爲必然。反過來，後現代的語言哲學又使官方說法或傳統說法的權威受到動搖。在《上帝的耳目》中，黃凡不時要表達這樣一種觀念：諸如上帝、天堂、地獄、福音書、輪迴轉世觀念等不一定如人們所認爲的荒誕不經，而是可能以某種方式存在於宇宙中，並對人類產生過實際影響，因此在人類集體潛意識中留下痕迹。顯然，黃凡並非眞的求證這些東西的存在，而是提醒人們：他本來信以爲眞的，往往却是假的，而本來以爲假的，反有可能爲眞。這不啻是思惟邏輯的根本翻轉和變革，使小說獲得耐人尋思的哲學意味。

後現代文學的產生不僅與後工業文明狀況緊密相關，同時也是文學內部發展規律作用的結果。它是對現實主義模擬論和現代主義一元論的揚棄。它使台灣文壇長期以來存在的現代派和鄉土派兩極對位的基本格局發生根本的裂縫，拓展出一條新的文學道路。黃凡以他對台灣社會特點的敏銳把握以及開創性的藝術探索，在這新興的文學潮流中，担負着推波助瀾的重要角色。

——原載一九九〇年《台灣研究集刊》二、三期

曖昧的戰鬥

——論黃凡的小說

高天生

一

新生代作家中，黃凡是最受議論、也最傳奇性崛起的一位。民國六十八年以前，黃凡在文藝界中默默無聞，但該年卻以第一篇對外發表的小說〈賴索〉，奪得中國時報文學獎小說首獎，自此即以強者的身份進出文壇，六十九年以〈歸鄉〉與〈雨夜〉分別獲得兩大報文學獎，七十年更以〈國際機場〉與〈零〉斬獲聯合報文學獎的短篇小說推薦獎及中篇小說獎；同時，他的小說〈賴索〉、〈人人需要秦德夫〉、〈大時代〉，也接連受到年度小說編選者的青睞，分別獲選入六十八年、六十九年、七十年的短篇小說選集內。七十一年則以〈落日〉入選「一九八二年台灣小說選」，這種傳奇式的崛起與迅速獲得各界實質的肯定，至少已破了台灣文壇的空前紀錄。再者，黃凡大量驅使原本被懸為禁忌、敏感的政治題材入小說中，除了引起各界矚目外，也連帶遭受許多立場各異的議論。然而，不管如何，黃凡的小說，近年來已躍為新生代最具有發展潛力的代表與翹楚，則是殆無疑義。

黃凡，本名黃孝忠，一九五〇年生，台北市人，中原理工學院畢業，學的雖是工業工程，但曾在貿易公司、食品工廠、出版社任職，生活經驗十分豐富。

第二屆時報小說獎的五位評審中，白先勇特別激賞黃凡的才華，他認為〈賴索〉的「主題深而且廣，觸及台灣現實的核心，而小說表現的技巧，亦與衆不同，頗富獨創性。」但一些對台灣歷史有研究的人士，對〈賴索〉的情節，卻頗有微辭。因為在〈賴索〉這篇小說裏，黃凡安排賴索在民國三十五、六年間，接近和加入韓志遠主持的台獨組織「台灣民主進步同盟」，以及在民國卅七年間，韓先生和重要幹部遠走日本，留下一些外圍的小人物，被捕和備嘗苦楚，這基本上是一種歷史的錯亂和誤置；就猶如將唐景崧就任「台灣民主國」總統，移遷到馬關條約前的年代扮演一般。黃凡對自己的辯解是：「當政治理想和小人物的尊嚴不可兩全時，我寧維持小人物的尊嚴，而低貶政治理想！」

同時，黃凡也坦承自己為了使小說能發表，不惜將小說情節作有限度的「扭曲」，黃凡這種誠實的招供，卻惹來不少是非和閒語，尤其他在第一本小說集的序言中，又說及自己在未成名前一段時間，所抱持的某種態度是：「諸位先生，只要能讓我有一塊說話的地方，需要跪下吻什麼人的手，請吩咐一聲。」這使得一些粗率看過，不及體會話中反諷意味的人，懷疑起黃凡作爲一個作家的「人格」！然則，如果黃凡眞是一個喜好逢迎、失掉自我原則的人，今天我們的文壇也就不會有一個叫「黃凡」的小說家了。基本上說來，黃凡是一個潔身自愛和特富正義感的寫作者，雖然他曾自述說：「我只是觀察者，不去妄加批判，最多只是幽默感。世界就是如此，也許會無奈；人們就是如此，也許會犯一些錯誤，但是這些都很眞實。」但是，我們仔細尋繹黃凡的小說，發覺他所說的這一段話，並不很眞確。因爲他的小說，最主要的特點就是社會意識強烈和批判性特深，如果抽離社會意識和批判性，他的小說恐怕就剩下一堆廢話了！

二

雖然，我們當前的社會並不是很尊敬作家，有時甚至還會振振有辭地質問作家：「你爲什麼寫小說？你不能以你的靈感建立一個公司。此外，你憑什麼說寫作是需要的呢？你所選擇的也許是一種沒有歷史價值的膚淺的職業。整個世界在行動中，在閃爍著光亮，你在做什麼呢？你沒有做任何能同其他事業相比的事情，只是一個人孤獨地坐在那裏，很奇怪地忠於你孩提時代所學的東西……你寫男人和女人、家庭和婚姻、離婚、犯罪與逃亡、暗殺、婚禮、戰爭、興衰、簡單事物與複雜事物、幸福與苦惱，這些全是想像的。誰要你寫這些東西？你究竟在做些什麼？」

但是，黃凡這個文壇初生之犢，卻毅然辭掉其他謀生的工作，和社會保持某種程度的「疏離」，以便更專心一致地從事小說創作。然則，這「疏離」也並不是意味著他逃躲進藝術的迷宮，脫離了現實人生，相反地，黃凡是個社會意識特強的作家，他嚴肅而勇敢地面對現實生活，並充分地運用自己紛紜繁複的經驗，「……由紊亂無序和不和諧開始，經由一種想像的不可知的過程而走向秩序。」（索爾・貝婁語）他的主要企圖是選擇和重新安排現實中的各種因素，把它們組織成想像中的模式，並賦予它意義、秩序和價值。這即是黃凡小說所以表現相當突出的時代感的最根本原因。

從黃凡目前已發表的小說作品來看，大致有三個特色值得我們特別提出來討論：

第一，強調個人尊嚴，敵視對「獨存自我」的貶低。光復後的台灣文學，經過三十年來的發展，大致上有三種不同的風貌，一是回憶式的文學，一是現代主義文學，再一是鄉土文學，但在年輕作家身上，我們看到的是各種不同形式融滙的嘗試和努力。譬如宋澤萊，他所嘗試、努力的是現代主義與鄉土文學的融滙，東年也是，只是前者偏向鄉土文學，後者偏向現代主義。黃凡所走的路向，基本上是類同於東年，主題的掌握方面也有一些重疊，只是東年偏重於從反面解剖轉換時空的殘酷肌理，而黃凡卻從正面強調個人的尊嚴。譬如〈賴索〉這一篇備受爭議的小說，白先勇說它是「一篇傑出的諷刺小說，作者以辛辣老練的筆調，對台灣現實作了尖銳的批評。」另外有一些人，則認為〈賴索〉是對台灣民主運動的一種誣蔑。然則，仔細尋味，我們可以發現像韓志遠這種人的確是存在的，而黃凡以冷酷的筆調，對其展開強烈批評，正是要肯定賴索這個小人物的尊嚴。同樣的用心，我們可以在〈雨夜〉這篇小說裏看得更清楚。〈雨夜〉描述現代都市裏，一個有妻室的男人，他在一個下著雨的夜晚，偶然動了惻隱之心，照顧一個孱弱的小孩，帶他到醫院看母親，卻被警察誤會是凶嫌，帶孩子回家，卻被孩子的父親怒吼：「你他媽的多管閒事！」但回到家，詹布麥卻隱瞞所有的挫折，假想用一套善意的謊言，來向妻子解釋：「……我幹了一件傻事，不！一件好事……所有人聽到我做了這麼一件善事後，都稱讚我是個『模範市民』……孩子的爸爸，非常感激我，……。」看到這裏，我們幾乎要贊同劉紹銘所說，〈雨夜〉基本上是個富傳奇色彩與「人情味」的社會小說；但是當我們發現黃凡安排的最後結局是：詹布麥呆呆地站在臥室中央，瞧著空蕩蕩的床，說：「不管怎麼樣，做了這件事，我覺得很高興」。我們恍然大悟，原來詹布麥所以要在回到家時，編這樣一套「謊言」，並不在於向太太解釋，而是在於肯定自己個人的尊嚴。

第二，強調人類共通的同情和愛，排斥現代文學的疏離傳統。現代文學不管在形式或內容方面，都有非常濃重的「橫的移植」傾向，他們排斥當代這個紛亂的、無意義的世界而轉向內心或轉向過去，極力描繪人的物質化、疏隔的悲哀、虛無和頹廢的必要，個人的、安那琪的悲憤，對於定命底死亡的懼怖，等等。這些流於唯我和主觀主義的作品，不管他的作者是多麼有才華和純熟技巧，始終無法成爲震撼人心的偉大作家，「因爲這些作品裏缺乏構成當代文學主要特質的範圍和迫切的時代感。」黃凡雖然在技巧上，對於現代文學有所承襲，同時也承認現實和荒謬感，但卻以積極的態度去面對它，企圖通過人類共通的同情與愛，去發現新秩序和新價值。〈國際機場〉這一篇小說，便是一個典型的樣式。一對男女，偶然在國際機場相遇，由於所等待的人——高思等姊姊，依萍盼中村浩二——未如期出現，遂有了某種共同的情愫，依萍是個貧病交迫的酒吧女郎，一心等待從日本來的中村浩二能夠娶她爲妻，以解除她的困境，高思在她患病時照顧她，並鼓舞她的意志。〈麗雪〉裏的敍述著天賜對待鄰居孤兒麗雪的關懷，〈青州車站——鍾士達的一天〉，在黑市裏，鍾士達看見一個爲了母親病重，不得不將一些古花瓶拿出來拍賣的瘦弱女孩，他立即掏出口袋中所有值錢的東西，交給女孩，換取那些沒有什麼實際效用的花瓶。這些情節，都讓我們看到黃凡對於「眞正的友誼或愛乃是一切眞正社會關係的首要質材」的正面肯定。尤其看到〈大時代〉的結尾，黃凡安排希波對朱莉說：

「我愛妳，朱莉，我們都是在漫漫長夜中，不斷兜著圈子的可憐蟲，沒有過去，沒有未來，沒有聒噪不休的救贖，也沒有霓虹燈管造的十字架。但是只要妳在我身邊，朱莉只要妳一直在我身邊，我就不再——孤獨——。」

然後，兩人極盡猛烈地做愛。

這使我們憶起杜思妥也夫斯基說過的一段話：

「……當看到人類的罪惡時，我們或許不知是以武力或謙卑的愛去回應它？在這種情況下，無論如何你都應該以謙卑的愛去回應它。如果能夠實現這一點的話，那麼我們便可擁有全世界。謙卑的愛乃是任何力量所無法比擬的最強大力量。」

黃凡用以回應人類罪惡的，便是謙卑的愛。

第三，在一片混亂與雜亂的世界中，表現出一種對生命肯定的態度。陳映眞先生在〈試論施善繼的詩〉中宣稱：「從七〇年代開始，現代主義在文學、詩、繪畫、音樂等各個陣地上敗退下來。」但是，他所預期的一個「肯定論的高水平」時代，則顯然並未到臨。例如宋澤萊，陳先生認爲：他的〈打牛湳村〉，已經把爭訟紛紜的「鄉土文學」推向一個新的水平。可是，我們在他的小說裏，除了看到對台灣鄉野景色極力的頌讚外，其餘大都是在環境龐大陰影下扭曲的人性，〈打牛湳村〉裏的蕭家兄弟，有意要改革崙仔頂的瓜市場，最後卻成爲村人聚談的笑話；〈麋城之喪〉的胡清池極力反對漢奸胡之忠的遺體入葬「胡氏墓園」，但他終究抵不過強大財勢而敗下陣來，結局是：「麋城人跑出來觀禮了。誘於數十年未見的此一盛禮，他們忘了胡之忠的劣蹟敗行，被賄賂的人把香案排出來，不停焚香叩頭……歡鬧的氣氛擴散到整個麋城，人們幾乎都忘了這個葬隊裏運載著怎樣的一個死人！」相對於宋澤萊這種流於作品底層的悲觀、無奈，黃凡所歌唱出的肯定聲音，自然更令人感到欣喜。〈守衛者〉有一個副標題是：「我們都是守衛者，同時也是拋棄者。當然，上帝和瘋子除外。」小說以這幾句話的理念爲主，開展出一個瘋狂世界，這世界裏唯一清醒的就是那個被視爲有神經病的杜明德，最後更以杜明德肯定的歌聲作結：「我是個職業守衛者，正義是我的愛人、我的夥伴、我的同志……。」這篇小說，如果與陳映眞的〈賀大哥〉並讀，則更能顯現出其中的肯定意味。〈青州車站——鍾士達的一天〉也有一個副標題：「只要有人類就有希望」，可見黃凡對極權政制統治下的人類，仍然沒有失掉信心。從中篇科幻小說〈零〉裏，我們更發現黃凡的樂觀，幾乎已到不可救藥的地步。〈零〉敍述未來世界爲一集權專制的「南寧」所控制。在這個嚴密控制的環境長大的青年席德，在偶然機會裏發現新社會的本質，遂加入「地球防衛軍」的叛亂組織。最後「地球防衛軍」的活動被破獲，席德被處極刑，但是他到死都不承認自己是受到欺騙，張系國說小說題爲〈零〉是透露出作者的悲觀，我們認爲並非事實，因爲在面對精緻運作的極權暴力時，友誼、愛情、正義雖然都會喪失意義，但是人依然可以用不妥協的意志，來肯定自己。席德在面對一個不可抗拒的極權暴力時，並沒有像「一九八四年」的主角溫士頓一樣招認一切，這即是黃凡的樂觀呀！

三

詹宏志在評〈人人需要秦德夫〉時說：

「這位剛才出發的年輕小說家（黃凡），立意探入人性社會的困境，這樣的深度和這樣的用心，都是難能可貴的，也許就因爲他這樣的基礎，我們的小說或將邁入另一個新的境界也說不定。」

彭瑞金在評介〈落日〉時，也說：

「……台灣小說目前正處於低盪的年代。……黃凡，似乎帶給我們這個低盪感覺中一線新的希望。從這個年輕作家的作品裏，表現對文學傳統與普遍事務的叛逆性及充滿的自信，我們有理由相信他不是拘謹的守成作家，他極可能是個低盪悶局的突破先鋒。」

這些話代表著文壇對黃凡的一致期待。然則，黃凡予人最深刻印象的，還是小說駕馭和驅遣的能力，這種表現技巧，在〈傷心城〉這部長篇小說裏，黃凡有更淋漓盡致的發揮，而其創作才華也受到一致的肯定。

〈傷心城〉是晉入自立晚報百萬元小說徵文決審的最後三篇之一，內容主要由〈賴索〉、〈大時代〉等已發表過的短篇貫串、敷衍而成，敍述一個貧民窟的孩子，經由財閥的提拔，終於在文化界造就了一番局面，但當這個叫范錫華的知識分子，與一些激烈改革派結合在一起，企圖往政治界發展時，卻遭遇當初提攜他的人「當頭棒喝」，最終落得身敗名裂，只好遠走異域，寂寞冷清地逝去。

從范錫華一生的遭遇裏，我們隱約可見到當前特殊體制下，一些有心往政界發展的台籍知識分子悲運的縮影。大英百科全書一九八二年鑑說：「黃凡的一些小說……它們不但諷刺中共及台獨分子，而且也批評國民黨及其政權。」這部〈傷心城〉可說是這段話最完整的詮釋。

整體看來，黃凡那種「……作家必須立志成爲時代良知，不接受任何人施捨的機會，獨立於權力團體之外，超越政治和所有各種干擾，以不屈不撓的毅力，埋頭於創作」的認知和氣魄，正是他作爲一個當代小說家，最卓越的條件和質素，他的迅速崛起，也正顯示了我們社會對這種獨立自主精神的鼓舞。

可是，從某一個角度看，黃凡的小說創作，雖然富潛力，卻也有一些隱憂存在。例如，他一再強調：「這個不確定的時代，一切都不確定。」這種不確定感，在百萬元小說決審會議上，便遭到五位評審委員一致地指摘；再者，他的小說偏向於內在的沉思，他的「肯定」和「愛」也偏向觀念的、哲學的，他筆下所描寫台北這個大都會的生活雖然都爲眞實的，但這眞實的生活沒有成爲促成他筆下人物改變的巨大力量，他的人物沒有跳進這個現實生活的大熔爐，他只是站在爐邊，有些驚呆地凝望著熔爐中熊熊的烈火而已。例如〈人人需要秦德夫〉，小說一開始說：「年輕時候，對於這個社會，我就有一種截然不同的看法，我認爲它不一定是我們所習以爲常的樣子。」詹宏志認爲這句話是點出黃凡的企圖：「不是現象層面的指摘，而是概念層面的針砭。」但這句話也正印證了我們的指稱：黃凡筆下的人物爲「觀察者」而非「介入者」。其實，如果再往深一層追究，我們還會發現那些人物，正是作者生活型態的投影，在《賴索》一書的序中，黃凡敍述寫小說的心態：

「……寫這些小說時，我很痛苦、很憤慨，有時候，我丟下筆跑到公園裏、超級市場、電影院去補充恨意。我恨這些無憂無慮、摟摟抱抱的青年男女，我恨從電動玩具店裏傳出來的迪斯可樂聲，我恨自己爲什麼不能成爲他們中的一份子……。」

由這裏，我們可以窺見黃凡對現實生活的某種疏離和扞格。這種扞格和疏離，再加上不確定感，使黃凡的小說，表面上看起來批判力十足，處處都刀來槍往，可是深入探究，卻遍尋不著一個肯定點或否定點，致使一切的批判，都因缺乏立足點，而顯得零碎、尖銳和架空！這即是黃凡雖自認立場堅定，卻給人一種曖昧、缺乏明顯目標，卻又時刻戰鬥不懈感覺的主要原因。

然而，不管如何，黃凡的作齡僅有短短的幾年，而他的創作才華、潛力，目前所開發的都極有限，因此，最後我們謹以他自己給〈福爾摩沙，我永遠年輕的母親〉的一段話作結：

願妳能繼續挺立在風雨之中
願妳以無比的毅力完成歷史使命
更願妳能——超越——

——原載一九八二年四月十七～十八日《自立晚報》

黃凡小說評論引得

方美芬
許素蘭　編

說明：

1.本引得，依發表或出版日期之先後順序排列，以一九九一年十二月卅一日以前國內發表者爲限；海外出版者，列爲附錄。

2.若有舛誤或遺漏，容後補正。

3.本引得承蒙中央圖書館張錦郎先生提供資料，謹此致謝。

篇名	作者	刊(書)名	卷期(出版者)	出版日期
1.冷水潑殘生——評黃凡的〈賴索〉	季季	書評書目	八〇	一九七九年十二月
2.〈賴索〉評介	季季	六十八年短篇小說選	書評書目	一九八〇年六月

3.資本主義社會的疏離人——評黃凡〈人人需要秦德夫〉	詹宏志	書評書目	八六	一九八〇年六月
4.晦黯的飄搖的希望——試析黃凡的〈青州車站〉	詹宏志	書評書目	八八	一九八〇年八月
5.〈人人需要秦德夫〉附註	詹宏志	六十九年短篇小說選	爾雅	一九八一年五月
6.台北的異鄉人——黃凡最早的小說〈最後的冬天〉	彭瑞金	民衆日報		一九八一年五月二十日
7.評〈大時代〉	顏元叔	中國時報		一九八一年八月卅一日
8.黃色潛水艇——評黃凡的〈大時代〉	張系國	中國時報		一九八一年九月一日
9.問題小說・問題試探——關於〈落日〉	蕭新煌 謝瑞智 徐佳士 黃光國 高天生	中國時報		一九八二年二月六日
10.曖昧的戰鬥——試論黃凡的小說	高天生	自立晚報		一九八二年四月十七～十八日

11. 理想與現實——論台灣小說裏的理想世界	張系國	中國時報		一九八二年五月廿八～廿九日
12. 自立晚報第一次百萬元長篇小說徵文決審意見	何　欣 李　喬 陳映眞 葉石濤 尉天驄	自立晚報		一九八二年十月十二日
13. 談「百萬元長篇小說徵文」三部佳構——〈森林〉、〈傷心城〉、〈海煙〉	葉石濤	自立晚報		一九八二年十月十四日
14. 試論黃凡的〈落日〉	彭瑞金	台灣時報		一九八三年二月十一日
15. 人間何處有溫暖——〈落日〉簡介	彭瑞金	一九八二台灣小說選	前衛	一九八三年二月
16. 台灣小說的新動向——新生代作家的抽樣考察	高天生	自立晚報		一九八三年三月廿九日
17. 「天國之門」與黃凡的「頻道」——讀《天國之門》	章一誠	新書月刊	一	一九八三年十月
18. 簡介黃凡的小說集《自由鬥士》	葉石濤	台灣時報		一九八三年十一月十七日

19.自立晚報第二次百萬小說徵文決審意見①	姚一葦 白先勇 馬　森 司馬中原 鍾肇政	自立晚報		一九八四年三月廿九日
20.很累人的一本小說——評黃凡的《反對者》	龍應台	新書月刊	十五	一九八四年十二月
21.凸現了一則政治神話——黃凡的《反對者》	王德威	聯合文學	四	一九八五年二月
22.評《反對者》的反對者	陳宜武	新書月刊	十七	一九八五年二月
23.答陳宜武先生——〈評《反對者》的反對者〉	龍應台	新書月刊	十八	一九八五年三月
24.誤讀・書評——敬覆龍應台	陳宜武	新書月刊	十九	一九八五年四月
25.「新」台北的浮世繪——黃凡《慈悲的滋味》	王德威	聯合文學	六	一九八五年四月
26.曖昧的戰鬥——論黃凡的小說	高天生	台灣小說與小說家	前衛	一九八五年五月
27.朝向更開濶的路——新生代作家的兩難僵局及解脫	高天生	台灣小說與小說家	前衛	一九八五年五月
28.尼采的廻聲？——評《上帝們》	王德威	聯合文學	十四	一九八五年十二月

29.學校「空間」、權威、與權宜——論黃凡〈系統的多重關係〉	王德威	中國時報		一九八六年八月十七日
30.「政治小說」三論	呂正惠	文星	一〇三	一九八七年一月
31.主題與呈現——試論黃凡《反對者》的兩難	蔡英俊	文星	一〇三	一九八七年一月
32.人間喜劇——評黃凡的《都市生活》	王德威	聯合文學	三一	一九八七年五月
33.一本考驗讀者的小說——黃凡的《反對者》	譚　嘉	文訊	三九	一九八八年十二月
34.憤怒與慈悲之後——黃凡的黑色幽默	楊麗玲	自由青年	八三·四	一九九〇年四月

註：

①同年五月廿八～卅一日，《自立晚報》刊登「意見重播」。

附錄

方美芬　編

篇名	作者	刊(書)名	卷期	出版日期
1.台灣市民生活的風情畫——略談黃凡的創作	連介法…等	文學報	三	一九八六年十一月六日

2.新一代台灣小說家翹楚	葉石濤	台港文學選刊	一九八七：一	一九八七年
3.介紹黃凡	朱春花	海峽	一九八七：五	一九八七年
4.一部作品兩岸評——黃凡《都市生活》		當代作家評論	一九八九：六	一九八九年
5.台灣社會運作形式的省思——黃凡作品論	朱雙一	台灣研究集刊	一九九〇：二、三	一九九〇年

黃凡生平寫作年表

黃　凡　編
方美芬　增訂

一九五〇年　1歲　三月十七日生。本名黃孝忠，台北市人。

一九　年　中原理工學院工業工程系畢業。

一九七五年　26歲　開始寫作中篇小說〈雨中之鷹〉。

一九七九年　30歲　十月，發表短篇小說〈賴索〉於《中國時報》

十一月，「黃凡專欄」開始於《工商時報》連載。

十二月，中篇小說〈雨中之鷹〉於《工商時報》連載。

一九八〇年　31歲　一月，短篇小說〈最後的冬天〉發表於《中外文學》。〈賴索〉入選《六十八年年度短篇小說選》（書評書目出版社）

二月十日，小說〈賴索〉獲第二屆「時報文學獎」首獎。

三月，短篇小說〈人人需要秦德夫〉發表於《現代文學》復刊號十期。

六月，短篇小說〈青州車站〉發表於《中國時報》。

六月，出版第一本小說選《賴索》（時報出版公司），包括〈最後的冬天〉，〈雨中之鷹〉、〈青州車站〉、〈人人需要秦德夫〉、〈賴索〉等五篇。

九月，短篇小說〈麗雪〉發表於《皇冠》雜誌。

十月，短篇小說〈雨夜〉、〈國際機場〉發表於《聯合報》。
〈雨夜〉獲第五屆「聯合報小說獎」。
出版專欄選輯〈黃凡的頻道〉（時報出版公司）。

一九八一年　32歲

一月，英文版大英百科全書年鑑推許黃凡爲八十年代台灣最具代表性的小說家。

……the best example was probably Huang Fan's story *Lai So*, which satirized not only the Communists and the Taiwan Independence Movement but the Nationalist government and the ruling party, the Kuomintang, as well.

——大英百科全書——

〈人人需要秦德夫〉入選《六十九年年度短篇小說選》。札記〈吉拉星手記〉於《台灣時報》開始連載。
三月，短篇小說〈歸鄉〉發表於《中國時報》。〈歸鄉〉獲第三屆「時報文學獎」。短篇小說〈往事〉發表於《明道文藝》。
四月，短篇小說〈國際機場〉發表於《聯合報》。〈國際機場〉獲第六屆「聯合報小說推薦獎」。
五月，短篇小說〈守衛者〉發表於《聯合報》。
八月，中篇小說〈大時代〉發表於《中國時報》。
九月，短篇小說〈紅燈焦慮狂〉發表於《台灣時報》。出版小說選《大時代》（時代出版公司），包括〈大時代〉、〈守衛者〉、〈雨夜〉、〈麗雪〉、〈歸鄉〉、〈國際機場〉、〈紅燈焦慮狂〉等七篇。

一九八二年　33歲

十月，短篇小說〈東埔街〉發表於《聯合報》。

十一月，「黃凡專欄」開始於《自立晚報》連載。

十二月，〈零〉於《聯合報》連載。〈零〉獲第六屆「聯合報中篇小說獎」。

一九八三年　34歲

一月，〈大時代〉入選《七十年年度短篇小說選》，並創下連續三年入選紀錄。短篇小說〈落日〉於《聯合報》發表。

二月，出版小說〈零〉（聯經出版事業公司）。

三月，專欄〈界外球〉於《中國時報》開始連載。

十月，專欄〈斑馬線上〉於《台灣時報》開始連載。

十一月，長篇小說〈傷心城〉開始於《自立晚報》連載。專欄「黃凡短波」於《聯合月刊》連載。同時於《中國時報》、《台灣時報》、《自立晚報》、《聯合月刊》撰寫專欄，為台灣文壇三十年所僅見。

十二月，短篇小說〈一個乾淨的地方〉發表於《自立晚報》與美國《世界日報》。〈晚間的娛樂〉發表於《美洲中國時報》。

一月，〈落日〉入選《一九八二年台灣小說選》。出版專欄選輯《黃凡專欄——給福爾摩莎》（蘭亭書店）。

四月，出版長篇小說《傷心城》（自立晚報社）。長篇小說〈天國之門〉開始於《中國時報》連載。

五月，短篇小說〈公子哥兒〉發表於美國《世界日報》。出版小說集《自由鬥士》（前衛出版社）和長篇小說《天國之門》（時報文化公司）。

一九八四年　35歲　九月，出版長篇小說《反對者》（自立晚報社）。
十月，中篇小說〈慈悲的滋味〉獲聯合報第九屆小說獎。至此，聯合報小說獎停辦。
出版中篇小說《慈悲的滋味》（聯經出版事業公司）。
一九八五年　36歲　十二月，科幻小說〈戰爭最高指導原則〉發表於十六日至二十日之《中國時報》。
九月，出版科幻小說《上帝們：人類浩劫後》（知識系統出版社）。
一九八六年　37歲　二月，出版雜文集《我批判》（何永怡出版，聯經總經銷）。
八月九日至十七日，發表論評〈歷屆時報文學獎得獎作品聯展《小說卷》2：系統的多重關係〉於《中國時報》。
一九八七年　38歲　一月，出版小說集《都市生活》（希代出版公司）。
六月十一日至七月三日，中篇小說〈曼娜舞蹈教室〉連載於《中國時報》。
七月，出版中篇小說《曼娜舞蹈教室》（聯合文學社出版，聯經經銷）。
十一月三日，短篇小說〈聰明人〉發表於《中國時報》。
主編《海峽小說一九八六：年度代表作》（希代出版公司）。
一九八八年　39歲　一月二日，發表論評〈廿一世紀的台灣文學〉於《中國時報》。
小說集《都市生活》再版出版。
主編《海峽小說一九八七：年度選・代表作》（希代出版公司）。
一九八九年　40歲　一月，出版小說集《東區連環泡》（希代出版公司）。
七月，出版小說集《你只能活兩次》（希代出版公司）。
九月，與林耀德合出小說集《解謎人》（希代出版公司）

一九九〇年　41歲　五月，出版科幻小說《上帝的耳目》（希代出版公司）。
主編《海峽小說一九八九年度選・代表作》（希代出版公司）。
出版小說《財閥》（希代出版公司）。

國家圖書館出版品預行編目資料

黃凡集 / 黃凡作. -- 初版. -- 台北市 : 前衛,
1992[民81]
307面；15×21公分. --
(台灣作家全集. 短篇小說卷, 戰後第三代：5)
ISBN 978-957-9512-60-2(精裝)

857.63　　81001522

黃　凡集

台灣作家全集・短篇小說卷／戰後第三代(5)

作　　者　黃　凡
編　　者　施　淑
出 版 者　前衛出版社
10468 台北市中山區農安街153號4F之3
Tel: 02-25865708　Fax: 02-25863758
郵撥帳號：05625551
E-mail: a4791@ms15.hinet.net
http://www.avanguard.com.tw
出版總監　林文欽
法律顧問　南國春秋法律事務所 林峰正律師
出版日期　1992年04月初版第 1 刷
2010年01月初版第 5 刷
總 經 銷　紅螞蟻圖書有限公司
台北市內湖舊宗路二段121巷28.32號4樓
Tel: 02-27953656　Fax: 02-27954100

Printed in Taiwan　ISBN 978-957-9512-60-2
定　　價　新台幣250元

3 名家的導讀

首册有總召集人鍾肇政撰述總序，精扼鈎畫出台灣新文學發展的歷程、脈絡與精神；各集由編選人寫序導讀，簡要介紹作家生平及作品特色，提供讀者一把與作家心靈對話的鑰匙。

4 深度的賞析

每集正文之後，附有研析性質的作家論或作品論，及作家生平、寫作年表、評論引得，能提供詳細的參考。

5 精美的裝幀

全套50鉅册，25開精裝加封套及書盒護框，美觀典雅。

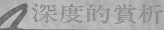